九十九藤

西條奈加

集英社文庫

九十九藤《つづらふじ》

1

まるで生まれたときから親に似ぬ、鬼子のようだ。

初めて店をながめたとき、お藤《ふじ》はそう思った。いまから三月《みつき》ほど前のことだ。

その店は、表通りからはずれたところに、ぽつんとひとり佇んでいた。

本石町《ほんごくちょう》は、日本橋《にほんばし》通りをはさんで、一丁目から四丁目まで東西に延びている。増子《ましこ》屋《や》は二丁目の南側に、三軒仲良くならんでいた。

本店《ほんだな》にあたる油問屋のとなりに、蠟燭《ろうそく》問屋と合羽《かっぱ》問屋。ともに繁盛しており、ちょうど富裕な父と、出来のよいふたりの兄のようだ。しかし四軒目にあたる末っ子だけは、本石町の表通りを折れて、その喧騒が途切れそうな場所にあった。

決して親に疎まれたわけでなく、店の裏はちゃんと増子屋の敷地に続いている。ただ商売柄、その方がよかろうとの配慮であったが、いまこうしてながめていても、やはりとり残されてすねている子供のように思えてならない。

憐れみと愛《いと》おしさが、ないまぜになってこみ上げた。

今日からは、ここがお藤の新しい住処《すみか》となる。

その門出をさえぎるように、店内《みせうち》から争う声がした。男がふたり姿を見せて、片方が乱暴に相手をつきとばした。

「しつっこいな、あんたも。ねえものはねえんだよ！」

丸に子の字の印半纏《しるしばんてん》から、増子屋の奉公人だとわかる。押された方は、情けなく地面に尻をついたが、それでも懸命に食い下がった。

「そこを、何とか……」

「柄も小せえ、力も弱い。おめえさんみたいな者《もん》に、務まる仕事じゃねえ。他所《よそ》をあたってくんな。もっとも、どこへ行っても同じだろうがな」

早口で容赦なくまくしたてる。歳はお藤と同じくらい、二十六、七といったところだろう。年格好からいくと、おそらくはこの店の手代頭《てだいがしら》かと、お藤は了見した。

――手代頭は、島五郎《しまごろう》といってね。仕事はまあ、できる方なんだがね。

店の奉公人の仔細を、お藤に語った。その女の声が、思い出された。

――ただ、どうにも気が短くてねえ、すぐに頭に血がのぼる。おまけに我が強くてさ、旦那にすら平気で食ってかかる。島五郎《あれ》をどうにかせぬうちは、あんたは筆の一本さえ、勝手に動かすことはできなかろうよ。

なるほどと、あらためてその忠言に合点がいった。

言うだけ言って、相手がおとなしくなると、ようやくお藤の存在に気づいたようだ。上がり気味のきつい目を、こちらに向けた。

「姉さん、何か用かい？　言っておくが、女にできるような仕事は、ここにはねえぜ」

「駿河屋《するがや》から参りました、藤と申します。旦那さんは、いらっしゃいますか？」

主人は四軒の増子屋を束ねる身だ。毎日かかさずこの店に顔を出すものの、長くは腰を据えないと、お藤は承知していた。

「さっき顔を見せて、まだ奥にいるはずだ」

「旦那さんから、お約束をいただいておりました。お取次願えますか？」

「……ちょっと待っててくんな」

いったい何の用かと、いぶかるような顔をしながらも、根がせっかちなのだろう。それ以上たずねることはせず、さっさと店内に入っていった。

間口は狭く、暖簾《のれん》の奥は薄暗い。土間を上がったところに、小さな帳場があるだけの、何とも殺風景な店だった。人の姿は見えないが、店番はいるようだ。帳場の背後の衝立《ついたて》の陰に気配があって、時折、チロリン、と音がする。暇にあかせて、博奕《ばくち》でもしているのだろう。

わかってはいたが、まともな店ではない。大きなため息をかろうじて呑み込んで、お藤は店先で尻をついたままの男の前に屈み込んだ。

「大丈夫ですか？　どこか怪我《けが》なぞしていませんか？」

「あ、ああ……平気でさ」

あらためて見ると、まだ若い。二十歳をふたつ三つ越えたくらいか。気落ちのあまり動く気力も失《う》せていたようだが、お藤に促されのろのろと立ち上がった。

「仕事を、お探しなんですね」

「へい。棒手振《ぼてふ》りなんぞをしていましたが、口下手が災いして、どうもうまくいきやせん」

客への愛想どころか、売り口上すら満足に言えぬと苦笑いする。田舎から江戸へ出てきて、まだ半年ほどだという。

「これまではかかあとふたり、どうにか凌いできましたが……子供ができちまって」

「初めてのお子さんなら、楽しみですね」

お藤がにっこりすると、男の顔に明るいものが浮かんだ。雲間からさした日差しのようで、けれど風の強い折のように、すぐに翳《かげ》った。

「腹がでかくなって、かかあは働けねえし、どうにか実入りを増やしてえと」

「それでこの店に……」

「江戸ならやっぱり、武家へ奉公するのがいちばんかと……ですが見てのとおり、相手にされなくて」

湿っぽいため息が何とも哀れで、うららと晴れた卯月《うづき》にはそぐわない。つい場違いな微笑がこぼれ、拍子に悪戯《いたずら》めいた気持ちがわいた。少しばかり、調子を変える。

「お客さん、仕事というのは、お武家でなければいけませんか？」

「それは……構いやせんが」

「でしたら、そうですね……五日後にもう一度、ここを訪ねてくださいましな」

「もしや店の旦那に、掛け合ってくれるおつもりですかい？」

さっきのやりとりから、お藤が主人の見知りだと察したようだ。相手はそう解釈したが、お藤は首を横にふった。

「次に来るときは、主人ではなく差配《さはい》をお訪ねくださいな。差配に呼ばれて来たと、店の者にはそう伝えてくださいまし」

「差配さんですね、わかりやした。五日の後にきっと参上します」

「お待ちしております」

上客を見送るように、ていねいに腰を折った。ぺこぺこと何べんも頭を下げながら男が帰っていくと、お藤は軒からぶら下がる店の看板を仰いだ。

時折風に揺れる丸看板には、⧄《ますもん》に似た図柄が描かれている。斜めの線が逆で、下半分にもう一本、足されている。口という字の中に、入の一文字を組んであるのだろう。

末っ子にあたる四軒目の増子屋は、口入《くちいれ》屋だった。

「待たせたな、姉さん。旦那がお会いになるそうだ」

やがて手代頭が、店から顔を出した。

暦は夏に入ったが、風はいまだに晩春の名残をとどめている。着物の裾がはためくほどの強い風が通り過ぎ、風に押されるようにして、お藤は店の暖簾をくぐった。


「まず、皆と顔合わせしてもらわなければな」

お藤と挨拶を済ませると、増子屋太左衛門《たざえもん》は番頭を呼んで、皆を集めるようにと命じた。

陰暦四月は、苗植月《なえうえづき》とも呼ばれる。田んぼでは百姓が稲を植えるが、街中の往来では、菜や花の苗を売り歩くのどかな声が響いていた。

「お藤さんに言われたとおり、店の者たちにはまだ何も告げていない。相当に騒がれると思うが、大丈夫かね」

「はい。覚悟しております」

「わかっていたつもりだが、あんたの腹の据わり具合には、あらためて恐れ入るよ」

「旦那さんの方こそ、負けてはおりませんよ。あたしのようなものを、本気で担ぎ出すなんて」

「このままではどのみち負け戦だ。いっそ何でも試してみる方がましだからね。何よりも、お藤さんの考えは面白い。江戸の口入屋の誰も、思いつかなかったやり方だ」

恐れ入ります、と、お藤は頭を下げた。

誰も思いつかない、常套ではない手段は、それだけ世間の風当たりも強い。決して楽観はできないと戒めてはいたが、不思議と不安はなかった。

増子屋太左衛門の、おかげかもしれない。

今年三十七になる太左衛門は、大柄で恰幅のよい男だ。帳場で算盤《そろばん》をはじくより、自ら仕入れや客先に出向くのを好むような性分で、父から受け継いだ油問屋をさらに繁盛させ、たった十二年で増子屋を四軒に増やした。日に焼けた男くさい顔には、その自信がみなぎっていた。

「皆と会う前に、何かききたいことはあるかね？」

「大方は、お兼《かね》さんからきいていますが」

お藤は、店の仔細を教えてくれた女の名を出した。

「ひとつだけ、旦那さんに伺いたかったことがあります」

「何だね」

「旦那さんは、どうして口入屋を？　油問屋とは、何の関わりもありませんし、少し気になっておりました」

お藤の問いに、太左衛門はばつの悪そうな苦笑いを浮かべた。

油問屋は食用から髪油まで、さまざまな油をあつかうが、何よりの稼ぎ頭は灯火のための油である。同じ灯りの繋がりで蠟燭問屋を開き、三軒目は合羽問屋だった。合羽には防水のために、桐油《とうゆ》を塗った紙が使われるからだ。

けれどこの口入屋だけは、あきらかに浮いている。

お藤が鬼子を連想したのも、それ故だった。

「ちょうど四軒目の出店を思案していたさなか、株を買わないかともちかけられてね。つい、食指が動いたんだ」

口入屋を開くには、株が要る。そろそろ油以外のものをあつかってみようかと、考えていた矢先でもあった。何より品ではなく、人をあつかう商売は初めてだ。新しいことに躊躇しない、太左衛門の気性が、口入稼業を試してみろとささやいた。

「あえて主人を置かず、自ら関わったのもそのためでね。とどのつまり口入稼業というものを、やってみたかった」

そういうことかと、お藤はうなずいた。

蠟燭屋と合羽屋には、それぞれ番頭上がりの主人を据えて、いわば暖簾分けの形をとったが、口入屋だけは、油問屋から手代頭を引き抜いて番頭に立て、自らが采配した。

「しかしよくよくの考えなしに商売をはじめると、ろくなことにはならないな」

太左衛門は自嘲するように、片頰だけで笑った。

自分の手に負えない商売も、この世にはある。はじめてすぐに、太左衛門は悟った。口入とは、奉公人を世話する商売だ。諸国からぞくぞくと人が集まり、江戸はいまやはちきれんばかりに肥大している。どこもかしこも人手は足りず、働き手は絶えず求められる。左うちわで儲かるような楽な商売だと過信していたが、大きな間違いだった。

「まず、知ってのとおり客筋がよくない」

「そうですね」と、お藤もうなずいた。

「この江戸には物持ちがあふれているというのに、よりによって金詰まりの客ばかりとは」

奉公人を雇う側が、いわば口入屋の客になる。江戸ではこれが、ほぼ武家に限られていた。

払いの悪さと悶着《もんちゃく》の多さで、武家は抜きん出ている。御用達《ごようたし》看板を掲げる大店《おおだな》でさえ、上客として数えないとは有名な話だ。貧乏御家人は言うにおよばず、大身《たいしん》の旗本であれ大名であれ、内証の悪さは変わらない。

まともな家来を抱えることすらできず、それでも体裁だけはとり繕わなくては沽券《こけん》に関わる。自ずと要るときだけ人をかき集めることになり、臨時雇いという仕組みができあがった。これを引き受けたのが、口入屋だった。

いままでは江戸の口入株仲間は、武家奉公人の世話をもっぱらとしており、商家への口入はごくわずかだ。が、新参の太左衛門には、どうにも合点がいかなかった。

「十年先まで左前のような連中より、もっと実入りのよい客はいくらでもおりましょうに」

しかし同業の者たちは、ひらひらと片手をふるばかりだ。

「江戸の大店といえば、多くは西国に本店《ほんだな》があります。店の雇い人もすべて西国から連れてくる。私らの出る幕なんぞありませんよ」

これにはぐうの音も出なかったと、太左衛門は笑い話のようにお藤に語った。

「たしかに、そのとおりです。西国のお店《たな》の結束は、固《かと》うございますから」

京《きょう》と伊勢《いせ》、近江《おうみ》商人だけで、江戸の大店の大半を占めるといっても過言ではない。江戸三大呉服店も、越後《えちご》屋《や》は伊勢松坂《まつさか》、白木《しろき》屋《や》と大丸《だいまる》屋《や》は京に本店がある。

意外にも、大坂《おおざか》商人はそう多くない。先の三所にくらべれば、一、二割がせいぜいだ。天下の台所たる大坂は、国中から産物が集まり、また各地へと卸される。いわば日の本すべてを相手どる大坂商人には、江戸も多くの客のひとつに過ぎないのかもしれない。

ほかには、下り酒問屋の多い摂津《せっつ》、藍の生産を一手に引き受けていた阿波《あわ》なども江戸店が多かったが、やはり京・伊勢・近江の出店の数は際立っていた。

これら西国に本店をもつ店々には、いくつかの不文律がある。

まず、主人は本店から動かない。江戸店には支配役が遣わされ、本店と密に書簡をやりとりしながら、一切をとり仕切る。

そして支配役はもちろん、手代から丁稚《でっち》に至るまで、すべて西国から下った者たちで固められていた。つまり奉公人の差配は、本店の役目であり、江戸の口入屋がくちばしをはさむ隙などどこにもなかった。

「だが、切り崩す術《すべ》はあると、あんたは言った。だからこそ私は、お藤さんに賭《か》けてみるつもりになった」

「西国の商人は、ことさら用心深うございます。それを逆手にとれば、こちらの商売になると考えました」

うん、と太左衛門は、太い首をうなずかせた。

「なにしろ口入屋の面倒は、武家の金詰まりだけではないからね。世話をする雇い人が、これまたどうにもならない」

大げさなため息に、お藤もつい笑みをこぼした。

「滅多に弱音なぞ吐かない旦那さんが、ほとほと参っていると、おかみさんから伺いました」

「これでも商い上手で通ってきたのだがね。武家奉公人とは名ばかりの中間《ちゅうげん》相手では、商いの理屈など通りようもない」

仲介する奉公人のほとんどは、中間と呼ばれる、いわば武家の下男であった。主人に従って荷を担いだり槍持ちをする者たちで、仕事柄、力があって体格のよい者が重宝される。力と柄の大きさを誇る輩《やから》だけに、おおむね乱暴で、素行が悪い。奉公先の武家で揉め事を起こすこともしばしばで、そのたびに世話をした口入屋が呼び出されることになる。博奕に喧嘩、盗み、ときには主人への狼藉《ろうぜき》と、渡り中間の身持ちの悪さは、ならず者と変わらぬほどだ。

「この稼業をはじめて二年が経《た》つが、武家の台所同様、先細りする一方だ。やはり『冬屋《かずらや》』という名がまずかったかと、つい愚痴のひとつも出ちまってね」

「趣のある、よい名だと思いますがね。名づけ親は、おかみさんだそうですね」

「お品《しな》には、歌の心得があるからな。四軒の店に、春夏秋冬にちなんだ符牒《ふちょう》をつけてはどうかと、言い出したのはお品だよ」

商店では、どこも符牒を決めている。いわば店内だけで通じる隠語で、数字のひとつひとつから、「客」「仕入れ」といった商い上の言葉まで、すべて符牒で表される。客や取引先の耳をはばかってのことで、万一きかれても障りがなく、帳面のたぐいも、やはり符牒で記された。四軒の増子屋にはそれぞれ、四季にちなんだ符牒がつけられていた。

油屋は春駒から『駒屋《こまや》』。蠟燭屋は時鳥《ほととぎす》から『時屋《ときや》』、「春は花、夏ほととぎす」がもとである。

「私は商いばかりで風流はさっぱりなんだが、三軒目の合羽屋だけは私がつけた。秋と

落ち着いた

さすがに秋刀魚屋ではあまりに風情に欠けると、『三間屋《みまや》』で話し上手な太左衛門は、笑いを引き出すのにも長《た》けている。釣られたようにお藤も笑った。

「冬屋は、忍冬《すいかずら》からとったそうですね。忍ぶ冬とは、深みがあります」

「その冬が、少々長すぎてね。かといって、わずか二年で口入株を手放すのも業腹《ごうはら》だ。あれこれと思案していた矢先、お品《あれ》からお藤さんの話をきいた」

太左衛門の女房、お品は、お藤が世話になっていた駿河屋と縁がある。お藤と増子屋の橋渡しをしてくれたのは、このお品であった。

「まさか本当に、旦那さんが承知してくださるとは、思いもしませんでしたが」

「なに、駄目でもともと。人が思いつかぬ手ほど、面白いものさ」

太左衛門が磊落《らいらく》に笑う。廊下に気配がして、小柄な番頭が遠慮がちに声をかけた。

「旦那さま、お言いつけどおり、表裏合わせて七人、顔をそろえましてございます」

大柄な主人の前では、番頭の七郎兵衛《しちろべえ》は、いっそう貧相に見える。太左衛門の後ろにお藤が従うと、番頭はちらりと上目遣いに見やり、しんがりについた。

店に近い座敷には、冬屋の奉公人が居ならび、十四の目がいっせいにお藤に注がれた。

「知ってのとおり、四軒の増子屋のうち、この冬屋だけは商いがうまくまわっていない」

よけいな前置きはせずに、太左衛門はそう切り出した。しかし申し訳なさそうに顔をしかめたのは番頭だけで、手代三人はどこ吹く風だ。

「口入稼業は、どこも似たようなもんでさ。なにせお得意先が、しわくなる一方ですからね」

店先で会ったのは、やはり手代頭の島五郎だった。太左衛門に向かって平然と言い放ち、ふたりの手代が追従《ついしょう》のようににやにやする。

そろいの増子屋の印半纏は、他の三軒と同じだが、からだからみなぎるものは明らかに違う。荒々しく男くさい様は、商人というより渡世人のようだ。

荒っぽい中間を相手にする商売だ。こちらも腕っぷしの強さが必要になる。

手代頭を除くふたりは中間上がり、島五郎もまた、不心得が過ぎると蠟燭問屋を出された身だった。

いずれもいわくつきの三人の手代が幅を利かせているために、店の中もどこか殺伐としている。入って一年ほどの小僧も、心なしかだんだんと目つきが悪くなっていくようだと、お藤は内通の者からきいていた。あとは本店からたびたび駆り出される、五十を越えた下男と、四十がらみの女中を加え、冬屋の奉公人は都合七人となる。

「はじめてから二年が経つ。そろそろどうにかせねばなるまいと、私もかねがね考えていた。正直、店をたたむことも思案に入れていたのだが……」

「あっしらを、お払い箱にしようって腹ですかい」

島五郎が、きつい目を主人に据えた。生来の喧嘩っ早さ故に悶着が絶えず、蠟燭問屋の時屋を払われたが、それさえなければ案外目端《めはし》がきく。冬屋の手代頭に据えられたが、何事にも黙って従うことのできぬ性分だ。真っ先に抗う態度を示したが、他の奉公人たちも気持ちは同じようだ。不穏な空気が座敷に満ちた。

「そう先走るものじゃない。もとはと言えば、私の力不足なのだからな」

と、太左衛門はひとまず皆を制した。

「そこでだ、ここはひとつ思いきって、人に任せてみることにした。つまりは新しく差配を迎えるということだ」

とたんに今度は、日頃から顔色のさえない七郎兵衛がさらに色をなくす。察したように、太左衛門がつけ足した。

「別に番頭をすげ替えるわけではない。時屋や三間屋同様、七郎兵衛の上に、別の差配を据えるということだ」

きいた皆の目が、太左衛門の横にいるお藤に集まった。

「まさか、とは思いやすが……そのお人に、差配を任せるなんてことは……」

「島五郎、そのまさかだ」

「この女に、口入屋を……？」

らしくない間の抜けた声を、島五郎が発した。誰もが目を丸くし、あんぐりと口をあける。太左衛門は、あらためて皆にお藤を紹介した。

「日本橋南の北槇町《きたまきちよう》にある茶問屋、駿河屋さんで奉公していたところを、私が引き抜いた。口入稼業には明るい人だ。今日から冬屋の主《あるじ》を務めてもらう」

「冗談は、よしてくだせえ」

島五郎がふき出して、ふたりの手代も笑い出した。

「冗談なぞではない。この店は、今日からこのお藤さんに任せることにした」

主人が真顔で言い切って、三人の顔からも笑いが消えた。代わりに物騒な気配が浮かぶ。

「旦那、ふざけないでおくんなさい。茶問屋で女中をしていた女だと？　小間物屋や料理屋じゃあねえんだ。中間相手の口入屋を、女が差配できるわけがなかろうが」

「たしかに駿河屋さんでは女中奉公をしていたが、口入稼業も素人ではない。生家が口入にたずさわっていたと、そうだったね、お藤さん」

「さようです」と、太左衛門に短く返した。

「どこでどうかじっていようと、女には無理な商売だ。その細っこい腕で、どうやって中間どもと渡り合うつもりだい」

島五郎はいちゃもんのつもりだろうが、ひどくまっとうな了見だ。

お藤の胸に、ふいに笑いがこみ上げた。

ばかばかしいと思えるほどに、現実離れしている。自分がやろうとしていることの突飛さが、急におかしく思えてならず、お藤は肩をふるわせて笑い出した。

奉公人たちは一様にぽかんとし、島五郎も怪訝《けげん》な目をする。

「何がおかしい」

「いえね、このあたしが中間衆と真っ向勝負だなんて……何だか芝居みたいで笑えてきて」

抑えた笑い声が、剣呑な空気を払い、太左衛門が苦笑する。

「このとおり、肝の太い人でね」

「そういうのを、向こうみずっていうんですぜ」手代頭がやり返す。

「笑い事ではありませんね。本当になるかもしれませんから」

と、お藤は笑いを収めた。背筋をしゃんと伸ばし、まっすぐに島五郎と視線を合わせた。

「たしかに女には、力はないけれど。ですが、あたしはあたしのやり方で、渡り合うつもりです」

「ほう、そのやり方とやらを、ひとつきかせてもらおうか」

「まずは、中間衆とのつき合いを断つことにします」

「つき合いを、断つ……だと？」

口入屋にとって、中間は商い物の目玉にあたる。断っては、こちらが困る。しかしお藤は、顔色ひとつ変えずに腹から声を放った。

「冬屋は、武家奉公人から手を引くことにいたします」

番頭も手代も小僧も下男も、腰を抜かした鯉のように、ぽっかりと目と口をあけた。

次いで、たちまち怒号がとびかった。

「中間を抜きにして、武家だらけのこの江戸で、どうやって口入商いをするつもりだ！」

「この女、頭がどうかしてやすぜ」

「こんな女を差配に据えるなぞ、まっぴらごめんですぜ、旦那！」

三人の手代が、太左衛門とお藤に罵詈雑言《ばりぞうごん》を吐きかけ、番頭と小僧と下男はにわかにおろおろしだす。このくらいは、勘定の内だ。騒がしい座敷を、お藤は平然と見渡した。

この座敷にもうひとり、お藤と同様、ようすの変わらない者がいた。

ひと月前に入った、台所女中のお兼である。冬屋の商いぶりや奉公人の仔細を、逐一お藤に伝えてくれたのは、このお兼であった。お藤と視線を合わせると、お兼はにんまりと目だけで笑った。どう収拾をつけるつもりかと、その目は問うている。

お藤は、すうっと息を吸った。

「冬屋は、武家ではなく、商家をお客といたします」

決して大きくはないが、よく通る。その声に一瞬、座が静まった。

「商家、だと?」

島五郎が、けっと吐き捨てた。

「何も知らねえんだな。商家は江戸の口入屋なぞ相手にしねえ。西国の大店はことに……」

「日本橋通南一丁目、呉服問屋浜崎屋《はまざきや》。同じく三丁目、糸物問屋伊勢屋。室町《むろまち》二丁目、小道具問屋河内屋《かわちや》……」

お藤はつらつらと六軒の店の名をあげた。いずれも日本橋界隈の大店であり、西国出の商家である。島五郎が、さらに眉間のしわを深める。

「その六軒が、何だってんだ」

「いま申し上げたお店は、冬屋から奉公人を雇うことを、承知してくださいました」

「何だと……」

島五郎が一瞬、言葉を呑み、その後を太左衛門が引きとった。

「本当だよ、島五郎。その六軒には、私もお藤さんと一緒に挨拶に伺ったからな」

「なるほど……大店に手蔓《てづる》をもっていると、それがあんたの切札か。大方、色仕掛けでたらし込んだか」

「よさないか、島五郎」

太左衛門のきついいさめに、手代頭は口をつぐんだが、目の中の憤怒は消えていない。どう言われようと、お藤は構わない。大店との伝手《つて》は、もともと自身の手柄ではない。祖母が築いた信用の、おこぼれにあずかっただけだと、よく承知していたからだ。

この頼りない糸を太い綱にするか、あえなく切ってしまうかは、お藤の手腕にかかっている。だが、お藤ひとりではどうにもならない。こちらに従う気など毛ほどもない奉公人たちに、助力を乞わねばはじまらない。

「店の差配として、申し上げたいことはひとつだけです」

ふたたび腹に力をこめて、声を張った。

「『商いは人で決まる』。この冬屋の信条として、それだけは肝に銘じてもらいます」

口入稼業の商い物たる人のことでもあり、また店内の皆に向けての言葉でもあった。

商いは人で決まる――。

それはお藤の祖母の口癖だった。

2

江戸でもっとも朝が早いのは、日本橋である。

橋の北詰に魚河岸《うおがし》があるためで、日の出の一刻前から江戸中の魚売りが集まり、魚を売り買いする威勢のいい喧騒が響く。

商家もまた、同じころに目を覚ます。誰よりも早く起き出すのは、小僧たちだ。

江戸の商家は、明け六つに店をあける。夜明けより少し前の刻限で、町木戸も長屋の木戸も、やはり六つの鐘とともに開かれる。小僧はそれまでに店内と店先の掃除を済ませ、客を迎え入れる仕度を整えなければならない。

表通りに並ぶ三軒の増子屋も、六つの鐘とともに暖簾を上げた。なのに冬屋だけは、朝日が顔を出しても、ひっそりかんと静まりかえっていた。

大あくびをしながら最初に顔を見せたのは、小僧の鶴松《つるまつ》である。帳場に座るお藤の姿に、慌ててあくびを呑み込んだ。

「おはよう、鶴松」

「……おはよう、ございます」

「早いとは言えない刻限だよ。お天道さんは、とっくに昇っているからね」

起きて早々文句をつけられては面白くない。新参者なぞ認めるものかと言いたげな、抗う目つきになった。歳はまだ十三だが、店に入って一年のうちに、すっかり手代たちのやり方に慣れてしまったようだ。

「明日からは、もう半刻早く起きて、六つまでに掃除を済ませておくれ。いいね」

「そんなこと、急に言われても……」

もごもごと口ごたえしたが、心配はいらない。明日からはお兼が、店中まとめて布団からひっぺがしてくれるだろう。内心でほくそ笑みながら、鶴松にたずねた。

「番頭さんや手代衆は、毎朝何時《なんどき》に姿を見せるんだい？」

「手代さんたちは、おいらが掃除を終えたころ、六つ半くらいに起き出してきやすが、番頭さんは日によってまちまちで」

「朝寝の癖でもあるのかい？」

「番頭さんは朝はおいらより早いけど、さっさと表店の方へ行っちまうんで」

もともと七郎兵衛は、親店たる油問屋の手代頭だった。冬屋では居場所がないのか、暇さえあれば裏庭を伝って表通りの店々に顔を出し、裏にいる女中や下男を相手に油を売っているという。

ため息を辛うじて堪《こら》え、お藤は鶴松に言った。

「手代たち三人を、いますぐ、たたき起こしておくれ。頼みたいことがあるからね」

「おいらが？　んなことしたら、はたかれちまうよ」

「いいから、お行き」

ぴしりと命じられ、小僧はあわてて奥へと引っ込んだ。しかしなかなか戻ってこず、やがて衝立の陰から、おずおずと困り顔を覗かせた。

「あのお……三人そろって、二日酔いで頭が上がらねえと」

「そう伝えろと、連中に言われたのかい？　下手な方便のつもりなら……」

「嘘じゃねえです！　三人とも布団の上を這いずりまわっている有様で、島五郎さんなぞ、庭の繁みで盛大にやらかしてやした」

「だらしがないねえ。大の男が、あれしきの酒で」

「お藤さんは……」

「呼び方が、違っているよ、鶴松」

「あ、はい……差配さん、でやすね」

鶴松が急いで言いなおす。自分のことはそう呼ぶようにと、昨夜のうちに皆に伝えてあった。

「差配さんは平気なのかと、手代さんたちが驚いてやした」

「あの数で一斗樽なら、ひとり二升ってところだろ。次の朝までもち越すほど、たいそうな量でもあるまいに」

へえっ、と小僧の眼差しに、尊敬の念が宿った。くだらないはったりだが、意外なところに効き目があったようだ。

「さ、早いとこ掃除を済ませておくれ。終わったら、使いを頼むからね」

笑いをこらえ、お藤はてきぱきと小僧に命じた。

武家から手を引いて、客を商家一本にしぼる――。

昨日、お藤が語った店の方針は、いくら説いても手代たちに受け入れられなかった。そのまま物別れに終わりそうに思えたころ、座敷に一斗樽が届いた。お藤が奉公していた、茶問屋駿河屋からの祝儀であった。

「あたしも初手から、引き下がるつもりはないんでね。ひとつ腰を据えて、互いの腹の内を語り明かすとしましょう。お酒が入れば、それだけ舌もよくまわるからね」

この誘いばかりは、手代たちも文句をはさまなかった。太左衛門や番頭はつきあい程度にとどめ、途中で退散した。鶴松は座敷の隅で船を漕ぎ、女中と下男は台所で燗番《かんばん》に忙しい。最後まで呑み続けたのは、お藤と三人の手代だけだ。

「ふん、呑みっぷりだけは認めてやらあ」

島五郎は、すぐ顔に出るたちのようだ。目のまわりを真っ赤に染めながら、それでも女に負けてなるものかと盃をあおり続けた。一方のお藤は、実を言えばうわばみだ。もともと酒が好きな上、いくら呑んでも面には出ない。ただ、さすがに二升を呑めば、顔には出ずとも酔っ払う。自分がへべれけになって正体をなくすようでは、元も子もない。

お藤はこっそりとお兼に頼んで、途中から中身を水にしてもらった。

いかにも強そうなふりで、終始涼しいようすを崩さなかったが、呑んだ酒はせいぜい男たちの半分、一升くらいだろう。早々に前後不覚となった手代たちは、気づいていない。夜が更けるころには、三人そろって酔い潰れた。

「妙な片棒を担がせて、すみませんね、お兼さん」

「構わないさ。あたしもこういう悪戯は嫌いじゃない」

お兼はにんまりと、人の悪い笑みを広げた。

下男が小僧に手伝わせ、手代たちを寝間にはこび入れ、座敷にはお藤とお兼が残って後片付けをした。ほぼ空になった一斗樽を覗き込み、お兼はあきれた顔をした。

「ただ、宴の狙いだけは、よくわからないがね。初っ端から大盤振舞いして、機嫌をとったつもりかい？」

「そんなつもりはありゃしませんよ。ただ鬱憤は、早めに吐き出しちまった方がいいと思って」

「あんたへの文句なら、ひと晩くらいじゃ尽きやしないよ」

「本当に吐いてほしいのは、これまでに積もった塵芥《ちりあくた》の方ですよ。相当ため込んでいるはずだからね」

「塵芥って、何のことだい？」

「この店は、一度も利を出していない。おまけに先細りする一方で、明るい兆しはひとつも見えない。どんな奉公人だって、気持ちよく働けるはずがないんだよ」

そういうもんかね、とお兼は首をかしげる。

「主人ならともかく、暇な店の方が、奉公する側にとっては楽なようにも思えるけどね」

「いいえ、人にとって楽より大事なのは、気持ちの張りです。主人も奉公人も、それだけは変わりません」

お藤はきっぱりと、言い切った。

「繁盛する店には活気がある。忙しくとも、やり甲斐《がい》がある。お兼さんが前にいたお店も、同じでしょ？」

「まあ、そうだがね」

「あたしはその逆を、目にしたことがある。もとは評判のよかった店が、日一日とさびれてゆく。なのにあのころのあたしには、何もできなかった」

死にゆく者を、黙ってながめているに等しい。あれほど切ないことはないと、お藤は声を落とした。

「この冬屋の衆も、やはり同じだよ。ことに島五郎のような負けず嫌いなら、無念もそれだけ抱え込んでいて然《しか》るべきだ」

「なるほどね」

「己の心遣いひとつで、お客が喜んでくれる。人さまの役に立っている。これに勝るものはありません」

身分も稼業も関わりなく、人の真理というものだ。

今日もよく働いた、よく稼いだと満足してこそ、快い眠りが訪れる。どんなに楽をしたところで、遂げる満足を知らぬ者は、己を倦《う》んで酒や博奕に逃げることになる。

同じ鬱憤を、この冬屋の者たちも抱えているはずだ。

「ああ、それで手代頭に、喧嘩をふっかけるような真似をしたんだね」

思い出したように、お兼が手を打った。

「島五郎、これを見ておくれな」

酒宴が半ばにかかったころ、お藤はそう切り出した。いつのまにか口調もくだけている。

「いきなり呼びつけとは、どういう了見だ」

「あたしはここでは、番頭さんより上だもの」

歯噛みする音がきこえてきそうなほど、島五郎はこちらをにらみつけた。すでに太左衛門からも、その旨は達せられている。いくら反感を買おうと、立場の上下ははっきりさせねばならない。

「おまえさんも、中身は知っているだろう？」

島五郎の前に、ずいと手拭い形の帳面をすべらせた。一瞥《いちべつ》し、ちっと舌打ちする。いわゆる店の収支が記された、帳簿である。

「こいつが、何だってんだい」

「この二年、一度も利が勝った月がない。皆も承知しているだろう？」

と、三人の手代を順ぐりに見回す。ちょうど新しい銚子をはこんできたお兼は、傍らで聞き耳を立てていた。

「おれのせいだと、言いてえのか」

おれたちではなく、おれのせいかと、島五郎は言った。己で責めを負う気概があるなら、この男は見込みがある。お藤は内心で値踏みしながら、「まあ、そうだね」と告げた。

「知ったふうな口をきくな。口入稼業はな、楽に儲けが出ねえ仕組みになってんだ」

「それでも中には、儲けている店はある。千石屋、野島屋、備中屋……」

「連中は、口入仲間の老舗だろうが。構えもでかいし、大大名とのつきあいが深《ふけ》えから、あつかう数も半端じゃねえ。うちのような新参とは、はなから格が違うんだよ」

「だったら冬屋は、この先も利の出ない商売に、甘んじろというのかい？」

「そんなこと、言ってねえ」

「言っているのと、同じじゃないか！」

しん、と座敷が静まり返った。島五郎の向こう側にいるふたりの手代も、あいた銚子を片付けていたお兼も、口をつぐんでこちらを窺っていた。

「楽に儲けが出ないなら、地べたを這いずってでも利を出すしかない。商いは、そうしないと成り立たない」

「そのくらい、他人《ひと》に言われずとも……」

「いいや、あんたたちは、これっぽっちもわかっちゃいない。冬屋が二年もったのは、他の三軒の増子屋のおかげじゃないか。親店や兄弟店の施しにすがって、どうにか食い繋いでいるだけじゃないか」

島五郎の、顔色が変わった。いまさら言われるまでもない。誰よりも情けなさが身にしみているのはこの男だ。新参の女がその傷をえぐったとなれば、殴られても文句は言えない。

気圧《けお》されぬよう、相手の目をしっかと見据えた。いまのお藤の武器は、度胸だけだ。

「おれだって、ただ手をこまねいていたわけじゃねえ」

嚙みしめた歯のあいだから、島五郎が絞り出した。握った拳がふるえ、酒ににごった目は血走っている。

「だが、何をどうやっても、あっちこっちで阻まれる。動けば動くほど、悶着の種が増える。まるで蜘蛛の巣にかかったようなもんだ。もがいた分だけ糸がからまり、終《しま》いには、てめえがどっちを向いてるかさえ、わからなくなる」

「だから、諦めた。そういうことかい?」

「てめえに、何がわかる!」

島五郎の話が、決して言い訳だけではないことは、お藤も承知している。新しい店を任されて、島五郎も最初は張り切っていた。立ちふさがったのは、古い因習だ。武家や株仲間同士のなれ合いが、新規を拒み、伸びようとする芽を片端からつまんで捨てる。そのくり返しに疲れ果て、一年であがくのをやめてしまった。あとの一年は、ただだらだらと倦んでいただけだ。

「どうすれば冬屋の商売が上向くか、あたしはこの三月《みつき》、それればかりを思案してきました」

太左衛門との話が決まったのは三月前。増子屋に初めて足を運んだのも、そのころだ。外からながめるに留《とど》めたものの、鬼子のような冬屋の寂しい姿には、我がことのように胸が痛んだ。それから江戸の口入屋についてできる限り調べ上げ、何か上策はないかと朝から晩まで考え続けた。

「お武家相手では、どうにもならない。結局、そこに行きついたんだよ」

「あげく、的を商家に変えたってのか？　たかが素人の思いつきに、過ぎねえじゃねえか」

「たしかに、やってみないことにはわからない。それでも、何もしないで指をくわえているよりは、よほどましさね」

「さっき言ったろう。ここは蜘蛛の巣だと。あんたがよけいな真似をすれば、おれたちの足にも糸がからむ。共倒れなんざ、まっぴらご免だ」

「動かなければ、そろって他所に食われるだけだ。違うかい？」

はあっ、と島五郎がため息をついた。

「やめだ、やめだ。口じゃあ所詮、女にはかなわねえ」

お兼が運んできた新しい銚子から、手酌で酒を注《つ》ぐ。すっかり醒《さ》めているのだろう、三杯立て続けにあおった。

「あんたの好きにすればいい。どのみち旦那が決めたことだ。おれたちが四の五の言ってもはじまらねえ」

「いいんですかい、島五郎さん」

懸念を口にしたのは、与之助《よのすけ》だ。歳は二十二。三人の手代の中ではいちばん若い。からだつきはひょろりとしているが、もと中間だけあって、目つきがひときわ悪く、品がない。

もうひとりは与之助とは逆に、大柄でがっしりしている。名は実蔵《さねぞう》。歳は島五郎より二、三上になるというから、そろそろ三十に手が届く頃合だ。ただ、冬屋に入ったのはいちばん遅く、格は与之助より下になる。商家では、齢《よわい》よりも働いた年数に重きがおかれる。出過ぎぬよう控えているのか、あるいはもともとの性分か、口が重い。

いまもやりとりを見守るに留めているが、そのぶん与之助は黙っていない。

「女に従うなんざ、おれぁご免ですぜ」

「別に従うつもりはねえよ」

島五郎は、鼻で笑った。

「この女が何をしようと、知ったこっちゃねえ。ただし、共倒れは勘弁だ。おれたちはいままでどおり、やらせてもらう」

「つまり、この先もお武家とのつき合いを続けると、そういうことかい？」

あらためてたずねたお藤に、島五郎はにやりとした。

「そのとおりだ。いきなり縁を断てば、後に障る。商家との商いが、うまくいくとは限らねえならなおさらだ」

手伝うつもりはなく、高みの見物を決め込む。島五郎は、そのつもりでいるようだ。

しばし手代頭と視線を合わせ、お藤はゆっくりと息を吐いた。

「皆の了見は、よくわかりました。当面は、二本立てでいくしかなさそうだね」

さも残念そうに肩を落としたが、手代の三人を当てにはできないことは、勘定の内だった。いまの島五郎の言いようなら、少なくともお藤のやることに、あからさまな邪魔はしまい。それだけで、ひとまずは御《おん》の字だった。

「話は決まった。じゃ、あらためて前祝いと行こうぜ、差配さん」

とってつけたように呼んで、島五郎は機嫌よく盃をとり上げた。

お兼はそれを潮に、腰を上げた。


「あのときお兼さんが留まってくれたのは、あたしを案じてのことでしょう？」

あいた銚子を盆に片付けながら、お藤は言った。

「いつ島五郎に殴られるかと、ひやひやしたからね。酔った連中の相手をひとりで務めるなんて、無茶にもほどがあるよ」

あの場にお兼がいてくれたからこそ、酔いのまわった男たちを相手に事無きを得た。腹を据えて挑んだつもりだが、思い返すと膝がふるえ出しそうだ。いまさらながらに、お兼の厚意はありがたかった。

「せめて太左衛門の旦那がいてくれりゃ、よけいな真似をせずに済んだんだがね。あんたをひとりで残すなんて、あの旦那も薄情じゃないか」

「旦那さんには、あたしからそうしてくれと頼んだんだよ」

「そうなのかい」と、お兼が目を丸くする。

太左衛門がいれば、手代たちも本音は言いづらかろう。また素面《しらふ》では、日頃の意地が先に立つ。多少なりとも、手代たちと腹を割った話がしたい。茶問屋から一斗樽をはこばせたのには、そういう腹づもりがあった。

「それにしても、本当に大丈夫なのかい？　連中の助けも当てにできず、あんたひとりきりで新しい商売をまわすだなんて」

「ひとりきりなんて、とんでもない。あたしには、お兼さんがいてくれる」

お兼の手をとり、気持ちを籠《こ》めて握りしめた。長年、水仕事をこなした手は、荒れてざらついていたが、お藤にとっては何より頼もしい拠り所だった。

お兼はひどく驚いた顔をして、それでもお藤の手を、強く握り返してくれた。

「人さまの役に立つ。これに勝るものはない。あんたが言ったことは、あたしにもわかるよ……あたしも同じだったからね」

妙にまじめな眼差しを、お藤に向けた。

「誘いに乗って店を変えたのは、給金につられたからじゃない。ま、それもなくはないがね……あんたがあたしを買ってくれた。何よりそれが嬉しかった」

「お兼さん……」

「気持ちの張りってのは、そういうことだろ？」

「ええ、ええ、そのとおりです」

手代たちには通じなかったが、少なくともひとりは耳をかたむけてくれた。いまのお藤には、それだけで十分だった。

「あの連中にも、同じものが見つかるといいがね」

お兼はちらりと廊下に目をやった。離れた寝間から、手代たちの大いびきがきこえてきた。

3

「ただいま、帰りました」

風呂敷包みを手に、鶴松が使いから戻ってきた。包みは台所にいるお兼に渡され、それが済むと、お藤は帳場の前に小僧を座らせた。

「いいかい、鶴松。この暖簾をくぐっていらした方は、みんなお客さまだ。たとえどんなに身なりが貧しくとも、からだつきが貧相でも、ていねいに受け応えするんだよ」

不満か不安か、色々なものが入り交じった顔で、小僧は中途半端にうなずいた。

これまでは雇い主たる武家や、その奉公人たる中間ばかりを大事にしてきた。昨日の島五郎のあしらいを見れば、一目瞭然だ。一朝一夕で変えられることではないが、わかるまでくり返し説けばいい。何よりも、お藤自らが示すことで、からだで覚えてくれるだろう。

「よう、邪魔するぜ」

あいにくと最初に入ってきたのは、顔馴染みらしい中間だった。帳場に座る女の姿に、ぎょっとした顔をする。

「このたび増子屋の差配を務めることになりました、藤と申します」

帳場から出て、ていねいに頭を下げると、男は下品な笑いを浮かべた。

「こいつは驚いた。ひょっとして、旦那の色じゃなかろうな」

「まさか。あたしなんぞが、おかみさんに太刀打ちできるはずがありませんよ」

太左衛門の女房、お品は、臈《ろう》たけた美人として界隈でも評判だ。男も承知しているのだろう、一緒になって笑いとばした。

「島五郎はいるかい」

「相すみません。店に出るのはおそらく、夕刻になるかと」

「そうか。なに、あんたが相手をしてくれるなら、その方がいい」

男があからさまに、顔をにやつかせる。

「では、代わりにお話を承ります。鶴松！」

お藤は小僧に、台所に行くよう言いつけた。鶴松はまもなく盆を手にして戻ってきたが、

「なんでえ、こりゃ？」

客は不満そうに、顔をしかめた。盆の上には、茶と菓子が載っていた。

「宝屋《たからや》のきんつばが手に入りましたから、たまにはよろしいかと思いましてね」

「へえ、こいつが宝屋のきんつばか」

酒を期待していたところが、当てが外れた。男は露骨にがっかりしたが、それでもひときわ上質な餡《あん》を用いた宝屋のきんつばは、下手な安酒よりも値が張ると評判の菓子だ。めずらしそうに口に入れ、「お、うめえな」と声をあげた。お茶もまた、駿河屋から分けてもらった上等な品だ。やはりうまそうにすすり、男は代わりを頼んだ。

客に酒をふるまうのは、口入屋に限ったことではない。呉服問屋をはじめとするどこの商家でも、大事な客は酒で接待する。だが酒が入ると、自ずと長っ尻《ちり》になる。中間相手の口入屋ではなおさらで、下手をすると一日中居座られることになる。さっさと帰してしまえるなら、金もかからず手間もはぶける。上等な菓子代くらい安いものだ。

「次の出入り先を、見つけてほしいということですね。かしこまりました。そのように島五郎に申し伝えます」

男はいわゆる渡り中間で、口入屋の客はこの手合いがもっとも多い。大名や旗本から声がかかったときに、短い期間で雇われる者たちだ。

仕事の話が終わっても、お藤はしばらく男につき合って相手をしていたが、そのあいだにも客は来る。自ずとおざなりとなり、やはり酒がなくては間がもたないのだろう。

「じゃ、島五郎に伝えてくんな」

いい加減のところで、尻を上げた。その後も同様の客が続き、お藤は同じようにあしらったが、昼少し前になって、待ちかねていた客が訪れた。

「奉公先を探しとるだが、どこさ働き口を、世話してもらえねえべか」

いかにも江戸へ出てきたばかりの田舎者だと、口調からも風体からも察せられた。

「ええ、ございますとも。さ、どうぞお上がりください。鶴松、お客さまにお茶を」

真っ黒に日焼けしているから、おそらく百姓をしていたのだろう。中間も、もっとも多いのは百姓の次男や三男だが、からだも小さく、気もたいしてまわらなそうだ。手代連中なら、まず相手にしない。それを承知している小僧もまた、あからさまに眉をひそめた。

「鶴松、さっき言ったはずだよ」

お藤が少し恐《こわ》い顔をすると、首をすくめて台所へ引っ込んだ。

「こんなうめえもん、おら、生まれて初めて食っただ」

出されたきんつばを平らげて、ていねいに指まで舐める。

男は房総《ぼうそう》半島にある上総《かずさ》の出で、泰治《やすじ》と名乗った。思ったとおり百姓の次男坊で、歳は二十五だという。

「そうですか、お兄さんが嫁をとられて」

「んだ。それで厄介払いをされちまった」

泰治の語る話を、お藤は身を入れてきいた。

「家がお百姓なら、水汲みや薪割《まきわ》りは？」

「そういう仕事なら、造作もねえ」

「賄いや掃除は、どうです？」

お藤の問いに、日焼けした顔がきょとんとする。

「そっだらもんは、女子衆《おなごし》がやることでねが？」

「江戸のお店では、男衆《おとこし》の仕事なんですよ」

へえっ、と泰治が大げさに驚いてみせる。

「おらは台所仕事なぞ、やったためしがねえだ」

「これから覚えればいいだけの話です。どうです、やってみませんか？」

「おらに、できるだろか……」

泰治は不安そうだが、別に本職の板前になれというわけではない。お藤が熱心に勧めると、泰治もうなずいた。

「別にどうしてもお武家に奉公してえわけじゃなし、働き口があるなら、それでええだ」

「恐れ入ります。では四日後に、あらためて手前どもの店にお越しください」

いまは江戸にいる親類の家に、泊めてもらっているという。住み込みで働くものと思ってほしい、お藤はそう告げて、泰治を帰した。


「差配さんが何を考えているのか、おいらにはさっぱりわかりません」

暖簾を仕舞いながら、鶴松はそう口を尖らせた。

その日、馴染みの中間を除いて、職を求めて訪れた者は何人もいた。だが、お藤が仕事を確約したのは、泰治ともうひとりだけだった。

「よりによって、さえない者ばかり目をかける。手代さんたちなら、はなも引っかけない手合いばかりだ」

からだが大きく、武家への奉公を強く望んでいる者は、まず除いた。そういう連中は、島五郎が欲する、中間に似合いの者たちだ。お藤が求めているのは、むしろその逆だった。だが、図体《ずうたい》ばかりを見ていたわけではない。

「あいつらより、もっと弁の立つ者、気の利いた者はおりやした。なのに……」

「あいつらではなく、お客さまだよ」ひとまず釘をさし、「でも、客をちゃんと見極めていいたのは、えらかったね。口入屋には、何より大事なことだよ」

褒められて、鶴松は照れくさそうに口許《くちもと》をほころばせた。

「なまじ口が達者だったり、あまりにそつがない者は、向かないいんだよ」

「そうですか？」と、鶴松が首をかしげる。「お店者《たなもの》は、頭のとろい者には務まらない。番頭さんは、そう言ってましたけど」

「たしかにね、それも間違いではないさ。けれど、お店者にも色々あってね。あたしが探しているのは、一にも二にも辛抱がきく働き手だよ」

「辛抱？」

「そう。あと四日経てば、おまえにもわかるよ」

小僧を煙《けむ》にまくように、お藤は微笑んだ。

あくる日からも、中間客は手代たちに任せ、お藤は小僧が言うところのさえない者ばかりをよりすぐった。初日も数えて五日間で、都合七人。その中には、お藤が冬屋に来た日、店先で島五郎に邪険に払われた男も交じっていた。

そして翌日、七人の男たちは、冬屋の座敷に居並んだ。

「何でえ、この泥くせえ集まりは。店ん中が一気に、田舎くさくなっちまったじゃねえか」

座敷に居並んだ七人をながめ渡し、手代たちが呆れかえる。

「この人たちには、今日からここに寝泊まりしてもらいます」

「何だとぉ?」

島五郎が、目を剝いた。

「七人も置いておける場所が、どこにある!」

「島五郎、まずおまえの寝間を明け渡してもらうよ。今日からは、与之助と実蔵と一緒に休むように」

「どうして、おれがとばちりを」

「それと、お兼さんの寝間も使わせてもらいます。あたしと一緒に寝起きすればいいからね」

「ちょっと待て。おれたちを呼びつけにしておいて、女中の婆あはさん付けかよ。いったいどういう……」

「お兼さんは、今日から台所女中ではありません。冬屋の大事な指南役です」

廊下に控えていたお兼を招き入れ、自分のとなりに座らせた。島五郎の背後で、与之助と実蔵が、わけがわからないと言いたげに顔を見合わせた。

「おい、指南役って、何のことだ」

「この人たちを、商家に入れるための指南役です。ひと月のあいだ、お兼さんにみっちりと、掃除や台所仕事を仕込んでもらいます」

悪い夢でも見ているように、島五郎がしきりとまばたきする。

「あらためてよろしく、島五郎さん」

にんまりと、お兼は横広がりの笑みを浮かべた。

4

「何べん言わせればわかるんだい！」

けたたましい声が、店中に響きわたる。

「掃除は上から順ぐりに。床を掃いてからはたきをかけても、二度手間になるじゃないか」

「畳を拭くときは、雑巾をもっと固く絞って。ああ、ああ、それじゃあ、畳がぼろぼろになっちまう。畳の目に沿って清めるんだよ」

奥の座敷の辺りで、そんな声がしたと思ったら、間をおかず今度は台所からきこえてくる。

「遅い！　たかが皮むきに、いつまでかけるつもりだい」

「だども、おら、包丁なんぞもったのは初めてで……」

「だからわざわざ懇切ていねいに、教えているんじゃないか。ありがたく思って、さっさと手を動かしな！」

たまの口答えも、たちまち封じられる。

お兼の指南がはじまって、三日が過ぎた。

奉公志願する七人の男たちは、冬屋に寝起きしながら、掃除や炊事を一から叩き込まれている。というより、朝から晩までひたすら怒鳴られ続ける毎日だ。このひと月、お兼は猫をかぶっていたに過ぎないと、冬屋の誰もが思い知った。

「いいかい、たかが下働きと侮《あなど》るんじゃないよ。あんたたちはそれすら満足にできない役立たずだ。ようく肝に銘じて、精進おし！」

お藤が選んだ七人は、決して物覚えがいいわけでも、動きが機敏なわけでもない。できなければすかさずお兼の叱咤《しった》がとぶ。誰もがびくびくと指南役の顔色をうかがい、手を右から左に動かすことすらはばかるような有様だ。

最初に音をあげたのは、意外にも当の七人ではなく、手代頭の島五郎だった。

「頼むから、あの婆あの怒鳴り声をやめさせてくれ！　一日中あんな声をきかされたら、こっちがおかしくなっちまう」

「おまえさんが叱られているわけじゃあるまいし、構うことはありませんよ」

「そっちが構わずとも、こっちが辛抱しきれねえって言ってんだよ！」

唾をとばして訴える島五郎に、お藤はさらりと告げた。

「そのうち、慣れますよ」

「慣れたくねえ！」

島五郎の後ろには、ふたりの手代も控えている。どちらもやはり、迷惑顔をならべていた。片方の与之助が、口を出した。

「だけどよ、差配さん。近所の者たちからも、あまりに声がうるさいと文句が出ているぜ。あの声じゃ、外まで筒抜けだからな」

外聞が悪いと、与之助は眉をひそめた。

「引き札代わりになって、ちょうどいいじゃないか」

「引き札だと？」

島五郎が怪訝な顔をする。引き札は、商品の宣伝のために配るちらしである。

「冬屋は、奉公人の仕込みに力を入れている。近所の口から、自ずとそう広まるだろう？」

「口入屋自ら奉公人を仕込むだなんて、きいたためしがねえぞ」

「だからこそじゃないか、島五郎。めずらしいものは噂になる。下手な引き札より、よほど店の名があがるというものさ」

奉公人のしつけは、各々の店で行うのがあたりまえだ。他所で使われていた者ならすぐに役に立つのだが、払う給金もそれだけ高くなる。店によってやり方も違うから、かえって使いづらいと嫌う主人もいた。一方で素人を雇えば、最初の幾月かはほとんど使い物にならない。

お藤は、そこに目をつけた。

安く雇える素人を、すぐに使えるようこちらで仕込む。客にとっては、たいそう有難いはずだ。利を重んじる西国の大店ならなおのこと、儲けものだと思ってくれよう。

「だからこそ六軒の大店は、つき合いのない冬屋に、奉公人の世話を任せてくれたのですよ」

お藤は新しい商売のからくりを、初めてくわしく手代たちに語った。

「皆も知ってのとおり、大店の奉公人はすべて、生国《しょうごく》の者たちで固められている。上は支配役から下は小僧まで、余すところなくね」

「いまさら説かれるまでもねえ、百も承知だよ」

島五郎はそっぽを向いたが、何かと事情通の与之助は、話に乗ってきた。

「伊勢店には伊勢者、近江店には近江者が詰めて、それもいわば、店のもち味になってやすからね。京店だけは案外、同じ西国でも、あちこち交じっているそうでさ」

古い都だけあって、先祖が別の土地から京に上り、店を開いた例も数多い。その場合、先祖の生国から人を雇うのが慣例となり、いまに続いているのである。もちろん京者もそれなりに多く、与之助が言う交じっているとはその意味だった。

江戸で雇われる手代もいるにはいるが、よほどの手腕がある者に限られる。他店での働きを買われた上での引き抜きに近く、丁稚から勤める場合は、西国から下ってくるのがふつうだった。

「そんな大店に、どうやって割り込むつもりだい？　色仕掛けより他に、やりようがなさそうに思うがね」

島五郎の皮肉には耳を貸さず、お藤は手代たちに言った。

「表店には、たしかに割り込みようがない。けれど、裏ならどうだい？」

「裏ってえと……台所や下働き、つまりは下男のことかい？」

「そのとおりだよ、与之助。店に立つ表の奉公人は、建前の上では十年の年季が相場だろ？　けれど下男奉公は、半季や年季ごとに請状《うけじょう》を交わして給金を決めるんだよ」

なるほど、と島五郎と与之助が、気づいた顔になる。ただ、口の重い実蔵だけは、きいているのかいないのか、それすら判じられなかった。

半年や一年ごとに奉公の約定を結びなおすとなれば、そこにつけ入る隙がある。同時に下男奉公だけは、出替わりが激しく、江戸府内で人を調達する場合が少なくなかった。

お藤はそこに、商機を見出したのである。

江戸の人手不足は深刻で、気の利いた下男は、おいそれと見つからない。口入屋がある程度仕込み、新米と同じ給金で雇えるとあらば、大店にも利があるはずだ。

「お客さまに得をさせてこそ、商売は成り立つ。それが商いの本分だからね」

「なるほど、少なくとも色仕掛けじゃあねえようだが」

面白くない顔で、島五郎が応じた。

「だが裏を返せば、客がかぶる損を、こっちが引き受けるってことじゃねえか。あの連中のひと月分の飯代は、どうやって元をとるつもりだい。おれたちの稼ぎは、口利き料だけなんだぜ」

「今回に限って見れば、儲けは望めない。それどころか、足が出ちまうだろうね」

「何だとお！　そんなもん、それこそ商売にならねえじゃねえか」

島五郎が、血相を変えて詰め寄った。手代頭の言い分はもっともだ。

「いまはね、島五郎。おまえさんの言うとおり商売にならない」

「いま、だと？」

「そう。いまはまだ、下拵《したごしら》えをしているに過ぎないからね」

「下拵えってのは、何のことだ？」

「信用だよ、島五郎」

手代頭が、いぶかるように濃い眉をひそめた。

「信用なしに、商売ははじまらない。相手が大店ならなおさらだ。まずはこちらの誠《まこと》を見せて、商いをはじめさせてもらう。儲けは、それからだよ」

「その儲けとやらは、どうやって出すつもりだ?」

お藤は己の目論見を、手代たちに明かした。島五郎の目が、徐々に真剣な色を帯びていき、お藤が話を終えると、少しのあいだ考える顔をした。

「正直、あんたの胸三寸に過ぎねえ。やってみねえとわからねえって、あやふやなもんだ。うまくいかねえ目算だって、十二分にある」

決していちゃもんをつけているわけではなく、誰もが抱くまっとうな懸念だ。それでもこのあつかい辛い手代頭が、お藤の話を正面から受けとめてくれた。いまはそれだけで有難かった。

新規の商売は、埋め立てたばかりの地面を歩くのに似ている。もとは海や沼だった場所を、初めて歩く怖さがある。どこに穴があるのか、誰にもわからない。足を踏み出したとたん、ずぶりと沈み、たちまち腰まで泥に浸《つ》かるかもしれない。

しかし新参の冬屋が与えられたのは、この土地だけだ。せめて傍らに道連れがいれば、泥に足をとられて倒れても、助け起こしてくれるだろう。

いまの島五郎に、そこまでの親切は望めなかろうが、声くらいはかけてくれそうだ。

「うまくいくもいかないも、まずは初手の七人にかかっています」

だからこそ念を入れて、ひと月という長い暇《いとま》をとったのだ。

「まあ、そうだな。連中がこければ、一切が水の泡だ」

「おまえたちには難儀だろうが、しばらくのあいだ堪えておくれ」

仕方ねえな、と島五郎が折れて、ふたりの手代も交互にうなずいた。

お藤は内心ほっとして、島五郎の後ろにいるひょろりとした手代に顔を向けた。

「与之助、おまえさんはどうやら、耳が早いようだね。またご近所なぞから話を拾ったら、教えておくれな」

もちあげられて、悪い気はしなかったのだろう。与之助の顔がゆるんだが、島五郎の手前、あわてて引き締めた。

「ご近所さまには、あたしも挨拶が遅れていたからね。お詫びがてら、事の次第を話してきますよ」

「見知らぬ女が、差配でございますと詫びたところで、かえって侮られるのがおちだろう」

「それじゃあ、島五郎、おまえさんが一緒に……」

「そいつはご免だ。だいたい、あんたを助《す》ける義理は、おれにはねえ。実蔵、おまえが行け」

断られるのは承知の上だったが、意外にも島五郎は代理を立てた。

「あっしがですかい？」

大柄な手代が、迷惑そうに顔をしかめる。

「差配が軽んじられれば、笑い物になるのはこの店と、手代頭のおれだ。からだのでかいおまえが従えば、少しは箔もつくだろうよ」

へい、と実蔵が、重そうにうなずいた。

「ご近所さまには、詫び料代わりに羊羹《ようかん》を配るつもりでいましたからね。実蔵が来てくれるなら助かるよ」

お藤はにっこりして、手早く出仕度を済ませた。

「後は頼みましたよ、島五郎」

「あんなもん頼まれたって、どうにもできねえよ」

実蔵とともに店を出ようとすると、甲高い声が奥から追いかけてきた。

「だから、廊下を拭くときは腰を入れろと言っただろ。何だいそのへっぴり腰は！」

島五郎は、げんなりと肩を落とした。

「差配さんよ、傍《そば》にいるおれたちですらうんざりなんだ。当の連中は、もっと参っているはずだぜ。せいぜい逃げられねえよう、気をつけるこったな」

皮肉めいてはいるが、よけいな忠言は心配の証しだろう。

島五郎の心配は、数日後には現実《ほんとう》になった。

「おらには、とても務まりそうにねえ。申し訳ねえが、暇をくだせえ」

泰治が情けない顔で、お藤の前にかしこまる。上総から来た百姓の次男坊である。その横にはもうひとり、うなだれている男がいた。

「おれも同じです。こんなこともできないのかと怒鳴られるばっかりで、すっかり嫌気がさしちまって……」

お藤がここに来た日、店先で出会った男だった。名を春吉《はるきち》という。口下手で棒手振り商いがうまくゆかず、女房に子ができたのを機に、もっと実入りの良い仕事を探していた。

お兼の指南がはじまって、七日目になる。昨日もやはり、別のふたりがやめたいと申し出てきた。そういう頃合なのだろうと、お藤にも察せられた。

「嫌気がさしたというのは、お兼さんに対してかい？」

「え、いえ……」

問われた春吉が、口ごもる。言いたいことはあるが、うまく出てこないのだろう。

「おれが嫌気がさしたのは、てめえにでさ」

辛うじて、そう呟いた。となりにいた泰治が、助け船を出すように後を続けた。

「おらもそうです。たかが掃除や水仕事すら、まともにできねえ。お兼さんに叱られどおしなのも、無理はねえです。だども、いまからこの有様じゃあ、お店に行っても役に立たねえ。おらがおらに、見切りをつけたんでさ」

「見切りをつけるのが、早過ぎやしませんか？」

お藤の言葉にも、ふたりは黙ったままだ。やることなすこと、逐一お兼に文句をつけられる。ただでさえ慣れていない上に、あれも駄目これも駄目と止められる。終いには、どっちを向いていいかさえ、わからなくなる。どんな者でも、わずかばかりの自尊心は抱いているものだ。それを根こそぎもぎとられ、からっぽになってしまったようだ。

ふたりの気持ちは、お藤にもよくわかる。だが、ここからが正念場だ。

「ここをやめて、何をするつもりだい？　春吉は、また棒手振りに戻るのかい？　子供が生まれたら、暮らしていけぬほどの稼ぎしかないんだろ？」

痛いところを突かれ、春吉が顔をしかめた。

「泰治は？　どうするつもりだい？」

「ひとまずは、日雇いなんぞを……」

「棒手振りも日雇いも、雨風の日には働けない。まっとうな大工や左官なら、それなりの稼ぎも見込めるだろうが、おまえたちには何もない。違うかい？」

重々わかっているのだろう、ふたりはやはり殻にこもるように黙り込んだ。

「泰治、たかが掃除や水仕事だと、さっきそう言ったね？」

「へい」

「だけどね、男ながらに身につければ、江戸なら一生食いっぱぐれはないんだよ」

え、と泰治が顔を上げた。この江戸は、出稼ぎ者や故郷を捨てた者のたまり場だ。女にくらべて男の数がはるかに多く、女手は絶えず不足している。加えて西国を本拠とする江戸店には、ある慣習があった。

「江戸のお店では、台所仕事も男衆がする。前に言ったのを、覚えているかい?」

「へい、たしかに」と、思い出したように泰治がうなずく。

「あれは本当だよ。京も伊勢も近江も、西の商人の江戸店は、奥にも台所にも女中を置かないんだ」

泰治と、そして春吉も、驚いたように目を見張った。もちろん中には例外もある。だが、名の知られた大店は、店内に女の奉公人を置くことを嫌う。江戸に女の数が少なかったためか、色恋沙汰なぞの面倒を嫌ったか、あるいは嫁入りや出産でいつ仕事をやめるかわからないという使い辛さもあるかもしれない。

いわゆる内儀や娘がいれば、奥向きの女中も必要であろうが、江戸店を任される支配役に、所帯持ちはまずいない。商いに女は無用との了見は、江戸店の不文律として守られていた。

「並みの職人なら、一人前になるのに十年はかかる。けれど掃除や台所仕事なら、性根を入れてかかれば、ひと月で十分。一度身につければ、どこにだって働き口を見つけられる。おまえたちには何より得難い、一生の財になるのですよ」

「一生の、財……」

泰治が口の中で、大事そうに呟いた。

掃除くらいなら、箒《ほうき》や雑巾をもたせれば子供でも造作はない。しかし隅々まで塵ひとつ残さず磨き上げ、しかも手早くできるとなれば、それはひとつの技となる。お藤が説くと、さっきとはうってかわって、ふたりが熱心にうなずいた。

「だども、それこそおらには無理でねか？　おらは昔から、親兄弟からもとろい奴だと馬鹿にされてきただ。いまも呑み込みが悪くて、だからお兼さんにも叱られてばかりで」

と、泰治が違う心配をしはじめた。春吉もまた、似たりよったりの境遇なのだろう。大きくうなずいた。

「頭で覚えようとするから、からだが止まってしまう。頭ではなく、からだに覚えさせればいいんだよ」

「頭ではなく、からだに……？」

春吉がなぞり、不思議そうにとなりの泰治と顔を見合わせる。

「ひとつ、その極意を伝授しようかね」

「へい、お願《ねが》えしやす」

「考えるのを、やめてごらんな」

ますます意味がわからないと言いたげに、ふたりが眉根を寄せた。

「何も考えず、言われたとおりに動くんだよ。お兼さんの操り人形になったつもりで、頭をからっぽにして、ただ指図されたままをなぞってみるんだ」

誰にでも己の考えや、やり方というものがある。慣れぬ仕事をあてがわれたら、自ずと自らの育ちや親の教えに照らして遂げようとする。しかし新しい技を覚えるには、それは往々にして邪魔になる。職人も商人も、十二、三のころから仕込むのはそれ故だ。自我をもつより前に知恵や技を与えれば、からだが吸収してくれる。けれど歳を重ねるほどに、それが難しくなる。お兼に怒鳴られて右往左往するのも、他人から押しつけられる方法を、どこかで拒んでいるからだ。

頭ごなしに叱られつづけ、泰治も春吉もすっかり自信を失っている。裏を返せばいまこのときが、技を身につける何よりの好機となる。昨日、お藤のもとに来たふたりも同じであり、残る三人も、遠からず同じ顚末《てんまつ》に至るだろう。

各々がそれまで培ってきた一切を、いったん捨てさせる。奉公人を仕込むには、何よりの早道だが、なまじ覚えや要領のいい者には、なかなかできない。だからこそ泰治や春吉のように、素直そうな者をえらび、口うるさいお兼を指南役に据えた。

「騙されたと思って、ためしてみておくれな。それで駄目なら、暇をとってもらって構わない」

お藤が身を乗り出して、熱心に説くと、

「へい、やってみます」

終いにはふたりも承知してくれた。

これでようやく、最初のひと山を越えた。だが、まだまだこれからだ。

安堵のため息を呑み込んで、お藤は自ら気を引き締めるように、背筋を張ってうなずいた。


相手が変われば、自ずと伝わる。姿勢や目つきの変わりようは、口での反論よりもよほど雄弁だった。

弟子たちの変化に、お兼はすぐに感づいたようだ。

十日が過ぎるころには、冬屋の店内はだいぶ静かになっていた。

「いいかい、昆布もかつぶしも決して煮立たせちゃいけないし、火を止めてそのままにしてもいけない。にごりや臭みが出ちまうからね。ほどよい加減で旨味《うまみ》を出して、ひと煮立ちしたら火からおろし、すぐに漉《こ》す。これが一番出汁《だし》だ」

七人は真剣に鍋を覗き込みながら、お兼の説明に耳をかたむける。

「漉して残った出がらしに、もういっぺん水を入れて煮たものが二番出汁だ。一番出汁より風味は落ちるが、味噌汁ならこれで十分だからね」

へい、と男たちは大人しくうなずいたが、いざやらせてみるとさっぱりできない。

「そんなに薪をくべたら、たちまち煮立っちまうじゃないか！　飯を炊くのと、一緒にするんじゃないよ！」

怒鳴り声は相変わらずだが、ここ数日で目に見えて減った。お兼はそのぶん懇切ていねいに身を入れて教えるようになった。

出汁ひとつにしても、昆布、鰹節、煮干し、合わせ出汁といくつもあって、煮物も魚、野菜、蒟蒻《こんにゃく》、油揚げと、材料によって砂糖や醤油の加減が違うと教えた。

「料理屋でも、開くつもりかい」と、手代たちがあきれるほどだ。

覚えることは多かったが、不満はあがらなかった。からからに干からびた畑は、いくらでも水を吸い込む。それと同じに、いったん我を捨てた男たちはみるみる上達し、その早さはお藤やお兼が思う以上だった。

「おや、このきんぴらは美味《おい》しいね。誰が拵えたんだい？」

朝餉《あさげ》の席で、お藤が声をあげた。

「へい、あっしでさ」と、給仕をしていた春吉がこたえた。

「歯ごたえがあるし、少し濃い目の味付けで飯が進むよ。ずいぶんと上達したね」

「恐れ入りやす。指南役のおかげでさ」

遠慮がちに、それでも嬉しそうな笑みをこぼした。

「春吉は、手先が器用で用心深い。料理はわずかな加減で味が変わるからね。七人の中では、いちばん向いているね」

朝餉の後、奥の座敷でふたりきりになると、お兼は七人の進み具合を差配に告げた。

「飯すら満足に炊けなかったのに、たいそうな上達ぶりだよ。他の者たちは、どうです？」

「そうだね、いまのところはおおむねうまくいっているよ。きれい好きだったり手際が良かったり、受け応えが上手だったり、それぞれ何かしらの取り柄がある……ひとりを除いてね」

「ひとりとは……？」

「泰治だよ」

と、お兼は困ったふうに顔をしかめた。

「あの人には、取り柄がないのかい？」

「いや、まあ、あるにはあるんだがね。それ故に厄介なんだ。あの男は、人が好《よ》過ぎる。てめえのことより、まわりが気になってならないらしくてね」

自分の仕事を放って人に手を貸す。しょげている者の愚痴をきく。喧嘩の仲裁に入る。そんなことにばかり気がまわり、肝心の手許がおろそかになる。泰治はそういう性分だという。

「なまじ取り持ち役がいるせいか、連中は妙に仲がよくてね。おかげでいまだに辞める者がいない……こいつばかりは勘定外だったよ」

お兼が、滅多に見せない憂鬱そうな顔をした。

奉公先は六軒、奉公志願は七人。ひとり多くとったのは、嫌気がさして逃げ出す者がいるだろうと見越したからだ。

「とはいえ、いまさら愚痴を言ってもはじまらない。ひとり外すなら、泰治だろう……」

「お兼さん」

立てたひとさし指を唇に当て、口を封じた。廊下に、人の気配があった。遅かったのかもしれない。覗いてみたが誰もおらず、足音だけが遠ざかる。

「誰かはわからないけど、きかれてしまったようだね」

「泰治の耳に入ったら、面倒なことになるね」と、お兼が口をひん曲げる。

「遅かれ早かれ、皆にもわかることだし。そろそろ仕上げにかかる頃合だから、どのみちまた騒ぎになりそうだね」

「仕上げって、あれかい？　あればっかりは、あたしもやったためしがないんだがね」

お兼はめずらしく、気乗りのしない顔をした。

「無理を言って、すまないね。けれどあれをたたき込まぬことには、いままでの指南の一切が無駄になりかねないし」

たしかにと、お兼も重そうに腰をあげた。

「この冬屋から、連中を嫁入りさせるには、何より大事なことだからね」

「お願いします、お兼さん。もう一軒の嫁入り先は、あたしが探してみますから」

お藤はそう受けたが、嫁入りと言ったのは決して冗談ばかりではなかった。


「春吉、煮干しの頭とわたは残しとくれ。とっちまったら勿体ないじゃないか。泰治、そんな力任せにごしごしやるんじゃないよ。それじゃ二、三度の洗濯で、ぼろ雑巾になっちまう」

次の日から、ふたたびお兼の声がやかましくなった。叱られる方は一様に、とまどい顔を見合わせ、おそるおそる指南役に申し出る。

「でも、煮干しは頭とわたを抜かねえと、苦味が出ると……前にお兼さんからそう教わって」

「別に料理屋じゃないんだから、そこまでこだわらなくていいんだよ」

「洗濯は、力を入れてこすらねえと、汚れが落ちねえと、お兼さんが……」

「だから加減しろと言ってるだろ。布が破れちまったら、元も子もないじゃないか」

前の指南とは、違うやり方を強《し》いられる。それどころか、今日は逆、明日はさらに逆でまたもとに戻るという具合に、その場その場で言うことがころころ変わる。
お兼の発する無理難題に、七人は目を白黒させながら、不承不承の顔でしたがう。

「あれじゃあ、皆がかわいそうです。せっかくの精進が、何にもならない。差配さんから忠言してやってください」

小僧の鶴松が、お藤に向かって訴える。番頭と手代の三人は、極力我関せずを決め込んでいるが、十三の鶴松は興味を抑えきれないのだろう。暇があれば七人のまわりをうろうろし、また向こうも鶴松をかわいがってくれる。言葉を交わすうち、情が移ってしまったようだ。七人の鬱憤を代弁するかのように、口を尖らせた。

「あれはね、鶴松、あたしがお兼さんに頼んだんだ」

「差配さんが？」と、小僧は西瓜《すいか》の種のような目を、いっぱいに広げた。「どうして、そんなこと……」

「連中を嫁入りさせるのに、欠かせないからさ」

「おじさんたちは嫁入りじゃなく、奉公に行くのでしょう？」

「嫁入りも奉公も、同じだよ」

お藤のこたえに、鶴松は首をかしげた。

「考えてもごらんな。育った家と嫁ぎ先では、色々とやり方が違うだろう？ たとえ実家《さと》の方が、どんなに優れていても理にかなっていても、嫁は婚家に従わねばならないからね」

　奉公先にもまた、それぞれ違ったやり方がある。煮干しを丸ごと使う店もあれば、頭やわたを抜く店もある。洗濯も掃除も同様だ。冬屋で教わったひとつのやり方に固執されては、店にとってはかえってあつかい辛い。

　これが女であれば、たいした障りにはならない。まわりに馴染むのも早く、何よりも折れる柔軟さを、幼いころからしつけられている。

「男ならまず、そんな手合いはいないだろ？　だからその修練が要るんだよ」

「嫁に行くって、大変ですね。おいら、男でよかった」

　子供らしい感想に、つい笑みがわく。それから鶴松に顔を近寄せてたずねた。

「他に、何か気づいたことはないかい？　たとえば、最近になって、ようすのおかしな者はいないかい？」

「そうですねえ……」

　お兼との話を立ち聞きしていた者は、未《いま》だにわからない。泰治当人か、他の誰かか、いずれにせよ己の胸に納めているのだろう。表向きは波風は立っていない。だが鶴松は、ひとりの男の名をあげた。

「おかしいってほどじゃありやせんが、どこか上の空で、日が進むにつれてだんだんとしぼんでいくようで」

ちょっと気になっていたと、お藤に告げた。

「そうかい……教えてくれて、ありがとうよ」

駄賃代わりに飴の袋を渡し、鶴松は大喜びで受けとった。

鶴松の目は確かだった。あと二日で奉公指南が終わるというその日、ひとりの姿が消えた。

お兼が料理上手と評した、春吉だった。

5

「こんな間際に逃げられては、こっちは大損じゃありませんか」

それ見たことかと、番頭の七郎兵衛が文句をつける。ふだんは寄りつきもしないくせに、まるで人の揚げ足でもとるように、厄介事が起きれば嵩《かさ》にかかって騒ぎ立てる。いけ好かないと言いたげに、お兼はじろりと番頭をにらんだ。

「別に困りゃしませんよ。こんなこともあろうかと、はじめからひとり多く仕込んでいたからね」

「数が合えば、いいってものじゃない。冬屋はね、いわば舐められたのだよ。奉公指南をほぼ終えたいま、あの男は他でもっと実入りのいい働き口を見つけられる。そういう手合いがこれからも増えれば、損はひと月分の飯代では済まないんだ。そこまで侮られては、増子屋の暖簾そのものに傷がつく」

いつになく饒舌な番頭の小言を、お藤は黙って受けとめた。七郎兵衛の言い分はもっともだ。冬屋のやり方が噂になれば、これを悪用する者も出てくるかもしれない。適当な者を冬屋に入れて、指南が済む頃合に別の奉公先を紹介し、口入料をちゃっかり懐に収める。そういうずるい輩に食い物にされても不思議はない。

頼りなげに見えても、やはり番頭だ。逃げ出す者もいるだろうと多少の覚悟はしていたが、素人のお藤は、そこまで考えがおよばなかった。

「番頭さんの仰るとおりです。あたしの分別が足りませんでした。そんなことにならぬよう、防ぐ手立てを思案します」

お藤が素直に詫びを口にすると、ひとまずは溜飲を下げたようだ。番頭は矛を収めた。

「で、春吉という男はどうするんです？　このまま見過ごすつもりですか」

「住まいはわかっていますから、これから足を運んでみます」

「あの料理の腕は、手放すには惜しいしねえ」と、お兼もうなずいた。

ふたりに後を任せ、小僧も連れずに店を出た。

仰いだ曇り空が、鏡に思えた。いまの気持ちが、そのまま映っているようだ。

自分の浅はかさを、番頭に叱られたからではない。

「鶴松から、きいていたのに……」

やはり何よりも先に、春吉の胸中を直《じか》に確かめるべきだったと、お藤は己の不手際を悔いていた。

「おばやんなら、なんとしたやろなあ……」

祖母の顔が浮かび、ついお国訛《なま》りが口をついた。

十四で故郷の伊勢四日市《よっかいち》を出て、同じくらいの年月を江戸で過ごした。西の方言はまったく残っていないが、過去を忘れることを戒めでもするように、出てくるときがある。弱気になっている証拠だった。

「差配さん！　待っておくんなせえ」

物思いは、ふいに破られた。走ってきたのは、泰治だった。

「春さんは……春さんは……」

それ以上、続かない。冬屋を出て、三町ばかりが過ぎている。そのあいだ泰治は、駆けどおしだったのだろう。お藤に追いつくと、しばし息を整えた。

「春さんは逃げたわけじゃねえだ。おらのために席を譲ってくれたです」

お藤にすがるようにして、泰治は訴えた。

「奉公先は六軒だども、おらだちは七人。ひとりは仕事にありつけねえと……差配さんとお兼さんが話してたのを、春さんはきいちまっただ」

「やっぱり……あのとき廊下にいたのは、春吉だったんだね」

このところ、ようすがおかしいと、小僧の鶴松が名をあげたのは春吉だった。

身近にいた泰治もまた、とうに気づいていた。悩み事があるなら話してくれと、幾度も水を向けたが、どうしても明かさない。泰治は気になってならず、春吉に目を配るようになった。昼間はまめに声をかけ、夜も春吉のとなりに床をとった。

「今朝、暗いうちに、春さんが起きる気配がした。夜中に厠《かわや》へ行くことなぞ、まずなかったで、胸騒ぎがしただ」

泰治の懸念どおり、春吉は忍び足で裏口から外に出た。後を追い、春吉を捕まえた泰治は、いったいどこへ行くつもりかと詰め寄った。

「本所《ほんじょ》へ帰る、奉公はやめると、春さんは言っただ。おら、たまげちまって、そりゃあもう必死で止めただ」

あと二日ほどで、指南が終わる。いまこのときになって、いったいどうしてと、泰治は食い下がった。春吉はとうとう、ある理由を泰治に告げた。

「ひとまず、合点はいきました。だども、それならそうで、差配さんやお兼さんに言わねばならね、夜逃げみたいな真似はしてはならねえと」

摑んだ春吉の腕を、泰治は放さなかった。このままでは埒《らち》があかないと、春吉は判じたのだろう。無謀な真似をした、本当の理由を口にせざるを得なくなった。

『頼むから、このまま黙って見逃してくれ。そうしないと、あんたが割を食うんだよ！』

奉公先が、ひとつ足りない。外すなら泰治だろうと、お藤とお兼が話していた。春吉は、そう告げた。

『言ったとおり、おれには奉公に出られぬ、もうひとつのわけがある。おれがいなくなれば、泰さんは仕事にありつける。双方が丸く収まるんだ。頼むから、おれを行かせてくれ』

腕を摑んでいた泰治の手から、力が抜けた。誰にも、決して口外するな。ここで話したことは忘れるように。そう言いおいて、春吉は闇の中に溶けるように駆け去った。

「おら、頭がごっちゃになっちまって、そのときはどうしていいかわからなかっただども……春さんはおらのために無茶をしたのに、見て見ぬふりなぞできねえだ」

泰治は、ほろほろと涙をこぼした。まるでもらい泣きでもするように、空から小糠雨《こぬかあめ》が降ってくる。

「ありがとうよ、泰治。よく、話してくれたね」

「差配さん、いちばんとろいのはおらだから、外されたって仕方がねえ。おらは奉公をあきらめますから、どうか春さんを許してやってください！」

「心配はいらないよ。あたしはおまえのことも春吉のことも、あきらめるつもりはないからね」

「差配さん……」

「あたしの方こそ、あやまらないといけないね。迂闊《うかつ》な話をきかせた上に、手当てが遅くなっちまって」

鶴松から春吉のようすをきいたとき、遅まきながらお藤も気づいた。春吉には、泰治のこととは別に、たしかに奉公に出られぬわけがある。それをどうにかうまく収めるために、奉公先に相談に行っていた。糠喜びさせるわけにはいかず、先方から返事をもらえるまでは何も言えない。春吉への手当てが遅れたのは、そのためだった。

「それにね、泰治、おまえの奉公先も、ちゃんと決まったよ」

「本当だか？」

「ええ、本当ですとも」

最初のころよりはだいぶましになったが、泰治の訛りはなかなか抜けない。そんな泰治でも十分にこなせる、うってつけの仕事があった。お藤が明かすと、泰治は肩の荷を下ろしたように、どっと息をついた。

「よかった……これをきいたら春さんも、戻ってきてくれるかもしれねえだ」

自分のことより、春吉の方がよほど気がかりだったのだろう。お藤の口許がほころんだ。

「春吉のことはあたしに任せて、おまえは店にお戻り」

「へえ。差配さん、どうぞ春さんのこと、よろしくお頼《たの》申します」

まるで春吉の身内さながらに、泰治は深々と腰をかがめた。


小糠雨は、まだ降り続いている。途中で傘を調達しようかとも思ったが、そう強い降りではなく、何よりも気が急《せ》いた。上流で激しく降ったのか、大川《おおかわ》は灰色にふくらんで見える。

春吉の家は、本所林町《はやしちょう》にあった。両国橋《りょうごくばし》から大川を越え、竪川《たてかわ》にかかる二之橋《にのはし》を渡る。林町は、竪川の南岸に沿って、五丁目まで連なっていた。

このあたりだろうかと、中ほどで足を止めたとき、路地からひょいと男が出てきた。お藤を見て、目を丸くする。

「差配さん……」

「よかった、ここにいてくれて」

心の底からほっとして、思わず膝をつきそうになった。ここより他に、探す当てはない。思い詰めたあげく、女房と一緒に雲隠れしたかもしれないと、道すがら不安でならなかった。

「申し訳、ありやせん……とんでもないことをしちまって、詫びのしようもありません」

「話は、泰治からきいたよ」

それだけで、一切が呑み込めたのだろう。春吉は、すまなそうにうなだれた。

「かかあにも、うんと叱られやした……こんなに世話になっておきながら、不義理をしては罰が当たるって。差配さんやお兼さんには、本当に申し訳が立ちません」

もとはと言えば、不用意なことを耳に入れた、こちらに非がある。何日も気を揉ませてすまなかったと、お藤も詫びを口にした。

「ただ、黙っていなくなったのは感心しないね。泰治はもちろん、あたしら店の者や奉公仲間も、たいそう気を揉んだんだよ」

「すいやせん……告げようかと、何べんも迷いやしたが、差配さんの顔を見たら、心決めが揺らいじまいそうで」

春吉にとっても、ぎりぎりの決断だったのだろう。春吉にはもうすぐ、子が生まれる。誰よりも仕事を渇望していたのは、この男のはずだった。

「奉公に出たら、おかみさんや、生まれてくる赤ん坊とも会えなくなる。おまえさんは、それが辛くてならなかったんだろ？」

奉公は、住み込みがあたりまえだった。番頭や手代でさえも通いが許されることはむしろめずらしく、下男となればなおさらだ。他の六人はいずれもひとり者だが、この春吉だけは家族がいる。たとえ同じ江戸にいても、春吉が妻子と会えるのは、年に二度の藪入りのときだけだ。

「これから赤ん坊が生まれるってのに、きっとお産のときだって、女房の傍にいてやれねえ。女房にもすまねえし、一緒に暮らせねえなら、たとえ仕事にありついても味気ねえように思えて……」

春吉の胸の裡《うち》は、お藤にもよくわかる。

家族に会えないいまも辛いが、暮らしが離れていれば、いつか互いの気持ちも離れてしまうかもしれない。それが怖くてならないのだろう。

「年に二度ではなく、月に二度ならどうだい？」

「月に二度、とは？」

「実はおまえの奉公先に、月に二度だけ家に帰してもらえまいかと、頼んでみたんだよ」

とはいえ、丸一日の休みをもらえるわけではない。仕事を終えた晩遅くから翌朝までの、たったひと晩。ごく短い時間だが、それでもあるとないとでは大違いだ。水で洗ったように、春吉の顔が輝いた。

「本当に月に二度も、かかあや子供に会わせてもらえるんですかい？」

「承知してくれるかどうかは、まだわからないけれどね」

今日、その返事を先方からもらうことになっていた。

「先さまに断られれば、それまでだ。そのときは、やっぱり奉公をやめるかい？」

わずかな間があいた。神妙な顔つきで、春吉は、いえ、とこたえた。

「赤ん坊はきっと立派に産んでみせるから、おれには大黒柱の役目を果たしてほしいと、かかあには釘をさされやした。こんな面倒を起こしておいて虫のいい話ですが、もし差配さんに許してもらえるなら、今日の詫びも含めて精一杯奉公させていただきやす」

口達者とはいえぬ春吉が、懸命に長い言葉を紡ぐ。訥々《とつとつ》とした語りに、胸が熱くなった。

「その言葉を、ききたかった」

思わず呟いていた。春吉の口から直に、その決心をきくために、わざわざ本所まで足を運んだ。そうも思え、甲斐はあった。

「だって奉公に行くのは、春吉、おまえなんだから」

「差配さん……」

「これからあたしは、おまえの奉公先の伊勢屋に寄るつもりでね。一緒にどうだい？」

「へい、喜んで。あの、その前にひとつ寄りてえところが……ちょうど通り道になりますし、この先の回向院《えこういん》にお参りしてえと思いやして」

「それはいいね」と、お藤も応じ、日本橋へ向かう前に回向院へ立ち寄った。

お堂の前で、春吉は長いこと手を合わせていた。お藤はその横で、願いを唱える。

――どうか、いまの七人が、つつがなく奉公できますように。

決して商売繁盛のためばかりではない。人をあつかう口入屋の、信条であったからだ。

6

「いらっしゃい、お藤さん。お待ちしていましたよ」

伊勢屋三郎右衛門《さぶろうえもん》の江戸店は、間口七間《けん》。十間以上を大店と呼ぶが、同等の内証を誇る糸物問屋であった。いわゆる糸をあつかう糸問屋ではなく、絹や麻の織物を京では糸物と呼ぶ。いわば呉服問屋と同じで、大方の問屋同様、小売りも兼ねている。

お藤が暖簾をくぐると、馴染みの手代が迎え入れてくれた。

手代の枡之助《ますのすけ》は、たしかお藤よりひとつ上、まだ三十前のはずだが、商家の上下は年齢ではなく、勤めた年数で決まる。

伊勢屋に入ってすでに十七年目の枡之助は、中堅の手代らしく、物腰は落ち着いていた。

奥の座敷に案内されると、お藤は改めて挨拶し、春吉を引き合わせた。

「ご無理をお願いしましたが、あのお話、いかがでしたでしょうか？」

「だいぶ前になりますが、似たような身の上の奉公人がいたとかで、支配役は案外あっさりと承知してくれたのですが」と、手代は苦笑いを浮かべた。

伊勢屋の主人、三郎右衛門は、文字通り伊勢にいる。いわば支店にあたる江戸店の主は支配役が務め、丁稚奉公からはじめた叩き上げの者が据えられる。いまの支配役もまた、十三歳で伊勢から江戸店に奉公に上がり、三十年を経て支配役に上ったという。

「もしや、他の方からご不興を買いましたか？」

お藤の頭には、番頭や手代衆なぞが浮かんだが、枡之助は、思いもよらぬ人物をあげた。

「実は、勝手頭《かつてがしら》が渋っておりましてね。もともと頑固な親父さんで、新入りが生意気だと、へそを曲げてしまいまして」

困ったように、両の眉尻を下げた。

入って一年はろくに使い物にならぬから、休みなぞ藪入りだけでも多すぎる――。勝手頭の言い分ももっともだ。頭の機嫌を損じては、かえってやりにくかろう。春吉は早くもあきらめてしまったのか、お藤のとなりで細いため息をこぼす。

「あの、不躾《ぶしつけ》とは存じますが、その勝手頭にお引き合わせ願えませんか。春吉をお願いする手前もありますし、あたしからぜひご挨拶させていただきたいのですが」

お藤がそう申し出ると、枡之助は承知して、すぐに呼んでくれた。

やがて現れた勝手頭は、お藤の描いていた姿とは、あまりにもかけ離れていた。

「うちの勝手頭を務めております亥八《いはち》です。見てのとおり、年季が入っておりましてね」

枡之助が、冗談めかして紹介する。少なくとも、六十は越えているだろう。髪は綿埃でも載せたように申し訳程度しか残っておらず、しわの中に頑迷そうな唇が結ばれている。左手で杖を突いており、どうやら右の半身が不自由なようだ。

「亥八は三年前に倒れて、幸い命はとりとめましたが、ご覧のとおり右の手足が利かなくなりました。勝手仕事には無理があろうと、いったんは暇をとって養生させたのですがね」

そんな亥八が復帰したのは、他ならぬ伊勢屋の支配役の肝煎《きもいり》であった。

「亥八がいなくなってから、膳にのぼる料理が不味《まず》くなったと、支配役が申しまして。代わりに本職の板前を雇ったりもしましたが、どうもうまくいきません。幸い亥八が、どうにかここまでもち直しましたから、勝手の真ん中に据えて、陣立てを任せております」

支配役もまた、あくまで奉公人であるから、つき合いで料亭などに行くことはあっても、店内での食事は一汁一菜の質素なものだ。それでも正月や節句には皿数も増えるし、何より三度の飯は、奉公人たちの唯一の楽しみだ。亥八がやめてから、あまりにあからさまに味が落ち、店内の士気に関わるのではないかと、支配役は危ぶんだようだ。

亥八は下男としてはめずらしく、支配役と同じほど長く伊勢屋江戸店に奉公し、この店の誰もがその味に親しんでいた。本職の板前すらも同じ味を再現できず、なまじ玄人である故に、己の味には誇りがある。早々に辞めてしまい、ふたたび亥八が采配をふることになった。

「おかげさまで江戸店の者たちは満足しておりますが、亥八が自在に動けぬ分、人手が足りなくなりましてね」

「さようでしたか」と、お藤は得心してうなずいた。

できれば料理の心得のある者が望ましい。伊勢屋からはかねてよりその注文を受けていたが、仔細はきいていなかった。目の前の年寄はいかにも不機嫌そうに、春吉をじろりと見遣《みや》った。

「勝手の下働きに入るというのは、おまえか」

「はい。よろしくお願い申します」

春吉は畳にぶつかりそうな勢いで、あわてて頭を下げた。

「入って早々、休みをくれと、ふざけたことを願い出たそうだな」

「あの、それは……申し訳ありませんでした」

畳の上をからだごと後ずさっていくように、声は尻すぼみになり、終いにはほとんどきこえなくなった。

「ここへ来たからには、おれがその性根をたたき直してやるからな、覚悟しろ。むろん休みは藪入りだけだ。ひよっこの分際で、年に二度も家に帰してもらえるだけでも有難く思え」

まったくとり入る隙がなく、手代がお手上げなのもうなずける。

どうしますか、と言いたげな視線を、枡之助がお藤に送る。

「亥八さんは、新右衛門町《しんえもんちょう》の坂本屋《さかもとや》さんをご存じでしょうか？」

「煙管《キセル》問屋の坂本屋なら、知っているが」

新右衛門町は、伊勢屋のある通南三丁目の裏手にあたる。ふいに出てきた店名に、怪訝な顔をしながらも、あたりまえのように亥八はうなずいた。

「では、その煙管問屋で働いていた、お兼さんは？」

「坂本屋で女中頭をしていた、お兼のことかい？　この辺りの者なら、誰だって知っているさ。なにせ三町先まで届きそうな金切り声を、始終張り上げていたからな」

ただ亥八は、お兼と顔を合わせたことはないという。

「顔は知らずとも、あのけたたましい声だけは、ようく覚えている。初めのうちは、とにかく癇《かん》に障って仕方がなかった。ことに三月から梅雨時あたりまでが、ひどかった」

三月は、使用人の出替わりの時期にあたる。お兼が新入りを怒鳴りつける声は、この辺の風物のようなものだったと、亥八が語る。口ははさまなかったが、春吉が、へえ、という顔をした。

「新右衛門町では、鶯《うぐいす》が終わるとすぐに、ミンミン蟬が鳴き出すと言われていたほどですからね」と、枡之助がおかしそうに合いの手を入れる。

「小うるせえ女だと評判は悪かったが……ただ、おかげで坂本屋は、表も裏も奉公人のしつけが滅法行き届いていると、別の評判もとっていた」

お兼は、台所の女中頭に過ぎず、いわば亥八と同じ立場にいた。本当なら表商いとは一切関わりはないのだが、入りたての小僧にもお兼は容赦をしない。挨拶がなっていない、怠けるな、きびきび動けと、とにかくうるさい。中にはついていけず、三日で逃げ出す者もいたそうだが、亥八はお兼の仕事ぶりを認めているような口ぶりで言った。

「山椒みてえな女だと、おれはそう思っていた。あの女がいるだけで、坂本屋の内がぴりりと締まる。主役は張れねえし、多けりゃ辛いと文句をつけられる。憎まれ役の損な役回りを続けていたのは、性分なんだろう。いまの坂本屋の旦那は、そのあたりがわかっちゃいなかった」

坂本屋は三年前に代替わりして、養子に入った娘婿が跡を継いだ。大店の次男坊として、おっとりと育てられた旦那には、堪えられないやかましさだったに違いない。お兼は新しい主人からひどく疎んじられていたと、亥八はそう語った。

「今年の三月に、とうとう暇を出されちまってな。おかげで今は、えれえ静かだ。まるで祭りが通夜にすり替わったようで、何とも気味が悪くてな。旦那は人心地ついていなさるそうだが、おれに言わせりゃ打ち出の小槌を手放したようにも思うね」

腕を組み、亥八はひとしきり自説を打《ぶ》つ。そのとおりだと、お藤は深くうなずいた。

「そういや、あんたはどうしてお兼を知っている？」

「いまは、うちで働いていますから」

「何だって！　そいつは本当かい」

心底驚いたのだろう、しわに半ば埋もれていた目が丸く見開かれた。勝手頭には、お藤ではなく手代の枡之助がこたえた。

「本当だよ、亥八。この人は私からお兼の仔細をきくと、その足で坂本屋へ会いに行ったのだからね」

西国の大店は、江戸の口入屋にとって、なかなかつけ入る隙がない。だが下働きの下男なら商いの糸口が見つかるかもしれない。質の良い下働きを世話すれば、きっと重宝される。その考えは、すでにお藤の頭にあった。ただ、どうやって質の高い奉公人を集めるか、そこのところでつまずいていた。

その日もつらつらと考えながら、枡之助に会うために伊勢屋に向かい、途中で耳に刺さるようなその声に出くわした。声は坂本屋の裏手から、響いていた。

「挨拶は、大きな声ではっきりお言い！　伝わらなけりゃ、無礼と一緒だよ！」

その声をきいたとき、これだ！　とひらめいた。

雷に打たれたような、あの感覚は、いまでもはっきりとからだが覚えている。もやもやと凝り固まっていた思案を、その雷はひと息に破裂させた。

集めるのではなく、育てればいい。しかも短いあいだに。

相手は小僧か若い女中か。こっぴどく叱っている女の正体はわからなかったが、まるで次々と釘を打ち込むような容赦のない咎《とが》めようは、通りにまで筒抜けだった。それでもしばらく耳をかたむけていると、中身はしごくまっとうだとわかる。亥八の言った山椒は、うまいたとえだ。量が多い分、辛過ぎるが、効き目はある。

伊勢屋を訪ねる道すがらであったから、お藤は枡之助に会うと、さっそくその女についてあれこれとたずねてみた。お兼という名の女中頭で、いまの坂本屋の主人からは、厄介者あつかいされているときいたときには、内心で小躍りした。

一方のお兼にとっても、お藤の申し出は渡りに船だった。

新参にきつく当たるたび、旦那に渋い顔をされる。おかげで去年入った者たちは、そろそろ一年が経つのに粗《あら》が目立ち、未だに小言が口をつくと、ため息をついた。お兼は決していびりに快を得ているわけではない。粗忽な仕事に我慢がならないだけだ。新参がひととおり慣れてくると、叱責が減っていくのがその証しだ。

「お兼さん、ぜひ増子屋に来てもらえませんか。うちにはどうしても、お兼さんのような方が要るんです」

そう切り出したときの、お兼の表情が忘れられない。ひどくびっくりして、小さな目をぱちぱちさせていたが、やがてその中に、何かを乞うような違う光がまたたいた。

あれは、お兼の胸に灯《とも》った、希望の光だったのだろう。

これまで通してきた自分のやり方を、真っ向から否定されたのでは立つ瀬がない。何より主人が代わってから、日一日と自分の居場所が削られていく。いまではかかとを下ろす隙間さえ見当たらない狭い場所で、爪先立ちをしているような、お兼はきっと、そんな心細い思いにかられていたに違いない。増子屋での仕事の中身を告げると、お兼は即座に応じた。

「行くよ。あんたのところで、厄介にならせてもらう」

まだ給金の話すらしていない。決断の速さに、お藤の方が驚いたが、

「面白そうじゃないか。それに、新参の仕込みなら、誰にもひけをとらない。あたしには、うってつけだ」

経験に裏打ちされたその自信は、何よりもたのもしく映った。

——この商売は、きっとうまくいく。

お藤がそう確信したのは、このときだった。

「亥八さん、この春吉は、増子屋のお兼が仕込んだ最初の弟子です」

へええ、と亥八は、素っ頓狂な声をあげた。

「こいつは驚いた。おめえが、あのお兼にねえ」

「へい。ひと月前は、味噌汁ひとつ作れなかったおれに、お兼さんは包丁の持ち方から教えてくれました」

「とはいえ、たったひと月じゃあなあ」と、亥八がぽりぽりと顎をかく。

「こちらでの仕事はじめは、三日先になりますが、よろしければ今日の昼餉の仕度に、春吉を使ってやってもらえませんか」

「半端に台所に立たれても、かえって邪魔になるだけだ」

「春吉は、包丁をもたせたら、うちでいちばんです。菜の下拵えなぞに、どうぞこき使ってやってください」

太鼓判をおしたのは他ならぬお兼だと、熱心にお藤は説いた。

「頭、この人の腕は、頭の目で確かめた方がいい」

枡之助の口添えに、そうだな、と亥八も折れた。

「台所はこっちだ。ついて来な」

不自由なからだながら、杖を支えに器用に立ち上がる。春吉が、不安そうにお藤をふり返った。

「大丈夫。おまえはあの、お兼さんに仕込まれたんだから」

あの、というときに、目と声に力をこめた。神妙な顔でこくりとうなずいて、春吉は亥八の後について座敷を出ていった。

「小半刻はかかりましょう。そのあいだ一服、いかがですか？」

枡之助が、茶を点《た》ててくれた。伊勢屋の手代ともなれば、茶道の心得も必要なのだろう。茶問屋にいたお藤もまた、茶には心得がある。

「美味しゅうございました」

世辞を抜きに、枡之助の腕前を褒めた。

「それにしても、まさかこの江戸で、お藤さんにお会いできるとは思いもしませんでした」

茶を喫し終えると、枡之助がそう切り出した。

枡之助を訪ねたのは、お兼と会う五日ほど前になる。いきなりの訪問にもかかわらず、枡之助は嫌な顔もせず、お藤との再会を心から喜んでくれた。その後も何度か会う機会はあったものの、こうしてゆっくりと語り合うのは初めてだった。

「数えてみると、十七年ぶりですからね。これがあの小さかったお藤さんかと、あのときは見違えました」

「それはこちらも同じです。すっかりご立派になられて、祖母にもひと目見せてやりとうございました」

それまで晴れやかだった枡之助の顔が、急に翳った。

「おばあさまは、残念でしたね。まさか私が江戸に来て、わずか二年後に亡くなってしまわれるとは……初登《はつのぼり》で四日市に帰った折に、初めて知りました」

奉公人の長《なが》の勤めを労《ねぎら》って、帰郷させることを登といった。伊勢屋では、入って九年目に初登、十五年目に中登、二十一年目に三度登が許されて、それぞれ五十日が与えられるというが、その恩恵に与《あずか》れる者は驚くほど少ない。自身の精進の賜物《たまもの》であろうが、枡之助は、お藤の祖母から受けた恩を未だに忘れていなかった。

「私がいまこうしていられるのは、おばあさまのお寅《とら》さんのおかげです。せめてひと言、お礼を申し上げたかったと、悔やまれてなりません」

「そのお志だけで、十分です」

「いいえ、盗みを働いた子供を世話してくれる者なぞ、お寅さんより他にはいなかったはずです」

「枡之助さん……」

己の昔の罪を口に出す、枡之助の潔さに、お藤は胸を衝《つ》かれた。

「他ならぬお藤さんに、恥ずかしいところを見られてしまった。覚えていますか？」

ええ、とお藤は、正直にこたえた。お藤にとっても、印象深い出来事だった。祖母の仕事を継ぎたいという気持ちが芽生えたのは、思えばあのときだったかもしれない。

お藤の祖母は、旅籠《はたご》を営むかたわら口入稼業にたずさわっていた。

7

お藤は、東海道《とうかいどう》四日市宿で生まれ育った。

四日市は伊勢神宮に近く、東海道から伊勢へとはいる日永《ひなが》の追分《おいわけ》がある。港からは諸国の物産が集まり、たいそう栄えた宿場だった。

生家の旅籠は小津屋《おづや》といった。百軒ほどの宿が軒を連ねる四日市宿の中では、そう大きな構えではないものの、小綺麗な部類の宿で上客がついていた。

宿の主人はお藤の父の中兵衛《ちゆうべえ》だが、旅籠を実際にまわしていたのは祖母のお寅である。父は名のとおり何事につけ中庸《ちゆうよう》で、まじめだけが取り柄の男だった。祖母には頭が上がらず、当の祖母も孫に言ったことがある。

「あんたのおとやんよりも、嫁に来たおかやんの方が、うちに似とるかもしれんなあ」

母はよけいな口をたたかず、黙々と仕事をするような人だったから、明朗な祖母とは似ていないように思えて、幼いお藤は首をかしげた。しかし寡黙な母は、その分ひとりひとりのお客をよく見ていた。一度訪れた客の好みは決して忘れず、それは祖母も同じだった。祖父亡き後、三人の子供を育てながら小津屋の身代を守り抜いてきたのも、そういう気働きがあってこそだろう。

小津屋にはもうひとつ、旅籠の他に商売があった。

「この商いばかりは、おばやんがはじめたもんでな」

それが口入稼業である。

祖母もはじめから、商売上手だったわけではない。亭主にふいに先立たれたばかりのころは右も左もわからず、いっときは客足が遠のき、旅籠を手放そうかと考えたこともあるという。口入話を受けたのは、そんなときだった。

相手は、京の呉服問屋の手代で、江戸から京への道すがら小津屋に一泊した客だった。越後屋や白木屋にはおよばぬものの、江戸店だけで何十人もの奉公人を抱える大店である。

「三度登のさなかにあった手代さんでな、丁稚を探しとると言いなさったんや」

三度目の登となれば、手代としてはかなりの格になる。ここまで栄達できるのはほんのひと握りに過ぎず、奉公人の差配なぞにも多少は口をはさめる立場にいたのだろう。このくらいの大店となれば、江戸店の奉公人も、すべて京の本店で差配される。丁稚となる子供は、毎年のように西から送られてくるのだが、ここ数年は何故か居着きが悪く、江戸での手数が足りなくなったと手代はこぼした。

「うっとこの奉公人は、京者と伊勢者が半々でしてな。おかみさん、どこぞにええ子供はおりまへんか」

「そうですなあ、この辺りの者なら心当てもおますが、あいにくと津《つ》のご城下までは顔が利きまへんわ」

「四日市辺りの子ぉでも、構しまへん。ここいらの出の奉公人も、おりますさかいな」

津は伊勢国《いせのくに》ではもっとも大きな城下町で、四日市からもほど近い。呉服問屋の出自はこの城下町であり、京に本店を移したいまも、本家は津にあり繋がりが深い。雇い人に伊勢者が多いのは、そのためだと手代は語った。

膳を運んだ折の世間話に過ぎず、手代も本気で探してくれと乞うたわけではなかろう。それでも祖母は、手代が立ったその日のうちに、近くの村に足をはこんだ。口入稼業をはじめる腹はなく、ただ手代は、「帰りもまた寄せてもらいますよ」と言った。小津屋の馴染みではないから、当てにはできない。小僧に良さそうな子供を見つけたと書き送れば、きっと江戸へ帰るときも小津屋に泊まってくれる。そう考えたからだ。

京の本店へ仔細を書き送ると、目論見どおり、里帰りを終えた手代は、小津屋に立ち寄ってくれた。しかもひとりではなく、本店の者を伴っていた。奉公人の雇い入れを任されていた手代である。祖母の話に興味をもち、津へ向かう途中で立ち寄ってくれたのだ。

「ほんまいうと奉公人の世話は、口入屋に任せきりやさかい、わてら手代が面通しなぞせえへんもんなんやが」

人集めについては、口入屋に一任していると手代は説いた。大店なら請負先はいくつもあって、専業もいれば兼業もある。いずれも土地や住人のようすに通じた者たちで、この家の子なら大丈夫と見越して、京や江戸へと送る。

祖母が近在から集めた三人の子供は、いずれも手代の目に適い、また居着きもよかった。それが小津屋の、口入稼業の皮切りとなり、主に江戸店への奉公人を任された。

「私の家は、貧しい水呑百姓でした。本当なら、それだけでも数から外されるはずです。どうして私なんぞをと、江戸へ下る道すがら、ずっと考えておりました」

枡之助は、噛みしめるようにそう語り、庭に目をやった。

まだ開いていない菖蒲《しょうぶ》のつぼみが、行儀よくならんでいた。

貧乏な家の子は、後々金でもめることがある。ほどほどに裕福な家の子供が良いとされていたが、祖母の目利きは少し変わっていた。

『商家に向いとるのは、どないな子供かわかるか？』

お寅がそうお藤に問うたとき、やはり畦道《あぜみち》に菖蒲の紫が風に揺れていた。

祖母がお藤に、口入稼業を仕込みはじめた年のことだ。お藤は九つになっていた。

祖母にたずねられ、九つのお藤は少し考えてこたえた。

「やっぱり、気働きのええ子やろ？　寺子屋の出来がようて、目端が利いて、口も達者な子供や」

「お藤はそう思うとるんか。それじゃあ、おばやんがどの子をえらぶか、よう見とき」

その年初めて、お寅はお藤を連れて、四日市宿から一里ほど離れた村へと向かった。

顔馴染みらしい庄屋の家には、すでに十人ほどの子供が集められていた。子の親たちに加え、顔役たちも妙に緊張した面持ちで、庄屋の脇を固めている。お藤もその端に座り、ひとりひとりに面を通す祖母をながめていた。

「ほう、そうか。おまえは算盤が得手なんか」

「はい。寺子屋の中では、誰にも負けまへん。算盤だけやのうて読み書きも好きです」

行儀よく、はきはきとこたえるこの子供がいちばんだと、お藤は見当をつけていたが、祖母が誰より時間を割いたのは、いっとう身なりの貧しい、口の重い子供だった。

「江戸へ行ったら、どこぞ見物したいところはあらへんか？」

「……江戸は、よう知らんから」

「よう知らんところへ行くんは、恐ないか？」

「少し……」

参吉《さんきち》というその子供は、きかれたことだけにぼそりとこたえる。村に来る前、お藤が描いた商家向きの子供とは、まったく逆だった。

——この子は、あかんな。

お藤が内心で判じたとおり、参吉は選にもれた。ただ、祖母の下した裁量にも、納得がいかなかった。お寅はその場で、ふたりの子供をえらんだ。どちらもとび抜けて賢そうではないが、芯は強そうだ。お藤がいちばんだと踏んでいた子供は外された。

村からの帰り道、祖母はひどく機嫌が良かった。

「今日は、ええ掘り出しもんがあったわ。歳が足りんさかい今年は見送ったがな、一、二年先が楽しみや」

「あの、算盤のできる子か？」

「ちゃうちゃう。参吉いう子供や」

お藤は心底びっくりして、目を真ん丸に見開いた。その顔がおかしかったのか、祖母はからからと笑った。

「なまじっかな才があったり、器用な子供は、むしろお店者には向かんのや」

「うちには、ようわからん」

途方に暮れたため息に、また祖母が笑う。それから真顔で言った。

「ええか、お藤。お店者はな、一にも二にも辛抱が肝心なんや」

「しんぼう？」

「そうや。十二かそこらで親から離されて、朝から晩までこきつかわれる。からだの丈夫は何よりやが、次に来るのが辛抱や」

お店奉公は、地味できつい。朝は誰より早く起き、掃除に雑用、使い走り、仕事の後は手習いが待っていて、風呂に行く暇すらなく倒れるように床につく。

「丁稚のうちは、ほんまにしんどいもんやが、そこを越えんとどもならん。気働きなんぞは、後からついてくるもんや」

ふうんとお藤は、わかったようなわからないような返事をした。

祖母は決して、大げさに言ったわけではない。入店した子供のうち、最後まで勤め上げられる者は、びっくりするほど少なかった。円満な暇乞いにあたる「首尾能《しゆびよく》御暇《おいとま》」となるのはまだいい方で、病や不品行で帰されたり、家出や出奔も多かった。

江戸の大店で働けるときけば、親も子もまず、きらびやかな夢を描く。しかし祖母は、まず当人と親に、とっくりと現実を説くことからはじめた。

お寅に江戸店の内情を伝えていたのは、小津屋に出入りしていた宰領《さいりよう》だった。

奉公が決まると、江戸への道行きは宰領と呼ばれる飛脚問屋の者が引き受けた。春と秋の二度、数人の子供たちを連れて江戸へと下る。逆に送った子が帰されるときにも、やはり同じ宰領が迎えにいった。

「行きはよいよい帰りはこわいとは、まさにこのこっちゃ。春に五人送って、翌年三人戻されましたわ。いずれも病《やまいのぼり》登の名目ですけどな、算筆ができんやの口答えが多いのと難癖つけられて、一年かそこらで帰されるんですわ」

歳造《としぞう》という馴染みの宰領は、そうこぼしていた。奉公二年目が、この病登と称する戻りがもっとも多い。お寅はそれを、よく承知していた。

「人より何かしら抜きん出とると、まわりからちやほやされる。そないな育ちの子供はな、きつう叱られるとへそを曲げてしまうんや。理不尽にも、黙って目をつむる。それが辛抱いうことや」

「うちには、とてもできやんわ」

「そやな、お藤には、向いとらんな」

このころから祖母は、お藤を跡取りにする算段を、はじめていたのかもしれない。兄と妹は二歳まで育たず、お藤は小津屋のひとり娘として育った。いずれ迎える婿に、旅籠は任せるとして、口入稼業は早くから孫に仕込む心づもりがあったのだろう。最初に手掛けた呉服問屋から口伝てに広まって、お寅は数軒の大店から口入を任されていた。

お藤は十《とお》になった翌年も、祖母と一緒に四日市近在の村をまわり、その年の秋だった。

街道に面した、宿場の入口には木戸がある。その辺りから物騒な声がして、人垣ができていた。何事だろうかと、お藤は見にいった。

「商売物に手え出しおって、なんちゅうやっちゃ！　こいつはな、都でしか手に入らん聚楽葡萄《じゅらくぶどう》やで。おまえのように薄汚いガキが、口にできるもんやないわ」

路傍で男が、子供を散々足蹴《あしげ》にしていた。広げた風呂敷の上には、葡萄が積まれている。百姓の身なりではないから、東海道や伊勢路あたりで物売りをする手合いだろう。男の言い分からすると、悪いのは子供のようだが、あまりにも容赦がない。尋常ではない剣幕に、通りすがりの者たちも怖くて手出しができないようだ。

宿場の遊び友達かもしれない。子供ときいて、放ってはおけなかった。お藤は大人の垣根を無理やり抜けて、押し出されるようにして前に出た。物売りの足許に、からだを丸めるようにして、男の子が倒れていた。顔は見えず、誰なのかもわからない。

「大丈夫か、しっかりしいや」

ぴくりとも動かぬ子供が、怖くてならなかった。埃まみれのからだを懸命に揺さぶると、小さなうめき声があがった。お藤はほっとしたが、物売りはじろりとにらみつけた。

「何や、おまえもこいつの仲間か」

「そうやない」

「その子は、この先の旅籠の娘や。盗みなんぞ、する道理があらへんわ」

横から口を添えてくれたのは、近所の宿の手代だった。

「そろそろ勘弁してやったらどうや。この子もいい加減、身にしみたやろ」

「なに言うか。このクソガキ、どうにも商い物を放さへんのや！」

男の子は、ダンゴ虫のように丸くなりながらも、胸にしっかりと葡萄を抱えている。手代も呆れて返すようにさとしたが、子供は決して放そうとしなかった。

「あんた、それ返さなあかんよ。大事な商売物やけ」

お藤が説くと、くぐもった声がこたえた。

「あかん。——に食べさせせんと、あかんのや」

相変わらず顔は見えない。身なりからすると宿場の仲間ではなく、百姓の倅《せがれ》のようだが、その声は胸にずしりときた。お藤は顔を上げ、物売りの男に言った。

「おっちゃん、この葡萄、うちに売ってんか」

「何やと」

「代銀を払うなら、かまへんやろ。いま、家からとってくるさかい」

「金で済む話やない。こいつのおかげで商売あがったりや。迷惑料は勘弁したるが、ただでは済まさへん」

相手も意地になっていたのだろう。番屋に突き出すと言ってきかない。いまにも宿場役人が駆けつけてきそうで、怖くなった。途方に暮れたお藤のもとに、凜とした声がとんだ。

「そこにある商い物を、すべて買わせてもらいます。それで気を収めてもらえんやろか」

「おばやん……」

いつのまにか、背中に祖母が立っていた。

「この子らには、よおく言いきかせますよって。これでどうぞ、堪忍してもらえまへんか」

お寅は名に違《たが》わず、肝の太さでは男にひけをとらない。売れ残った葡萄の代銀としては、たいそうな額だったのだろう。渡された銭に、男は大げさなほどに目をむいた。

「商いを邪魔した詫び料には、足りんかもしれまへんが、どうぞ大目に見とくなはれ」

「仕方あらへんな。わしも鬼やないからな、今度ばかりは許したるわ」

過分な銭と、ひたすら頭を下げるお寅に、物売りはころりと態度を変えた。

やがて物売りが去り、人垣が崩れると、お藤は男の子に声をかけた。

「もう誰もとったりせんから、立ちいな」

相手がそろそろと顔を上げ、あ、とお藤は気がついた。一年以上も前だから、十歳のお藤にははるか昔だ。それでも一度見た顔は忘れない。旅籠に育った者の、習い性のようなものだった。

「おばやん、うち、この子知っとる。去年の夏、おばやんと一緒に村で会《お》うた子や」

「何やて？」

と、お寅もまじまじとながめ、声をあげた。

「ほんまや……おまえ、参吉やないか」

辛抱の利きそうな子供だと、お寅が目をかけていた百姓の倅だった。

だが、お寅が驚いたのは、その手許を見たときだ。あれほど激しく足蹴にされたにもかかわらず、子供の抱えた葡萄は、ひと粒も潰れていなかった。

「さしたる縁《ゆかり》もない子供を、お藤さんは身を挺して、お寅さんは大枚をはたいて助けてくだすった。そればかりか、人さまのものに手をつけた私を、この伊勢屋に送ってくれた」

お店者は、小僧から手代に上がるとき、大人の名をもらう。

あのときの参吉が、いまお藤の目の前にいる伊勢屋の手代、枡之助であった。

「私の身の上を憐れんでくれたにせよ、生半可な覚悟ではできぬことです。おふたりのご恩は、未だに忘れておりません」

盗み癖がある子なら、見つかれば要領よく盗んだものをすぐに返すだろうし、何より捕まるようなへまはしない。参吉が葡萄を盗《と》ったのは、床についた母親に食べさせるためだった。ひと月前に病で寝つき、もう何日も、粥さえ喉を通らない。好物の葡萄なら、食べてくれるかもしれない。その一心で、他人の商売物に手をつけた。

「あのまま番屋に突き出されていれば、母をどんなに悲しませたことか……」

「お母さまは、あれからすぐに亡くなられたのでしたね」

「はい、ほんの三日ほどで……父のことでさんざん苦しんだあげく、病になった。倅までが厄介事を起こしたと知れば、死んでも死にきれなかったでしょう」

ふと参吉であったころの姿が、枡之助に重なった。お藤もその顔を、よく覚えている。

「おとやんは、どないした？」

あの日、傷ひとつついていない葡萄を見て、祖母は参吉にたずねた。

「……去年の秋、おらんくなった」

「おらんようになったて、どこ行ったんや」

「わからん」

口をへの字に結び、音がしそうなほどに眉を寄せた。泣くまいと堪えていたのだろう、ものすごいしかめ面だった。

参吉の父親は、ある日ふいにいなくなった。稲刈りが終わったころで、村は秋祭りを控え活気づく。同時に百姓が一年にただ一度、現金を手にする時期でもある。炭だの着物だの、たまった勘定の支払いに町へ行き、参吉の父親はそのまま戻らなかった。

何か災難に巻き込まれたかと、つきあいのあった数人の村人が町に捜しにいったが、どうやら金をもったまま、東海道を西へ上ったらしいということだけはわかった。どんなに懸命に働いても、小作は一生小作のままだ。そんな暮らしに嫌気がさして、村から消える者は時々いた。参吉の父親も、おそらくそうだったのだろう。

　しかし残された家族は、たまったものではない。村人からは白い目で見られ、父親が金をもって逃げたために借金だけが残った。生計《たつき》を立てねばならず、周囲への負い目もある。母親は無理をして、方々で賃仕事を引き受け、からだをこわしてしまった。

「いまの姿を、母にもひと目、見せてあげたかった。それだけが心残りです」

　ゆっくりとうなずいて、お藤はひとつだけ断りを入れた。

「枡之助さん。祖母は決して、あなたの身の上を憐れんだわけではありません。枡之助さんならきっと、良いお店者になると見抜いたからです。あの葡萄を見たときに」

「葡萄？」

「ええ。あれだけ無体を受けながら、葡萄は潰れていなかった。子供らしからぬ用心深さを、祖母は何よりも買っていました」

　帰りがけ、籠いっぱいの葡萄をさし出したが、参吉は受けとらなかった。自分が抱えていたひと房だけを大事そうにたずさえて、そして、一度も泣かなかった。

　強情が過ぎるほどだが、お店者にはそういう芯の強さが何より大事だと、祖母は言った。

「枡之助さんなら、小津屋の口入の信用を上げてくれる。祖母はそのように申しておりました」

お寅の見込んだとおり、伊勢屋という大店で、参吉はすぐに頭角を現し、数いる小僧のうち、ほんのひと握りだけに許される出世街道に乗った。

「己の目に狂いはなかったと、祖母は墓の下で、さぞかし得意になっていることでしょう」

お藤が冗談めかし、手代も頰をゆるめたが、すぐに気の毒そうな顔をした。小津屋のその後を、枡之助は知っているのだった。

「おばあさまは、流行り病で亡くなられたときききました」

「はい……母もやはり、同じ病で逝きました」

参吉が江戸へ立ってから、二年ほど過ぎたころだった。それからはまさに坂をころがり落ちるように、小津屋の商いはみるみる傾いた。父はもともと、商売に向かぬ人だった。

「宰領の歳造さんからききました。伊勢屋にも、毎年顔を見せましたから。小津屋さんはすでになくなったと……」

「となりの旅籠が買いとって、宿も建て替えられたときいています」

「きいている、とは？」

「あたしはその前に、家を出されましたから……十四のときです」

　枡之助はひどく驚いた顔をして、用心深くたずねた。

「どちらかへ、行儀見習いにあがられたのですか？」

「いいえ、そのころは父も亡くなって、小津屋はすっかり左前になっておりましたから……奉公のようなものです」

「小津屋のお嬢さんが、そのようなご苦労を」

　枡之助とは何度か顔を合わせたが、詳しく来し方を語ったのは初めてだ。それでもやはり、肝心のところは打ち明けられなかったが、

「父が後添いに迎えた新しい母と、折合が悪かったので」

　言い添えると、枡之助は何がしか察したようだ。それ以上は、たずねなかった。

　あれから一度も、四日市には足を向けていない。その後の顛末をきいたのは、ずっと後になってからだった。

　お藤が家を出され、まもなく小津屋は潰れた。四日市を離れたために、その辺りの仔細は長いあいだ知る由もなかったが、お藤もまた、江戸で同じ宰領と出会い、実家がたどった顛末を知らされた。

　増子屋太左衛門から口入屋を任されることとなり、お藤はまず、祖母とつきあいのあった大店を探した。覚えているのは店名くらいで、伊勢屋をはじめ同じ名は江戸にあふ

れている。見つけようもなかったが、中に一軒だけ珍しい名があった。『卯鷺堂《うさぎどう》』という浅草にある筆墨硯問屋で、その店を訪ねてみた折に、宰領の歳造と再会した。別の口入屋とのつきあいで、歳造はいまも伊勢と江戸を往復していた。

枡之助と再会できたのも、祖母が口入に関わっていた伊勢屋をはじめとする店の場所がわかったのも、やはりこの宰領のおかげであった。

「ほんまに小津屋さんは、惜しいことをしたな。なんもかんもあの後添いのせいやわ。旦那さんは人のええお方やったさかい、騙されたんや。おとさんだけは、恨まんといてやってな」

父と同年輩の歳造は、そんなふうに悔やみを述べたが、すでに父に対しては、憐れみはおろか、憎しみすらわかなかった。ただ、自分の薄情が空恐ろしく、天涯孤独の寂《せき》寥《りょう》が、急に生々しく感じられた。

「差配さん、お待たせしやした」

一瞬の暗い物思いは、廊下に現れた春吉の笑顔が払ってくれた。

「勝手頭の亥八さんとは、うまくやっていけそうかい？」

伊勢屋を出ると、お藤は春吉にまずたずねた。

「へい。厳しいお人ですが……お兼さんにくらべたら、仏さまに思えまさ」

お兼には内緒だと、小さな声で断りを入れる。さもありなんと、お藤も笑った。

亥八は春吉を、気に入ってくれたようだ。料理の手際はもちろんだが、生意気なところがなく、そこがいいと亥八は評した。どんな言いつけにも素直に応じ、怒鳴りつけてもびくつくことがない。まさにお兼の指南のたまもので、使いやすい奉公人だと亥八は認めてくれた。

「月に二度の休みも許しをいただけたし、これでちょくちょく、赤ん坊とおかみさんの顔を拝みにいけるね」

「へい。これ以上、ありがてえことはありやせん。みな差配さんやお兼さんのおかげです」

と、春吉は、妙にまじめな顔をした。

「人宿《ひとやど》には、そりゃひでえ店も多いと、女房からきかされやした。寄子《よりこ》を虫けら同然にあつかって、分け前は皆てめえの懐に収める……あのとき差配さんに声をかけてもらえなきゃ、そういうところに行き着いていたかもしれねえ。おれは運がいいと、しみじみ思いやした」

口入屋は、正式には人宿といい、公儀の触れにもそう記される。そして春吉や泰治のように、口入屋が抱える奉公人は、寄子と呼ばれた。

冬屋では、年季奉公に限っているが、月ごとや一日のみの日用《ひよう》をあつかう店もある。

奉公先と当人が互いに気に入れば、店抱えになることも後々あろうが、ひとまず今回の六軒は、いずれも一年の契約とした。寄子は一年のあいだだけ、各々の店に遣わされるが、抱え主はあくまで口入屋であった。

「運がいいのは、こちらも同じだよ。口入屋の信用は、寄子にかかっているからね」

「あっしらに、ですかい？」

「そうだよ。商家を手掛けたばかりの折に、おまえや泰治に出会えた。運に恵まれたのは、あたしらの方だよ」

春吉は、少しばかり照れくさそうに笑った。その向こうに、親店にあたる油問屋の駒屋が見えた。角を曲がれば、すぐに冬屋だ。泰治はさぞかし、首を長くして春吉の帰りを待っていることだろう。

だが、辻の手前で、お藤ははっと足を止めた。

正面から、男が三人、こちらに向かって歩いてくる。

縞の着物に、印半纏。中間者だとひと目でわかる。人垣をこじあけるように、道の真ん中をこれ見よがしに闊歩《かっぽ》して、話に興じる声ははばかりがない。道往《ゆ》く誰もがふり返ったが、お藤の足を止めさせたのは、別の理由だった。

真ん中の男に、見覚えがあるような気がしたからだ。

たしかに、見た顔だ。けれど、たった一度会っただけのその男と、重ねるまでにはひどく時が要った。十三年というへだたりばかりでなく、身なりもまとう雰囲気も、あまりにも違い過ぎる。本当にあの方だろうかと、じっと相手を見詰めた。

「差配さん、どうしなすった？」

「ああ……ちょっと、用を思い出してね。先に帰っておくれ」

春吉を先に帰し、近づいてくる男たちを、あらためてながめた。

お藤の露骨な視線に、相手も気づいたようだ。目が合うと、にやりとした。お藤を知っているからではなく、女へのあいさつ代わりのような品のない笑いだった。

あのときお藤は、十四だった。気づかぬのも無理はないが、まるで遊女を品定めするような、頭から爪先まで這いまわる視線には、さすがに不快が先に立った。

「姉さん、おれに何か用かい？」

こんな声だったろうか――。くり返し思い出したあの声は、にごりのない水のように、もっと清冽《せいれつ》ではなかったろうか。

「しけこむにはまだ日が高《たけ》えが、そうまで熱っぽい目をされちゃあ、相手をしねえこともねえぜ」

男が目の前で立ち止まっても、やはりお藤は何も返せない。過去と現在《いま》が忙しく点滅し、頭の中がいっぱいだった。自分を凝視し続ける女に、男は初めて怪訝な顔をしたが、代わりにお供のふたりが野卑な声をあげた。

「悪かねえが、大年増ですぜ、頭《かしら》」

「頭にはちょいと、とうが立ち過ぎてんじゃありやせんかい」

男はたちまち調子を合わせ、ふふんと笑った。

「おめえらは練れてねえな。こういう若後家みてえな風情も、そそられるってもんよ。なあ、姉さん」

似たような格好だが、近くで見ると違いがわかる。

中間が、奉公先の武家からたまわる印半纏を、看板《かんばん》と呼ぶ。お供のふたりは綿の単衣《ひとえ》で、ありきたりな看板だが、その男のものだけは別あつらえで、明らかに金がかかっている。紫紺に波の透かしの入った紗の生地は、羽織にしても遜色のなさそうな品だ。ただ、襟と裏地の緋色が、上質な薄絹を台無しにしていた。

仕える主家のものなのだろう、看板に抜かれた家紋は三人ともに同じだが、くだんの男だけはやはり手のかけようが違っている。

丸に鷹の羽が一枚、いわゆる鷹羽紋《たかのはもん》だが変わった形だ。一枚の鷹の羽が、たたんだようと真ん中でくの字に折れている。折れ鷹羽紋だと、お藤は後で知った。両側のふたりはただの白抜きだから、羽の色も白い。頭と呼ばれた男だけは黒羽で、よく見ると黒糸で刺繍が施されていた。

「あんた、どこのお女中だい。この先にいい貸座敷がある。あんたさえ良けりゃ、たっぷりと可愛がってやるからよ」

　ずいと顔を寄せられ、酒くさい息がかかる。避けることすら忘れ、ただ相手の顔を仔細にたしかめた。浅黒い頬から顎にかけての線、下がりぎみのふた重の目、わずかに右に上がった口許。やはり間違いないと思えた。

「あの、あたしを覚えていませんか」

「なんだ、どこぞで会っていたのか？　あんたほどの女なら、そうそう忘れやしねえはずだがな」

　考えるふりで顎に手をやったが、顔はにやついたままだ。

　名乗る暇さえなかったから、互いに名すら知らない。じりじりとしたもどかしさが、胸にこみ上げる。

「どこだい？　浅草《あさくさ》か、それとも下谷広小路《したやひろこうじ》かい？」

「江戸じゃあありません。三河国《みかわのくに》です」

　顔を覆っていた男のにやにや笑いが、拭ったようにかき消えた。

「十三年前、東海道の藤川宿《ふじかわしゅく》に近い、山中郷《やまなかごう》です。追われていた十四のあたしを、助けてくださった。あのときの、お武家さまではございませんか？」

　相手の目が、かすかに見開かれた。

　お藤は確信した。やはり、あのときの侍だ。

一瞬、互いのあいだに濃くただよった緊張は、下品な笑い声に霧散した。

「お武家さまだってよ。たしかに武家には違いねえが、後ろに奉公人てえよけいなもんがついてるからな」

「ま、この折れ鷹羽を背負ってる限り、おれたちだってご家中だろうさ」

自慢とも卑下ともつかぬ冗談に、男は夢から覚めたように、我をとり戻した。

「たとえまっとうな侍だろうが役人だろうが、おれたちには道をあける。武家奉公人と侮るなかれってもんよ」

「さすがはお頭だ。いいこと言うぜ」

ふたりの追従に、男は余裕の笑みを浮かべ直し、ふたたびお藤に顔を近寄せた。

「姉さん、どうやら人違いをしているようだな。おれぁ武蔵《むさし》の田舎の出でね、仕えているのは下総《しもうさ》の大名家だ。三河国なんぞ、足を向けたことすらねえよ」

お藤の口を封じるように、矢継ぎ早に男は続けた。

「もっともおれたちには、生まれなぞ関わりねえがな。生まれ在所とも身内とも、とうに縁が切れた根なし草ばかりだ。十三年も前なんざ、誰も思い出したかねえんだよ」

脅し口調だが、目の中には焦りがあった。

黙れと、口を閉じていろというのだろう。そう、お藤は察した。

相手の迷惑になるのなら、ここでこれ以上追及する気持ちはない。ただ、ひと言だけでも礼が言いたい。どうやって伝えようか……。思案をはじめたとき、背中から声がかかった。

「黒羽《くろば》の旦那じゃあ、ございやせんか」

ふり返ると、お藤が毎日見慣れている姿があった。

「なんでえ、島五郎じゃねえか」

「お久しぶりでございやす。すっかりご無沙汰しちまって、申し訳ありやせん」

大仰に腰を折る。どうやら知己の間柄のようだが、島五郎はひどく気を遣っている。

互いの力関係は、すぐにわかった。

「そういや増子屋は、本石町だときいていたな」

「へい、このすぐ先にありやして」

と、お藤にちらりと視線を走らせた。

「もしやこの女が、何かご無礼をいたしやしたか？」

「何だい、この姉さんはおめえの見知りかい」

「へい、うちの……使用人でして」

差配とは、告げなかった。女の下に置かれている、その体裁の悪さだけでなしに、何がしかの面倒を避け、お藤をかばったようにも感じられた。

「なんだ、同じ店のお女中かい。世間てのは、狭《せめ》えもんだな」

「まだ、うちに来て、ひと月ほどの新参でして。人宿の礼儀なんぞもわきまえちゃおりやせん。何か粗相でもしでかしたんじゃ……」

「いんや、粗相ってえほどじゃねえ。ちょいと人違いをされただけだ」

「そいつは、申し訳ありやせんでした。あっしに免じて、今日のところはご容赦くだせえ」

「なに、なかなか婀娜《あだ》っぽい姉さんだ。女から粉をかけられて、悪い気はしねえやな」

島五郎のていねいな詫びを、鷹揚《おうよう》に受けた。

「じゃあな、島五郎。小川町《おがわまち》に来たら、顔を出してくんな」

ふたりの子分にも声をかけ、立ち去るそぶりを見せたが、ふと足を止めてふり返った。

「姉さん、あんた、名は？」

「藤と、申します」

「お藤さんか……覚えておくよ」

片頬だけで笑い、日本橋の方角に去っていく。背中を向けられて初めて気づいたが、紫紺の紗越しに見える裏地には、荒々しい唐獅子が躍っていた。

その背中を、ぼんやりと見送っていたが、

「てめえ……」

島五郎が、ぐいとお藤の腕をつかんだ。問答無用で冬屋に戻り、お藤を店の中に引きずり込む。血相を変えて、怒鳴りつけた。

「なんてえことをしてくれたんだ。あの男に目をつけられたら、厄介極まりねえんだぞ！」

あまりの剣幕に、店内にいた小僧の鶴松はもちろん、ふたりの手代も縮み上がった。

「あいつに疎まれりゃ、この江戸で人宿なんぞやっていけねえ。いいや、江戸に留まることさえ危うくなる。たかが中間頭だと侮るな。奴の力は、半端じゃねえんだ」

決して脅しではないことは、その必死の形相でわかった。

「奴がひと声かければ、江戸中の武家奉公人が集まるとさえ言われている。いいか、江戸中の中間陸尺《ろくしやく》を、あの男は動かすことができるんだぞ。そんなこと、大名も老中も、いや、上さまだってできやしねえ」

ごくりと、お藤は唾を呑み込んだ。

「……あの人の、名は？」

「黒羽の百蔵《ひやくぞう》」

主家の家紋、折れ鷹の一枚羽を、百蔵は常に刺繡などで黒く染めている。そこからきたふたつ名だという。

「黒羽の、百蔵……」

口の中でなぞった名は、ひどく禍々《まがまが》しく響いた。

8

黒羽の百蔵――――。たいそうはばが利く中間頭だという男のことは、胸にくすぶり続けていたが、ぼんやり物思いにひたる暇はお藤にはなかった。

「ひと月のあいだ、よく辛抱してくれたね。おまえたちは今日から、この増子屋の大事な寄子だよ」

居並ぶ六人の男たちを、お藤はながめ渡した。

髷《まげ》をととのえ、古着の仕立て直しとはいえ、皆こざっぱりとした木綿物を身につけている。身なりと同じに、顔つきもひと月前とはまるで違う。先行きの不安のためだろう、職にあぶれた者は、どこかしょぼくれて見えるものだ。この六人もそうだった。自分に自信がもてず、目つきもおどおどしていた。しかし、いまお藤に向けられた顔は、着物同様ぱりっとしている。誇らしさに、お藤ははちきれんばかりだった。

「誰ひとり欠けることなく、厳しい修業をやり遂げた。これは私どもにとっても、嬉しい誤算でした。ひとつだけ、覚えておいておくれ。この増子屋の看板は、他ならぬおまえたち自身です」

六人が、少し驚いたように目を見張った。

「寄子あっての口入屋です。おまえたちが先さまで認められて、初めて私どもも信用が得られる。寄子と口入屋は相身互《あいみたが》い。奉公へ出して、縁が切れるわけではありません。親とも大家とも思って、いつでも相談に来ておくれ」

お藤のとなりには増子屋太左衛門が、やはり満面の笑みで座し、ななめ後ろにはお兼が控えている。寄子たちの背後には、小僧の鶴松と手代の実蔵が顔をそろえていたが、島五郎と与之助は別の仕事で出かけていた。大きなからだを窮屈そうに縮めた手代の横には、かわりに泰治の姿があった。この場の誰よりも嬉しそうに、泰治は頬をゆるめている。

今日は寄子たちが、それぞれの奉公先にあがる、いわば冬屋にとっては晴れの日だった。

この日のために、特に用意したものを、主人の太左衛門が手にとった。

「これは精進したおまえたちへの祝儀でもあり、この増子屋の寄子たる証しでもある。奉公先で、使っておくれ」

寄子への祝儀は、木綿の紺足袋《たび》だった。

奉公人の着物は、正月などに主人から贈られるのが慣習となっていた。それよりささやかなものをと、考えたのである。

太左衛門はお藤からその心づもりをきかされると、大乗り気で、わざわざ足袋屋に特別あつらえを作らせた。改まった席では町人も白足袋をはくが、あえて不断《ふだん》足袋とした。それでも寸法は各々の足型に合わせ、真鍮《しんちゅう》のこはぜには、丸に子の字の増子屋の印が打ってある。

「こんな立派なもんを……ありがとうございやす」

太左衛門からひとりひとりに祝儀が渡され、それが終わると、寄子のあいだから遠慮がちな声があがった。

「あっしらからも、改めてお礼を言わせてください。旦那さんと差配さん、お兼さんをはじめ、増子屋の皆様には、一方《ひとかた》ならずお世話になりました。ご恩は生涯、忘れやせん」

決して口の達者ではない春吉が語り役を務め、頭を下げた。他の五人と、さらに後ろの泰治がそれにならう。予期せぬことであったから、お藤は胸がいっぱいになった。声が出ず、目にはうっすらと涙が浮かんだ。知ってか知らずか、かわりに太左衛門が受ける。

「おまえたちのような寄子なら、私としても鼻が高い。あえて横槍を入れず、このふたりに任せていたが、間違っちゃいなかったようだね」

大らかな主人に対し、お兼はもっと辛辣だった。

「生涯忘れませんだなんて、いまから生ぬるいことを言ってちゃあ、この先続かないよ。

これからが正念場なんだからね。慣れぬうちはことに、辛い目ばかりだろうが、辛抱と精進を忘れちゃいけないよ」

「案じることはねえだ。お兼さんの指南にくらべりゃ、どんな地獄だって堪えられるだで」

「地獄で悪かったね、泰治」

うっかり口をすべらせた泰治を、お兼がじろりとにらむ。鶴松がぷっと吹き出して、座敷中に笑いが広がる。

「あっしらも肝に銘じております。きっと増子屋の看板に恥じねえ働きを、してみせやす」

春吉がしっかりと請け合って、ふたたび泰治を含む七人がていねいに頭を下げた。

その日、太左衛門とお藤がつき添って、寄子たちをそれぞれの店に入れ、一段落する間もなく、二日後にはまた新しい寄子たちがやってきた。

一番組と呼ばれた泰治や春吉たちに続き、二番組とされた。

ふたたび店内にお兼の罵声が響きわたり、

「また、この修羅場がはじまったのか。まるで一日中、半鐘が鳴ってるみてえだ」

島五郎のぼやきも相変わらずだ。

ただ、この二番組からは、少々ようすが違っていた。

「おれには、とても務まりそうにねえ。まるで十の小僧みてえに追い回されて、この歳でこんな思いをするなんざ、おれぁもう情けなくってならねえ」

わずか一日で音をあげ、悔し涙をこぼす者もいたが、引き止め役にまわったのはお藤ではない。

「おめえさの気持ちは、よおくわかるだ。ついひと月めえに、同じ思いをしたからな。だどもな、ここが踏ん張りどこだ。騙されたと思って、もうちっとだけ辛抱してくれろ。お兼さは、決して鬼じゃねえ。そのうちおめえさにも、わかるはずだ」

新参者の傍らで、肩を抱くようにして慰めているのは、泰治である。

「……どっかで、鬼から天女に化けるとでも？」

「いや、天女にはならねえだが、小姑くれえには収まるだ」

たいした変わりはなかろうと肩を落としながらも、のんびりとした泰治を相手にしていると、汲々に絞られた気持ちもゆるむ。

泰治の奉公先は、この冬屋であった。

新参を鍛えるお兼の下で手代を務め、いわば彼らの愚痴をきくのが役目である。以前はお藤の仕事であったが、男同士弱音も口にしやすかろうし、また同じ苦労を知っているだけに含蓄もある。自分より先に他人の心配をはじめるこの男には、うってつけでもあった。

「おらに、そったらたいそうなことができるとは思えねが、ここに置いてもらえるのはありがてえだ。春さんや皆と会えるなら、なおさらだ」

泰治にはもうひとつ、大事な仕事が任された。すでに奉公に出された、寄子たちの世話である。もしも寄子が欠落《かけおち》したり悪さをすれば、責めは口入屋が負うことになる。それを未然に防ぐために、泰治にはこまめに奉公先をまわらせた。

寄子のようすを見、相談に乗り、調子が悪いとなれば、お藤が直に出向くこともある。場合によっては、あえて自分の代わりに、鶴松を行かせることもあった。

「おいちゃん、これ、差配さんから届け物だ。江差屋《えさしや》の煎餅、醬油だれが甘辛くって旨いんだ。お店の皆さんで召し上がってくださいって」

「そうか。そいつはすまねえな」

「なんでえ、おいちゃん、しょぼくれてんな。嫌な目にでも遭ったのか？　おいらがきいてやるから、何でも話してくんな」

三人の手代のもとにいたから、口の利きようは生意気だ。それでも鶴松は勘もよく、小さな拳でどんと来いと胸を打つ姿は、大人の苦笑をさそう。

「奉公ってのは、一筋縄じゃあ行かねえからな。おいらも入ったころは大変だった」

「ほう、おまえもそんな思いをしたのかい」

「あの店は、中間がよく出入りするだろ？　ぼんやり突っ立ってるだけで、どつかれたり酒をぶっかけられたり散々だった。いまはそんなこともなくなったけどよ、慣れるまではそりゃしんどかった」

「おまえくらい小さくても、苦労はあるんだな」

「そりゃそうさ。おいちゃんも、きばってくれな」

子供の前では大人はいい格好をしようとする。きばってくれと鶴松に言われては、励むより他にない。

日々の小さな不満こそ、溜め込むと、とんでもない大きさになってはね返ってくる。小出しにさせることが肝心で、聞く耳が多いほど薬効も上がる。泰治と鶴松とお藤では、相手も語りようが違う。色々な形で吐き出させるのは、決して悪いことではないはずだ。

「だども、差配さん。あの日限《ひぎり》では、やっぱり無理ではなかろうか」

お兼の何度目かの指南がはじまって、十日が過ぎたころ、泰治が浮かぬ顔を見せた。

「おまえさんの見当じゃ、難しそうかい？」

「おらたちのころより指南が厳しい分、皆やつれきってるだ。とても覚えきれるもんじゃねえと、未だに泣き言ばかりきこえてくる」

「そこをあんたに頼みたいんじゃないか。ここが正念場だからね。お願いしますよ」

お藤とお兼が画策しているのは、指南の日数を縮めることだ。最初の泰治たちはひと月だった。これを二十五日、二十日と減らしていき、できれば半月で収めたいと考えている。

——あの連中のひと月分の飯代は、どうやって元をとるつもりだい。

いつか島五郎にそう文句をぶつけられ、いまは確かに商売にならないとお藤はこたえた。金勘定に長けた西国の商家が相手だ。口入料は決して高くはなく、ひと月寄子を置けば足が出る。これを半月にすれば儲けになると、あのとき島五郎にも明かした。

たとえ怒鳴りつけるのは同じでも、女中頭と指南役では勝手が違う。お兼も最初は手探りではじめたが、慣れてくれば要領がつかめてくる。お兼と相談を重ね、また泰治や鶴松から寄子たちのようすをききながら、指南の期間を絞っていった。半月はまだ無理だが、五番組に来て、ようやく二十日まで漕ぎつけた。

「素人をこうまでたくさん引き受けるのは、あたしも初めてだからね。ちっと暇がかかっちまったが、大方のこつは呑み込めたよ。あともう少しで形になるだろうよ」

お兼はあくまで頼もしく、逆にお藤の方が追いつかない有様だった。最初の六軒はいわば祖母の遺産で凌いだが、その後しばらくは奉公先を探すのに苦労した。日本橋はもちろん、神田《かんだ》、浅草、芝《しば》や深川《ふかがわ》にまで足を延ばしたが、一見《いちげん》の口入屋を信用しろという方が無理な話だ。二番、三番組の折には寄子の数に奉公口が足りず、しばらく待ってもらったが、四番組の指南をはじめたころから、少しずつ客が増えてきた。

「いや、ここの寄子は値打物だと、近江屋の旦那からきいてね」

西国商人は利にさとい。彼らが太鼓判をおすなら間違いはあるまいと、向こうから声をかけられることが多くなった。

「ありがとう存じます。そちらさまに見合う、良い奉公人をお世話させていただきます」

冬屋は、信用という、何より大事な商売道具を得つつあった。

「ひとまずはうまくまわっているようだが、番頭が言ってたことは、どうするつもりだ?」

ある日、島五郎がお藤に言った。

「与之助の話だと、うちが新しい商売をはじめたと、口入仲間のあいだで噂が広まっている。番頭が憂えていたことは、おっつけ本当になるぜ」

「実はあたしも、そればかりは案じていてね。ただ、これというううまい防ぎようも見つからなくて」

息のかかった者を冬屋に入れて、指南が済んだころにまた戻し、別の奉公先に入れて口入料をいただく。いわば寄子泥棒に等しいが、海千山千の連中がひしめいている人宿にあっては、十二分に考えられる。過日、番頭の七郎兵衛に指摘され、お藤も手立てを思案していた。

「向こう三年はうちの寄子として働いてもらう。指南の前には、その念書を入れさせることにはしたけれど」

「それじゃあ弱《よえ》え。万一逃げられても、いちいち役人に訴えるわけにはいかねえんだ。人宿の悶着についちゃ、連中はお構いなしとしているからな。うちのあつかいが悪いから、人宿を変えた。そう言われちまえば、下手をすればこっちの人宿株を、とりあげられる始末になる」

江戸の人宿は、中間の世話をもっぱらとする者が多数を占める。悶着は絶えず、とても捌《さば》ききれる量ではない。町奉行所は再三、人宿組合へ触れを出し、あれこれと注文をつける一方で、事が起きたときには我関せずが慣例となっていた。町方役人も、そして抱え主たる武家も、双方が責めを負おうとしない。たかが奉公人すら満足に御《ぎょ》せぬ、昨今の武家のていたらくを如実にあらわしていた。その責めの一切が、人宿に嫁される。わかってはいたが、いざ直面すると、のっぴきならない現実であった。

「あとは寄子のひとりびとりを、用心深く見極めるしかないねえ」

「そんなこったろうと思ったよ」

島五郎は、わざとらしいため息を吐いた。

「仕方ねえ、与之助を貸してやるよ。指南を乞う者の申し立てに嘘がねえか、前もって調べさせろ。少しはふるいにかけられるだろ」

「それができれば、たいそう助かる。恩に着るよ、島五郎」

「甘っちょろい顔してんじゃねえよ。これだけじゃ、十分とは言えねえんだからな」

手を貸してくれるのは、新しい口入商売を、島五郎が認めつつあるということだ。嬉しくて、つい喜びようが大げさになった。それが照れくさかったのだろう、島五郎はぷいと横を向き、傍らにいた手代に言った。

「おい、与之助、きいてのとおりだ。おめえが助《す》けてやれ」

へい、と手代が応じると、己は用があるからと出かけていった。お藤はその背中をにこにこと見送った。

「嬉しそうね。何か良いことでもあって？」

声にふり向くと、帳場の奥に人の姿があった。

店内にはふたりの客が来ていた。どちらも中間で、手代の実蔵が相手をしていたが、たちまちぽかんと口をあける。

増子屋の内儀、お品であった。殺風景な冬屋にはそぐわない、たおやかな立ち姿だ。見慣れたはずの手代たちやお藤ですら、一瞬、目を奪われる。

お品の美貌は、それほどに際立っていた。

「お藤さん、お邪魔かしら？」

これから山のような帳面付けが残っていたが、にっこり微笑まれると何も言えなくなる。

決して派手な造りではないが、奥二重で切れ長の目は、ふっくらとした涙袋をたたえ途方もなく艶がある。鼻と口も小さく、唇だけが梅の花のようにぽってりしていた。容姿に加え、立ち居ふるまいも独特で、歩いても茶碗をおいてもまるで音がしない。霞でもまとっているような優雅な所作は、浮世ばなれして見えて、あれは人ではなく天女の生まれ変わりに違いない。そんな噂を真顔で交わす者も少なくなかった。

店内にいた男たちは、いっせいにそわそわしはじめたが、お品は見向きもせず、内緒話をする子供のような表情で、お藤に顔を寄せた。

「お藤さんが来てくれないから、迎えにきたのよ。同じ増子屋にいれば、もっとちょくちょく会えると思ったのに、あてがはずれたわ」

「すみません、おかみさん。慣れぬ仕事にばたばたしちまって」

おかみなどという俗っぽい呼び方はまったくそぐわないが、お品はたしかお藤より四つ上になる。三十路を過ぎても衰えは欠片《かけら》も見えず、逆にますます磨きがかかるようだ。

「今夜は主人が寄合でいないの。お酒の相手をしてもらえないかしら」

「それなら、喜んで！」

もともと酒には目がない方だ。冬屋に来てからは、気を引き締めるつもりで初日の祝い酒以来、たしなむ程度にとどめていたが、このおかみが相手なら不足はない。お品は酒量も強さも、お藤といい勝負だった。

必ず行くと請け合うと、嬉しそうに美しい顔をほころばせた。話してみると、天女は意外と無邪気だった。商いにも台所にも無関心で、花から花へと舞いとぶ蝶のように、毎日は楽しいことだけに費やされる。歳をとらぬのも、それ故かもしれない。

お品は同じ日本橋の、大きな両替商の娘で、なに不自由ないお嬢さまとして育った。足先が地面から常に浮いているような、お品がまとう空気も、暮らしの苦労を知らずに育ったためだろう。本当なら、お藤には苦手な手合いのはずなのに、どういうわけかお品とは馬が合った。

その夜、お藤は油問屋の裏にある増子屋の母屋で、お品と向かい合った。

塗りの膳には料理屋からはこばせた馳走がならび、酒も添えてある。お品の勧めで口をつけると、灘《なだ》の上等な清酒だった。

「本当はもっと早く、声をかけたかったのよ。なのにうちの人に、釘をさされてしまって。いまは大事なときだから、三月は遠慮してくれですって」

不満そうに、梅の花のような唇を尖らせる。

「あの人ばかりが楽しい思いをするのはずるいでしょ。少しごねたら、ようやく許してくれたのよ」

ただの寄合ではなく、おそらくは吉原《よしわら》だろう。太左衛門の女好きは半ば公然で、けっこうな金を吉原に落としているときく。並みの女房なら文句のひとつもこぼしそうなものだが、お品はまったく気にするようすがない。世間への見栄ではなしに、およそ嫉妬という感情を、お品は生まれつきもち合わせていないように見える。

「主人が目の前にいないのに、気を揉んだところで仕方がないわ。そう思わない？」

「大方の女房は、逆ですよ」と、お藤は笑った。

世の女たちは、絶えず夫に目を光らせている。夫が留守のときほど、あれやこれやとよけいな心配をはじめるものだ。

「そうらしいわね。あたしは情が薄いと、よく人に叱られるわ」

「多少遊びは過ぎても、旦那さんはおかみさんを大事にしてなさる。おかみさんもそれがわかっているから、どんと構えておられるんですよ」

太左衛門は色街通いはしても、ひとりの女に入れ込んだり妾《めかけ》をもつことはしない。一緒になって十年以上経つが、夫婦のあいだには子供がなかった。妾のひとりくらい、世間も容認してくれそうだが、

「天女を娶《めと》ったのだから、仕方がない」

と冗談で返し、離縁するつもりはさらさらない。当のお品も申し訳なさそうな素振りは露ほどもなく、夫婦仲は睦《むつ》まじかった。

「お世辞じゃなしに、旦那さんとおかみさんは良い夫婦《めおと》だと思いますよ」

「そういうお藤さんは、どうなの？」

ふふ、とお品が、切れ長の目を楽しそうに細める。

「あたしは……いっぺんしくじってますから、正直もうこりごりです」

「あら、一度のしくじりなんて、虫に刺されたようなものよ。気にすることないわ」

「あたしには、並みの暮らしなぞ向いてないのかもしれません」

少なくとも二年のあいだは、人の言う世間並みで幸せな暮らしだった。ただお藤には、決して居心地のいい場所ではなかった。夫婦ふたりだから舅姑《きゆうこ》の面倒もなく、亭主の稼ぎもよかった。いったい何の文句があるのかと、首をかしげられるのが落ちだろう。わかっていたからこそ口にはしなかったが、お藤はあのころ絶えず焦燥にかられていた。

「向いていなかったのは、あのご亭主だったからじゃなくて？」

「腕のいい大工で、人柄も良い人でした……あんなことになる前は。こんなあたしを見《み》初《そ》めてくれて、大事にしようとしてくれましたし」

「その大事が、お藤さんには合わなかった。それは大事にしているとは言えないわ。そうでしょ？」

図星をさされて、こたえに詰まった。お品の方は童女めいた無邪気さで、まったく悪気はない。

「お藤さんの気持ちをないがしろにして、己のやり方を押しつけた。ただの勝手に過ぎないわ」

「でも、誰の目から見ても、非はあたしにあるだろうし……」

「世間並みの幸せという型に、あなたを嵌《は》めようとした。そういうことでしょ？　有難迷惑以外の、何物でもないわ。巷で流行っているものをひっくるめて、さあ、どうぞ、と土産にするようなものじゃない。相手のお藤さんはもちろん、己の心積もりすらろくに入っていない。そんなものに、値《あたい》はないわ」

こういうところかと、お藤は内心で苦笑した。天女と称されるだけはある。お品の物差しは、まとう雰囲気と同じに独特で、お藤には快く思えた。だからこそこの女と気が合うのだろう。言い手によっては辛辣な文句すら、鳥のさえずりのように軽やかだ。

「あのご亭主は、あなたにはそぐわなかった。ただ、それだけのこと。お藤さんにふさわしいお相手は、きっといてよ」

「そうですね。そう思うことにします」降参するように、笑い返した。

「誰か、気になるお人はいないの？」

ひらりと目の裏に、黒い折れ鷹羽が舞った。それは冬屋で忙しくしている最中にも、時折落ちてくる。お品は目ざとく感づいたようだ。

「あら、誰かいるのね？」と、楽しそうに身を乗り出した。

「いいえ、そういうわけじゃ」

ふとわき上がった気持ちを、お藤は自分で打ち消した。たしかに気にはなっているが、意味が違う。あれほどの窮地に立たされたのは、十三年前のあのときぎりだ。幾度も思い返しては身震いし、あの怖さにくらべれば、どんなことでも堪えられるといまでも思う。

お藤を助けてくれたのは、ふたりの男だった。黒羽の百蔵は、その片方かもしれない。だからこんなにも胸が波立つのだ。

「隠しても駄目よ。その人のことが気にかかってたまらないと、顔に書いてあるわ」

「いま考えていたのは、おかみさんもよくご存じの方ですよ」

「あら、誰？」

「駿河屋の、ご隠居です」

「まあ、そんなつまらないこたえで、お茶をにごすつもりなの？」

お品はちょっとふくれて見せて、けれど、すぐに笑顔になった。

「でも、ま、いいわ。たしかに男には違いないし、そんな話を真に受けるぼんくらも、本当にいたのですものね」

互いに目を合わせ、ふふ、と笑った。世人の悪意や悩みなぞ、羽衣の袖のひとふりで遠くにとんでいく。お品と話していると、そんな気分になる。

「あら、嫌だ。もうないわ」

銚子を逆さにして、お品が顔をしかめた。一杯目の後は、互いに手酌で呑んでいたが、すでに横に倒れた銚子は、五、六本にもなっている。お品が大きな声で代わりを頼むと、年配の女中が、しかめ面で現れた。

「おかみさん、いくら何でも早過ぎますよ。せめてお燗のあいだくらい待っていただかないと」

実家の両替屋から、お品につき従ってきた婆やである。つき合いが長い分、天女相手でも容赦がない。

「まあ、婆やったら。こんな楽しい宴に水をさすつもりなの？　燗が間に合わないなら、冷やでいいわ。十本ばかりもってきてちょうだい。お藤さんはどう？」

「これほどの上物なら、かえって冷やの方が良いですね。あたしも構いませんよ」

「まったく……うわばみがふたりもいちゃ、太刀打ちできゃしない」

ぶつぶつと文句をこぼしながらも、すぐさま新しい酒が運ばれてきた。美味しそうに喉を鳴らし、一杯目を干すとお品が言った。

「そういえば、駿河屋にはあれから一度も、顔を見せていないのでしょ？　おじさんも気になすっていたし、そろそろ行ってておあげなさいな」

「ですが……」

らしくない怖気《おじけ》が、胸に忍び寄る。察したように、お品が言い足した。

「あの男の駿河屋詣では、収まったそうよ」

「本当ですか?」

「ええ、ひと月ほど前から、ぱったり姿を見なくなったと、おじさんからきいているわ」

「そうですか、良かった……」

心の底から安堵した。自分のことより駿河屋の厄介が、ずっと心にかかっていたからだ。

「すっかり無沙汰をしちまいましたし、明日にでも顔を出してきます」

気がかりがひとつとり払われて、あとはお決まりの他愛のない話で、女ふたりは大いに盛り上がった。

9

「あいたた……さすがにちょいと、呑み過ぎちまった」

お品と呑むと、毎度この調子だ。翌朝、こめかみを押さえながら仕度をすませ、お藤が店を出ようとしていたときだった。与之助がその名を口にした。

「いま戻りしな、見かけたんですがね。日本橋を渡った先の呉服屋に、黒羽の旦那がいやしたぜ」

出先から帰った与之助が、島五郎や実蔵相手に四方山話《よもやまばなし》をするのはいつものことだ。与之助の話からすると、日本橋通南のようだ。

「めずらしく、お供がおりやせんでね。ひとりきりで店の手代と話してやした。大方、新しい羽織でも、あつらえるつもりなんでしょう」

ひとりきりときいて、にわかに気が急いた。ちょうど出掛ける矢先でもあり、同じ方角になる。お藤は間をおかず声をかけた。

「島五郎、あたしはこれから駿河屋に行ってきます」

「駿河屋？……ああ、あんたの実家《さと》か」

「少し遅くなるかもしれませんが、後を頼みましたよ」

「構わねえよ、ゆっくり里帰りを楽しんできな」

いつになく労うような調子だったが、それすら皮肉にきこえる。黒羽の百蔵にはおいそれと関わるなと、他ならぬ島五郎から釘をさされたためだろう。目を合わせることができず、お藤は急いで店を出た。ともすると小走りになってしまいそうだ。堪えながらも、つい早足になる。表通りを南に向かい、日本橋に辿り着いたときには、額にうっすらと汗が浮いていた。

日本橋通南は名のとおり、日本橋の南のたもとからはじまり四丁目まで続いている。

与之助は、何丁目かまでは言わなかった。どうか表通りに面した店でありますようにと祈りながら、首ふり人形のように両側の店を覗く。三丁目を過ぎても、目当ての姿は見あたらない。四丁目の角を曲がると、その先に駿河屋のある北槇町がある。

もう、帰ってしまったのだろうか。ひと足遅かったのだろうか。ふいに涙がこぼれそうなほどの切なさにおそわれた。

足が急に重くなり、歩みが止まったそのときだった。

「お藤、ようやく会えた」

馴染んだはずのその声に、たちまち背筋が凍りついた。声がした方を恐る恐るふり返る。五年も暮らした男だというのに、情などかけらも残っていない。いまのお藤には、何よりも忌まわしい顔だった。

「勝手に姿をくらましやがって。おれから逃げたつもりだろうが、残念だったな。いったん遠ざかれば、おめえも油断する。そろそろ駿河屋に顔を見せると踏んで、このところ毎日足を運んでいたんだ」

見当どおりだとほくそ笑む。頬はこけ、落ちくぼんだ目だけが異様な光を放つ。大げさなほど太い杖を突いたその姿は、病み疲れた病人さながらだった。事実この男は、病に侵されている。からだではなく心の病だ。

巳兵衛《みへえ》というこの男と、かつては夫婦であったことすら、いまのお藤には信じられない心地がした。

「いままでどこにいた？　あの隠居に、妾宅《しょうたく》でも建ててもらったか？」

まともに受けてはいけないとわかっていながら、ついかっとなった。

「何べん言ったらわかるんです！　ご隠居さんとあたしは、そんな仲じゃない。あたしはただ、奉公先を変えただけです」

「奉公先ってのは、どこだ？」

「明かす謂れはありませんよ。もう関わりはないんだから」

「関わりねえはずがなかろうが！　てめえはおれの女房なんだぞ！」

はばかりない大声に、道往く者はふり返り、近くの店々からも見物人が顔を出す。この辺りには見知りも多く、駿河屋の手前もある。人目につかぬ路地にでも入った方が良いのだろうが、この男とふたりきりになるのが堪えられなかった。

「おまえさんとは、とっくに縁を切ったはずだよ。あいだに人を立てて、きちんと離縁したじゃないか」

「離縁なぞ、おれは承知しちゃいねえ！　あれは駿河屋や仲人が、勝手に話を進めただけだ」

そんなことはない！　怒鳴りつけたいのを、辛うじて堪えた。夫婦仲がこじれ、終いにはこの男は、お藤に手を上げるようにさえなっていた。見かねた周囲がたびたび意見したがきき入れない。結局は別れることで話がついた。駿河屋の隠居や仲人の前で、いったんはこの男も得心したようすだった。なのに一年も経ってから復縁を迫り、たびたび駿河屋に現れるようになった。

お藤への思い故ではない。巳兵衛はただ、妄執に憑かれているだけだ。己への憐憫《れんびん》と嫉妬。身の内で育てあげた化け物に、とり憑かれてしまったのだ。

「さあ、帰るぞ、お藤。おれと一緒に帰るんだ」

お藤の手首をつかみ、方向を変えた。

「嫌だ、放しとくれ！　放して！」

抗えば抗うほど、締める力は強まる。ずるずると引きずられるようにして、三丁目の方角に戻りかけたが、ふいに前を塞がれて、巳兵衛の足が止まった。

「嫌がってるじゃねえか。その女、どうするつもりだい」

あ、と小さく叫んでいた。あれほど探し求めた姿が、目の前にあった。

「あんたには関わりねえ。そこをどいてくれ」

「そうもいかねえさ。まんざら知らねえ間柄でもねえからな……よう、姉さん。この前はどうも」

巳兵衛の肩越しに、お藤と目を合わせにやりとする——。黒羽の百蔵だった。

「お藤、こいつは？」

「……いまの奉公先の、お客さまです」

ふり向いた巳兵衛には、そう告げた。

「それなら、赤の他人じゃねえか。夫婦のことに、口を出さねえでくれ」

「夫婦なんかじゃありません！」

何故だか、この男にきかれるのだけは嫌だった。つい大きな声で叫んでいた。

「この人とは、もうとっくに縁が切れて……」

「ふうん。つまりはてめえも、赤の他人てことだ。おら、さっさとその手を放しな」

乱暴に、お藤から巳兵衛を引きはがす。はずみで地面にころがった巳兵衛の目に、ぎらりと獣じみた光が宿った。杖を手に、よろりと立ち上がる。

「……てめえ、お藤の新しい男か」

「だったら、どうだってんだ」

お藤を背にかばうようにして、百蔵は巳兵衛とのあいだにからだを割り込ませた。

「へ、へへ……やっぱりな。隠居の老体じゃ満足できず、新しい男をくわえこんだか」

「やめておくれな！　そんな根も葉もないことを」

あからさまな言葉に、かっと頬が火照《ほて》った。その恥じらいを別のものと勘違いしたのか、巳兵衛の目が凶暴な光を増した。

「お藤は、おれの女だ。おれだけの女房だ！　誰にも渡さねえ！」

右手の杖がふり上げられた。危ない、とお藤が叫ぶより早く、巳兵衛のからだはふたたび地面に叩きつけられていた。百蔵がその前にしゃがみ込む。

「いいねえ。気に入ったよ、おめえさん。この黒羽の百蔵に喧嘩をふっかけるとは、てえした度胸だ」

「……黒羽の、百蔵？」

「ああ、このおれに仕掛けてくる野郎なんざ、江戸にはもういねえと思っていたが、おみそれしたぜ」

巳兵衛にとっては知らぬ名のようだ。その目が泳ぐように動いた。

「しがねえ中間だが、存外仲間は多くてな。百や二百ならすぐに集まる。いまここで試してもいいんだが、そうなるとあんたの身が危うくていけねえ。なにせ血の気の多い連中だからな、手足と頭を胴からもいで川に放り込んじまうかもしれねえ。あんたもまだまだ、達者でいてえだろ？」

百蔵は前と同じ半纏を身につけていて、お藤からは背中に描かれた唐獅子しか見えない。それでもどんな表情で凄んでいるか、見えるようだ。巳兵衛の顔がすうっと青ざめて、目から狂気が消えた。代わりに、強い怯えがまたたく。

「あんたの顔、よおく覚えておくよ。今度この女に近づいたら、おれも本気で行くからよ。それまでせいぜい、からだを大事にしてくんな」

返事をせぬ巳兵衛に、苛立《いらだ》ったように百蔵は、その胸ぐらをむんずとつかんだ。

「わかったかって……きいてんだよ」

鼻が触れんばかりに顔を近寄せて、低い声で告げる。怒鳴られるより、よほど効いたのだろう。巳兵衛はこくこくと無闇に首をふる。百蔵が手を離すと、はじかれたように立ち上がり、後ろも見ずに走り出した。

「おおい、杖を忘れてるぜ……何だよ、足なぞ悪くねえじゃねえか」

一目散に逃げ去る背中をながめ、百蔵が呆れた声をあげる。

「お医者の見立てじゃ、足はとっくに治っているはずなんです。いつまでも杖を手放さないのは、あたしへのあてつけでしょう」

そうこたえ、あらためてていねいに頭を下げた。

「あなたさまには、いつもいつも助けてもらってばかりで。本当にお礼の申しようもありません」

「三河でのことは、あんたの勘違いだと、そう言ったはずだぜ」

「そうでしたね、すみません」と、お藤は微笑んだ。「ただあたしは、ずっとその方にお礼が言いたかった……」

目が合って、一瞬、昔に戻ったような気がした。山中郷という名のとおり、山深い場所だった。むせるような緑の、濃いにおいがよみがえる。

「追われていたあたしを、その方もやっぱり背にかばうようにして逃がしてくれました……あのまま捕まっていれば、生きていたかどうかすらわからない。あたしがいまこうしていられるのは、その方のおかげです」

お藤の思い出を払うように、百蔵は顔をそむけた。

「その割には、苦労が多そうに見えるがね」

と、巳兵衛が去った方角を見遣る。巳兵衛の姿はすでに、影も形もなくなっていた。

「いまの人はもとの亭主で、二年前に別れました。互いに納得ずくで別れたはずが……向こうにはわだかまりが残っていたようで」

「男の悋気《りんき》は、女より始末が悪いというからな。ま、あの分なら、当面は大丈夫だろ」

「おかげさまで助かりました」

「そういやあの後、人にきいたんだが。あんた、増子屋で差配をしているそうだな。女だてらに、めずらしいな」

「改めまして、よろしくお見知りおきを」

「主が女という口入屋もあるにはあるが、どれも腐った古漬けみてえな、老獪《ろうかい》な婆さんばかりだ。そんな細腕で、中間の相手ができるのかい」

「そちらは手代たちに任せています。あたしのお客は商家ばかりで」

「そいつもきいてるよ。何やら面白《おもしれ》えことをはじめたそうだな」

顎をなで、にやにやする。

「だが、気をつけな。出る杭は打たれる。目立つ真似をして、それが女となればなおさらだ」

「もとより、覚悟しています」

しっかりと相手の目を受けとめる。気概が伝わったのか、男が苦笑した。

「変わらねえな……あのころのまんまだ」

「え」

「駄目になった家業を、いつかてめえで立て直す。そう言ったときと、同じ目だ」

「あなたさまは、やっぱり……」

失言をはぐらかすように、百蔵はひらひらと片手をふった。

「ただのひとり言だ、忘れてくんな。おれは誰かさんとは逆に、すっかり変わっちまったからな」

じゃあな、とそのまま京橋《きょうばし》の方角にきびすを返した。思わず呼び止めようとしたが、百蔵が向かう道の先に、馴染んだ三つの影が立った。百蔵は三人をちらりとながめ、無言で通り過ぎた。

「お藤、よかった。無事だったか」

百蔵を見送って、三人が駆け寄ってきた。

駿河屋の隠居、睦右衛門《むつえもん》と、息子夫婦だった。見かけた近所の誰かが、お藤の難儀を知らせに走ってくれたのだろう。まず巳兵衛の姿を探した。

「あの男は？」

「いまの人が、追い払ってくださいました」

と、遠ざかる唐獅子の背を目で示した。

「あれが、黒羽の百蔵か……」

「ご隠居さん、ご存じなのですか？」

「名だけはな。下手に関わると、巳兵衛よりよほど厄介だ」

案じるように、睦右衛門は額の皺をさらに深めた。

「ふむ、亭主がいたころよりも、よほど達者そうだな」

とっくりとお藤の顔を見て、易者《えきしゃ》のように言う。

睦右衛門とお藤は、駿河屋の離れで向かい合っていた。

「おかげさまで。増子屋のお内儀にも、同じことを言われました」

睦右衛門はこの離れで隠居暮らしをしており、以前はお藤がその世話を引き受けていた。ここはお藤にとっても懐かしい、実家のようなものだ。

「にしても、さっきはさすがに肝が冷えた。お藤があの男と鉢合わせしたばかりか、黒羽の百蔵にまで難癖をつけられているときいて、生きた心地がしなかったよ」

あの男とは、お藤の元亭主、巳兵衛のことだ。駿河屋へ走ってくれたのは、お藤とも顔馴染みである、近所の呉服問屋の手代だった。百蔵はその店で、着物や羽織を注文していたという。店にとっては上得意だが、この男にまつわる噂も、手代はよく承知している。あわてて睦右衛門や主人夫婦のもとに、注進に走ってくれたようだ。

種を明かされたお藤は、くすりと笑いをもらした。

「実は、黒羽の旦那を追っていたのは、あたしの方なんです」

「何だって？」

睦右衛門は、白い眉の下の小豆に似た目を、驚いたようにしばたたいた。

「三河の山中郷で、あたしを逃がしてくれたお侍がいたことは、お話ししましたよね」

「ああ、わしと出会う前だろう？」

「そのお侍さまが、黒羽の百蔵ではないかと」

「そうなのかい？」

と、睦右衛門は真顔で身を乗り出した。お藤は少し考えて微笑した。

「……いえ、どうやら違ったみたいです」

お藤の表情から、何がしか感づいたようだ。複雑な面持ちをしながらも、睦右衛門はそれ以上はきかなかった。代わりに、懐かしそうに目を細める。

「あれからもう十三年も経つのか……わしにとっては、昨日のことのようだがな」

と、庭に目をやった。この庭もやはり昔と変わらない。お藤が何より好きなのは、隅にたたずむ梅の古木だった。大きくはないが枝ぶりがよく、枯れた風情に味わいがある。たとえていえば睦右衛門は、そんな男だ。

「江戸へ連れていってくれ――。わしにそう頼んだとき、おまえが何と言ったか覚えておるか？」

「ええ。とんでもない勘違いをして、ご隠居さんに大笑いされました」

と、お藤も昔を思い出し、袂《たもと》で口許を覆う。

「旅籠稼業なぞしておりますと、自ずと耳年増になりますから」

「出会ったときは、傷だらけ泥だらけで、まるで人には決して懐かない虎の仔のようだった。満身創痍で追い詰められていながら、決して諦めることをしない虎の仔だ」

「祖母はたしかに、お寅ですが」

そうだったな、とふたり一緒に笑った。それからお藤は、しみじみと長いため息をこぼした。

「あのとき、ご隠居さんとあのお武家さまがいなければ、あたしは御油《ごゆ》の旅籠でのたれ死んでいたかもしれません」

「たとえどんな身の上であろうと、おまえさんは大丈夫だと思うがね。あの目を見たとき、そう思ったよ……だから江戸に連れてきたんだ」

互いの思い出に浸りながら、しばし黙って庭をながめる。

すでに実も終わり、葉だけになった梅の枝が、秋の風に揺れていた。

10

思い出したのは、お藤を疎ましくながめる父の顔だった。

「おまえは、おばやんそっくりになってきたなあ」

酒でにごった父の目が、恨みがましくこちらをにらんでいた。

長く祖母に頭を押さえつけられてきた父は、このころにはすでに、小さく萎んでしまっていた。

相次いで亡くなった祖母と母の葬儀をすませ、いよいよ自分がしっかりしなければと、最初は父も気を張っていた。ただ主人の務めというものを、父は大本で勘違いしていた。

「大内儀がきつかったもんで、皆も難儀やったわな。わしはうるさ言うつもりはあらへん。それぞれの裁量で、気持ちよう働いておくれ。皆で仲良う助け合《お》うて、この小津屋を盛り立てていこうやないか」

中兵衛はにこにこと、奉公人たちをながめやった。

祖母と母を失ってから、主人の役目というものを、お藤は初めて理解した。奉公人をまとめあげ、有事の折には責めを負う。父の甘ったるい弁舌には、その両方が欠けていた。

　祖母が叱りつけ、母が陰で励ます。それで釣りあいがとれていたが、

「かまへん、かまへん。誰も好きで間違いはしやへんもんや」

　父は粗相を叱りもせず、逆に揉め事が起きても、自分が出ていこうとはしない。

「帳場の内はあんたらに任しとるんやで、好きにしときな」

　手代が相談に赴いても、ひらひらと片手をふり、面倒な客が来たと女中に訴えられても、

「お客さんは大事にせなあかへんで。心をこめておもてなしすれば、向こうさんもわかってくれはるやろ」

　理想という金屏風しか、中兵衛は見ていなかった。現実はもっと泥くさく、そして複雑な色をなしている。馴染みの多い小津屋だが、旅籠となれば半分は一見の客だ。それぞれに好みがあり、また思惑がある。気配りを欠かさぬ一方で、客を頭から信じるような真似はしない。旅人の懐をねらう護摩《ごま》の灰《はい》も多く、わけありと思《おぼ》しきふたり連れなども、後々の厄介の種となる。

　ひとりひとりの客への細かな配慮と用心が、旅籠商売には肝心とされる。実はどちら

も同じもので、配慮が表、用心が裏となる。以前は祖母と母が気をつけていて、自ずと奉公人たちにも気構えが伝わっていた。

中兵衛が仕切るようになってから、その箍《たが》が一気にゆるんだ。護摩の灰が頻々《ひんぴん》と出没し、ひと晩中派手に騒ぐような迷惑な客も増えた。秋が急に深まって、赤く色づいた葉が枝から落ちるように、上得意は数をへらし、悶着ばかりが増えた。奉公人たちは疲れ果て、やる気をなくす。怠ける者が目立つようになり、逆に気の利いた奉公人は、見切りをつけて次々と辞めていった。

わずか半年のあいだに、小津屋はみるみる勢いをなくした。

お藤には、それがたまらなかった。黙ってはおられず、つい父親に意見する。

「子供が商いに口を出すもんやない。そないなこと、おまえに言われんでもわかっとる」

最初のうちこそ、父はそんなふうに娘をいなしていたが、半年後には娘と顔を合わすことさえ疎んじるようになっていた。そして必ず同じ台詞が返る。

「おまえは、おばやんそっくりになってきたなあ」

中兵衛が逃げていたのは、祖母の影ではない。現実だった。

このころから父は酒浸りとなり、夜になると決まって外に出ていく。行先は色街だった。そんな暮らしが三月は続いたろうか、ある日、中兵衛はひとりの女を伴ってきた。

「おこん言うんや。お藤の、新しいおかやんや」

呆気にとられたのは、お藤ばかりではない。親戚たちや店の者にとっても寝耳に水だった。

「あんに身持ちの悪い女を家に入れるなんて、中兵衛はんは何を考えとるんやろ」

「四日市の場末にある茶屋におったそうやが、もとは御油宿で飯盛女《めしもりおんな》をしとったんやて」

「そないな女子《おなご》に、小津屋の内儀が務まりますかいな」

耳にはいる声高な噂話よりも、初めておこんに引き合わされたときの強烈な印象が、お藤には忘れられなかった。

「よろしゅうな、お嬢はん」

まったりと笑んだ顔に、何故だか背筋が寒くなった。祖母とも母とも違う、これまで嗅いだことのない、甘ったるくむせるようなにおいを感じた。美人とは言えないが、補ってあまりあるほどの崩れた色気をたたえていた。

宿場には、飯盛女という名の遊女がいて、泊まり客の相手をする。自身で抱える旅籠も多かったが、小津屋は客の求めに応じて、外から呼んでいた。宿場という場所柄、飯盛女もあたりまえのようにお藤は目にしていた。だが、おこんから発せられるものは、それよりずっと禍々しいものに感じた。

おこんは決して、継子《ままこ》いじめをしたわけではない。お藤にはほとんど無関心で、ただ日がな一日を怠惰に暮らしていた。昼間から酒を呑み、明るいうちから中兵衛と睦んでいることもめずらしくなかった。唯一の道楽は着物と櫛簪《くしかんざし》くらいだが、目の色を変えるほどの興味はなさそうで、ほんの気散じ程度に過ぎなかった。

せっせと呉服屋や小間物屋を呼んだのは、むしろ父の方だった。若い女を引き止めておく唯一の手段と考えたのか、惜しみなく女房に与えた。おこんはこの世でただひとり、中兵衛を馬鹿にすることがない。決して手放すものかという執念が、女への散財に走らせていたのだろう。

一方で、おこんは中兵衛を、金蔓としてしか見ていなかった。男女の情すらも、おこんには感じられない。少なくとも、お藤にはそう映った。

男に頼り、男を食い尽くす。ひとつの女の本性であり、女とはある意味、そういう非情な生き物だ。最初におこんに感じた薄ら寒さも、その気配をお藤が敏感に察したためかもしれない。

しかし小津屋の財も、決して無尽蔵ではない。ついには旅籠を形《かた》にして、借金を重ねた。お藤が借財について知ったのは、父が死んだ後だった。

酒が過ぎたのか、あるいは女を引き止める術を失って、生きる気力が潰《つい》えたのか、中兵衛はふいに卒中で倒れ、二日後にこの世を去った。おこんが来て、ちょうど一年が経っていた。

「お嬢はん、ちょっと来てもらえやへんか」

父の葬式からひと月ばかり、めずらしくおこんがお藤を呼んだ。娘をもつ気などさらさらないと明言するかのように、お藤のことはそう呼んでおり、お藤もやはり母親あつかいしたことなど一度もない。

居間に入ると、男がひとり待っていた。三十半ばくらいか、どう見ても堅気ではない。

「小津屋の借財の、面倒を見てくれはるお人でな」

おこんはそのように言ったが、しなだれかかるように男に侍《はべ》る姿を見れば、新しい男だと一目瞭然だ。いまさら腹を立てる気にもならなかったが、お藤を品定めするようなふたりの視線には、いたたまれない心地がした。

「歳も十四と申し分あらへんし、どうですやろな？」

おこんの舌が、ねっとりと絡みつくようだ。悪うあらへん、と男が返した。

「今日からお嬢はんには、御油宿に行ってもらいます」

唐突に、おこんが告げた。

「御油宿て……奉公に行けいうことですか？」

「他にしようがあらへんのや」

旅籠はすでに借金の形にとられ、それでもまだ借財が片付かないと、男がもっともらしく告げた。

「何も怖いことなぞ、あらしまへん。うちかて勤まったんやで、小津屋のお嬢はんかて、すぐに慣れますわ」

おこんの意図が、ようやく呑み込めて、お藤はたちまち総毛立った。

御油は飯盛女の多さで知られる。おこんは義理の娘を、遊女として売りとばす腹なのだ。

父の死後、わずかに残っていた奉公人にも暇を出して、この家にはお藤とおこんしか残されていない。借財の多さに仰天し、関わり合いを避けたのだろう。親戚も誰ひとりとして寄りつかなかった。天涯孤独の身の上となった十四のお藤に、なす術はなかった。

お藤は翌日、女衒《ぜげん》に連れられて、生まれ育った小津屋を後にした。

四日市から御油までは、ほぼ二日の行程だ。女衒の男がふたりつき、道連れは他にもいた。近隣の村から四日市宿に集められた、七人の娘たちである。上は十七から下は十二までと歳はさまざまだが、いずれも貧しい百姓の娘らしく、身なりは総じてみすぼらしかった。

「なんだ、ひとりだけ毛色の違う嬢ちゃんがいるな」

「多少違っても、宿でやるこたあ同じだろ」

男たちが、にやにや笑う。金に替えねばならぬからと、晴れ着一枚もたせてもらえず、着の身着のままで追い出された。ふだん着に過ぎないが、それでも他の娘たちにくらべれば、よほど上等な代物だ。

お藤と娘たちの違いは、それだけではなかった。東海道を下りながら、半日一緒にいただけで、お藤は違和感の正体に気づきはじめていた。

「うちが奉公にあがれば、少しは暮らしが楽になる。おとやんやおかやんも喜んでくれはった」

「そやな。親孝行さしてもらうんは、有難いと思わなな」

娘たちは決して、奉公の内容を知らないわけではない。親に売られたということも、ちゃんと承知している。それでも誰ひとり、親を恨んではいない。お藤にはそれが、何より奇異に感じられた。

貧乏や病なら、まだわかる。だが中兵衛同様、酒や女、あるいは博奕で身をもちくずし、そのつけを負わされた娘も何人もいた。

子は親に従うものであり、孝行こそが何よりの美徳だと、娘たちは頭から信じていた。いまの世ではあたりまえの道徳であったが、お藤にはどうしても納得がいかなかった。継母が関わったからではない。たとえ実の親の中兵衛とて、いよいよ金に困れば、やはり同じことをしたに違いない。自分に向けられた父の眼差しは、そう告げていた。

親の怠惰のつけを、どうして子が払わねばならないのか――。

御油に近づくたびに、その憤りはふくらんでいった。

怒りがはじけたのは、同じ日の晩だった。東海道の鳴海《なるみ》宿《しゆく》に一泊し、娘たちは粗末な宿の一室をあてがわれたが、畳に座ろうとしたお藤を、いちばん年嵩の娘が止めた。

「あんた、血い出とるやないか」

朝から腹がしぶるような気がしていたが、脚のあいだを流れるものは汗だと思っていた。血は脚を伝い、くるぶしにまで垂れていた。お藤は茫然と、その赤い滴をながめた。

「もしかして、初めてか？」

お藤は唇を噛みしめて、こくりとうなずいた。女に月のものがあることは知っていた。その初めてを迎えると、子供から大人へ、娘から女になる――。

現実がふいに、生ぐさい息を吐き、お藤の前に立ちはだかった。

綿布や紙を、詰めたり当てたりすればよいと、年嵩の娘たちが手際よく手当してくれて事なきを得たが、横になっても眠りは訪れなかった。

からだの異変で、お藤ははっきりと悟った。

――御油に行けば、からだを売れば、きっとあの女と同じになる。

とろりと溶けた眼差しと、ゆるんだ口許。おこんの顔が、頭から消えない。色気という化け物を飼いならし、男を食らって生きてゆく。

自分もやがて、そういう物《もの》の怪《け》になり果てる——。

お藤にはそれが、怖くてならなかった。

——おかやん、おばやん、助けて……！

懸命に胸の中で祈ったが、祖母の顔が浮かぶと、お藤はふと思った。

——おばやんなら、どうしたやろ。

お寅なら決して、ただ神仏に頼ったりはしない。

祈るのは、やれるだけのことをしてからだ。

翌朝、女衒にたたき起こされ、娘たちの一行がふたたび歩き出したとき、お藤の腹は決まっていた。


「すんまへん、もういっぺんはばかりに……」

お藤が申し出ると、女衒がまたかという顔をする。ほとんど一刻おきに行列を止めさせ、すでに五度目だ。

「いい加減にしねえか。今日中に御油に着かねえぞ」

月の障りがあると、娘たちの誰かが伝えてくれたのかもしれない。文句をこぼしつつも、道端の繁みを顎で示す。逃げられぬよう最初のうちは、必ず片方が繁みの傍で張り番に立った。それも三度目までで、いまはついて来ようともせず、道端に腰を下ろし、ふたりは一服つけはじめた。目の端にとめ、お藤はひときわ大きな繁みに分け入った。

藤川宿から赤坂宿《あかさかしゆく》へと続く道だった。街道とはいえ両側に山が迫っていて、周囲には一軒の家も見当たらない。山中郷だということは、後になって知った。

赤坂を過ぎれば、わずか半里ほどで御油の宿場に着く。

いましかないと、お藤は決心した。

――どうにかして、逃げなければ。

頭にあったのは、ただそれだけだった。もう一度繁みの中からようすを窺うと、男たちはすっかり気を抜いて、話に花を咲かせていた。繁みを揺らさぬように気をつけながら、そろりそろりと山に分け入る。

昼を過ぎて、一刻ほど経ったろうか。曇天で日はさしておらず、梢に光をさえぎられた森はいっそう暗い。迷い込んだら、二度と出られないかもしれない。それでも化け物になるくらいなら、ここで朽ち果てる方がましだ。お藤は恐怖を堪えながら、懸命に前に進んだ。

足許の地面は勾配のきつさを増し、すぐに息が切れた。だが、気づいたらしい男たちの声が背中からして、足を止めることができなかった。耳鳴りがして、自分の呼気だけが荒くきこえる。何度ころんだかわからない。枝や葉に刺され、全身傷だらけになっていたが、それすら気づかなかった。

木のあいだを塞ぐ垣根のような、大きな繁みを両手でかき分けたときだった。目の前にぽっかりと空間が開けた。そこだけ木をどかしたように、真っ平らな地面が広がっている。

そこに、侍がひとり立っていた。

お藤には気づいておらぬようで、横顔を向けている。まだ若い、二十前後の侍だった。山の中腹で、小高い丘になり、見晴らしのよい場所のようだ。まるで眼下に広がる景色が凶兆に包まれてでもいるように、ひどく深刻そうな表情だった。

「助け……」

声は息に塞がれて出てこない。両手を伸ばし、無理に繁みを抜けようとしたが、細い枝に似た蔓がからみつき、たちまち身動きがとれなくなった。まるで頑丈な蜘蛛の巣だ。もがけばもがくほど蔓がからだを縛《いまし》める。

がさがさという大きな音が届いたようだ。侍がふり返った。

蔓にはみっしりと、山葡萄に似た葉が繁っている。頭と手だけを出した、緑色のお化けに見えたのだろう。侍はしばしぽかんと口をあけ、だが、すぐに事態を呑み込んだ。からだを挟みこむ蔓を、一本ずつとり除《の》けて、大きな蜘蛛の巣からお藤を助け出してくれた。

「ほんまに助かりました。おおきに、お侍さま」

山間《やまあい》にぽかりと開けたこの場所は、杣人《そまびと》の休憩所であり、木の集積所でもあるようだ。奥にぽつんと掘立小屋があり、ところどころに丸太も積まれているが、他に人気《ひとけ》はなかった。

着物はあちこち破れ、手足は泥やら草の汁やらで、肌の色が見えぬほどだ。ひどい姿のお藤を見下ろして、侍は苦笑した。

「葛藤《つづらふじ》に、やられたな。丈夫でようしなる故、捕まると厄介だ。おれも幼いころは、この繁みによくはまった」

「ツヅラフジ……これが、藤？」

「ああ、葛籠《つづら》は知っておるであろう。あの材とされるものでな」

藤といえば、棚に行儀よくならんだ紫の房しか思い浮かばない。自分と同じ名なのかと、不思議に思えた。

「葛はな、九十九《つづら》とも書く」

侍は枝を拾い、地面に字を書いた。

「葛折《つづらおり》というだろう？　あれもこの蔓からきている」

葛藤の蔓のように、幾重にも曲がった道のことだと、侍は説いた。

「九十九藤……」

旅籠のお嬢さんとして何不自由なく育ち、なのにいまは寄る辺すらない。

まるで自分の来し方のように、お藤には思えた。

「どうやら、この辺りの杣人の娘ではないようだな。このような山間で、何をしておったのだ?」

たぶん侍は、お藤の西の響きに気づいたのだろう。すでに伊勢国から尾張《おわり》を越えて、三河に入っていた。

「……悪い男たちから、逃げてきました」

「逃げておると? 相手は誰だ」

女衒だとは言えなかった。遊女の足抜けは重罪だ。自分も同じ立場であることは、お藤にもわかっていた。黙っていると、侍が続けた。

「逃げて、どうするつもりだ? 行く当てはあるのか?」

行く当てなど、どこにもない。この世にひとりぼっちで残された、己の身の頼りなさが、唐突に胸に迫り、ふいに涙があふれた。自分の弱さにとまどいながら、ぐいと袖で目を拭う。

「……逃げて、そして……いつか、旅籠をやります」

「旅籠?」

「潰れたうちの旅籠を、もっぺん立ち上げてみせます！」

声を張り、こみあげる涙を吹きとばした。

ゆるりと下がった二重の目が、冷たい清水で洗ったようにまたたいた。

「そうか。潰れた家を、立て直すのか……おれと、同じだな」

え、と顔を上げたとき、鋭い声がとんだ。

「おい、いたぞ！　あそこだ！」

見晴らしの良い場所だから、お藤の姿は丸見えだ。しかしふたりの女衒は短い崖下にいて、まっすぐここには来られない。男たちは叫びながら、迂回する道を探していた。

「あの連中は、おれが止める。行け！」

侍は短く告げて、奥に立つ小屋を示した。

「あの小屋の向こうに、杣道《そまみち》がある。下れば、やがて村里に出る」

「でも……」

「ぐずぐずするな！　走れ！」

びくん、とからだがはずみ、その拍子に躊躇《ためら》いが断ち切られた。

「お侍さま、このご恩は、一生忘れまへん！」

うなずいた侍に、お藤は背を向けた。一目散に小屋裏の森へと駆け込み、言われたとおりに杣道をたどった。

お藤は一度だけふり向いた。木々のあいだから、三人の男が見える。にらみ合ってはいたが、侍は刀を抜いてはいなかった。

少しだけほっとして、あとは二度とふり返らず、ひたすら駆けた。

最初に目に入ったのは、その茶店だった。

街道からは少し外れているが、八幡宮に詣でる客を相手にしているのだろう。この三河国山中郷には、家康《いえやす》の先祖が造ったとされる山中八幡宮があった。

侍と別れてからも駆け通しだった。それまでの疲れがいっぺんに押し寄せて、急に足が動かなくなる。倒れるように、お藤は茶店の前に座り込んでいた。

「み、水を……」

茶店の前に据えられた床几《しょうぎ》には、旅姿の客がひとり座っていたが、他に人の気配はなかった。客は仰天しながらも、甕《かめ》から湯呑みに水をくみ、お藤にさし出してくれた。その水の旨かったこと。お藤は喉を鳴らして飲み干した。

「もう一杯、いるか？」

口を拭ってうなずくと、小豆のような目が細められた。物腰や身なりからすると、裕福な商家の隠居であろう。小津屋の客にも多かったから、見分けが利く。隠居が二杯目の水をさし出したとき、遠くに男の声をきいた。お藤は慌てて店の奥に走り込み、水甕の陰に隠れた。のどかな話し声がゆっくりと近づいて、また遠ざかる。女衒たちではなく、近在の百姓のようだ。それでもお藤は気を抜かず、しばらくうずくまっていた。

夕刻にかかり、風が強まったのだろう。梢のざわめきと、時折さえずる山鳥の声しかきこえない。お藤はそうっと、甕の上から頭を出した。

隠居は何事もなかったように、床几に腰を据え、一服つけていた。

さっきの侍のように、どこへ行くのかとも、何か仔細があるのかとも問わない。いくぶん拍子抜けする思いで、自分からたずねていた。

「あの……ご隠居さんは、おひとりですか」

「いや、手代が一緒だが、八幡さまに忘れ物をしおってな、とりに戻った。近道があるとかで、茶店の親父も一緒に行ってくれてな」

伊勢詣での帰りだと、背中を向けたままのんびりと告げた。しばしお伊勢さんの話が続き、きいているうちに緊張していた節々が、ゆっくりとほぐれてくる。

「駿河までは商いの用でたびたび来ていたが、伊勢まではなかなか足を延ばせなくてな。隠居したおかげで、ようやく詣でることができた」

「駿河……」

ここより東ということ以外、よくわからない。

「うちの屋号にもなっておる。駿河は茶所でな、江戸で駿河屋という茶問屋を営んでおる」

それが、駿河屋睦右衛門であった。

江戸ときいたとたん、お藤の中で何かがひらめいた。四日市には戻れない。女衒たちの手が回るだろうし、継母のおこんもいる。だが、四日市とは逆に東に向かえば、生きる道は拓《ひら》けるかもしれない。

将軍様のお膝元たる江戸では、始終人手が不足している。武家と出稼ぎ者の町だから、女はことに少ないと、小津屋に出入りしていた宰領からきいていた。とにかく働き口さえ見つければ、ひとりで生きていけるかもしれない。

「ご隠居さん、後生です。うちを一緒に、江戸へ連れていってくれまへんか」

さすがに驚いたようで、隠居がこちらをふり返った。身を投げ出すようにして、お藤は土間に膝をつき、頭を下げた。

「道中、おまんまもいりまへん。うちにできることは、何でもします。そやから、どうぞ、どうぞお願いします！」

隠居はひとまず頭を上げさせて、とっくりとお藤をながめた。

「ふむ、何でもするか」と、値踏みするように顎をなでる。

間近で見ると、隠居にしてはそう歳がいっていない。睦右衛門は一年前に隠居したばかりで、このときはまだ五十半ばであった。

「……できるなら、お妾さんは勘忍してもらえまへんか？」

きょとん、と隠居が目を見張り、たちまち声をあげて笑い出した。

「そうか、その手もあったか。隠居が若い妾をもつのは、めずらしくはないからな。もうひと花咲かせるのも、悪くはないか」

口ではそう言いながら、まったくその気はないようだ。お藤はほっと胸をなで下ろした。

「おまえさん、名は何という？　歳はいくつだ」

「藤と申します。歳は十四です」

「そうか。では、お藤、おまえは今日から駿河屋の奉公人だ」

びっくりして、ぽかんと口をあけた。さっきまで地獄にいたはずが、いきなり極楽に引き上げられた、そんな心地がした。

「九十九藤……」

幾重にも折れ曲がった、先の見通せぬ道――。お藤はすでにその道を歩きはじめていた。

11

「面倒を承知で、あたしを江戸まで連れてきて、この駿河屋においてくださった。あのときほど、人の親切が身にしみたことはありません」

女衒に追われているとは告げられず、睦右衛門も江戸へ着くまでは、詳しいわけをたずねなかった。その晩は赤坂宿に泊まり、翌日の昼までに、お藤の身なりをととのえた。

手代に言いつけて、奉公人らしい木綿の着物や、旅仕度の笠や脚絆《きゃはん》、小さな草鞋《わらじ》をそろえさせ、仕度が済むと睦右衛門は、お藤を連れて近くの寺へと出かけた。

「抜け参りに出た娘でな、わしら同様お伊勢参りは済ませたそうだが、仔細があって家には帰りたくないという。駿河屋で抱えることに致しましてな」

その方便で住職に頼み、お藤の手形を書いてもらった。同行していた手代にも、睦右衛門は同じように告げた。両親や主人に黙って伊勢へ詣でることを、抜け参りという。若い者には多く、信心故の行いととられ、戻った後も罰せられることはない。

御油宿を通るときには、さすがにからだが緊張したが、着ている着物も違うし、笠で顔も隠れている。何事もなく御油を抜け、あとはひたすら江戸を目指した。

北槇町の駿河屋に到着し、お藤はあらためて一切を睦右衛門に語った。足抜けに匹敵

する罪だと承知していた。このまま番屋に突き出される覚悟もしていたが、

「まあおそらく、義理の母親に渡った金は店に返されて、それで仕舞いだろう」

と、睦右衛門はさして頓着しなかった。駿河屋の使用人たちはもちろん、息子夫婦にもやはり抜け参りの方便を通したのである。

せめて恩返しだけはしなければと、お藤は懸命に働いた。最初は台所の下働きとして、水汲みや竈焚きに使われた。ずっと小津屋のお嬢さんで通してきたから、慣れぬ仕事ばかりであったが、幸い覚えはよく、また骨惜しみせずよく働くと、店の者たちにも可愛がられた。

一年が過ぎ、炊事、洗濯、掃除と、ひととおりこなせるようになったころ、離れに詰めていた女中が辞めることとなった。縁談がまとまったためである。お藤はその後釜に据えられた。

「お藤も三、四年のうちに、嫁に出さずばなるまいな」

梅の白い花をながめながら、のんびりと睦右衛門は言った。

ようやく見つけた安息の場所である。離れることなぞお藤には思いもよらなかったが、隠居の言ったとおり、四年後、お藤の縁談がもち上がった。

その相手が、先刻出くわした巳兵衛であった。

「お藤、おまえ、巳兵衛という大工を覚えとらんか」

睦右衛門が言い出したのは、お藤が駿河屋に来て五年が過ぎた年の秋だった。

いいえ、とこたえたが、大工といえば思い当たることはある。駿河屋は今年、普請を行った。店の奥行きを深くして、その分手狭となった母屋を建て増しした。出来上がったのは、ふた月ほど前のことである。

普請を請け負ったのは、芝源《しばげん》と呼ばれる大工の棟梁《とうりよう》で、配下の大工と下働きが十人ほど、半年のあいだ出入りしていた。

巳兵衛というのは、そのうちのひとりのようだ。お藤も毎日、大工らに茶と菓子を運んでいたから顔は覚えている。ただ、名までは知らぬから、どの男なのかはわからない。正直にそうこたえると、まあ、そうだろうな、と隠居は笑った。

「その巳兵衛さんが、何か？」

「どうやら、お藤を見初めたようでな。嫁に欲しいと言ってきおった」

え、と驚いたきり、しばし言葉が出ない。お藤にとっては、思いがけない話だった。

棟梁の芝源から、仲人を立てての申し込みだから、正式な縁談である。

お藤は十九になっていた。年頃でもあるし、嫁ぐことを考えていなかったといえば嘘になる。けれどそれは薄ぼんやりとしたもので、形を成していなかった。この五年余りのあいだ、頭にあったのは奉公のことだけだ。女中といっても仕事はさまざまで、台所と奥向きではまったく違う。商いに直に関わるわけではないが、茶問屋商いをまったく知らぬようでは話にならない。大事な客のもてなしや贈答品の手配、祭礼や行事の仕度など、商いに繋がる仕事が多いからだ。隠居づきとはいえ、睦右衛門は壮健で手もかからない。最近はこの手の役目を任されて、内儀に重宝されていた。

駿河屋への恩を返したい。その思いもあったが、ひとつ覚えひとつ身につけるたびに、生きていく道が拓けていくように、お藤には感じられた。父が死んで身売りされそうになったのも、自身が何ひとつ生きる術をもたなかったからだ。

「実はな、これまでにも他所から縁談がもち込まれたことはあったんだが」

睦右衛門は、機嫌よく続けた。

「どうにも手放すのが惜しゅうてな」と、冗談半分に笑う。「とはいえ、ここで一生、飼い殺しにするわけにもいかぬからな。わしもちゃんと、お藤の先々は考えておったぞ」

店内の誰かと添わせ、いずれは暖簾分けをとの考えもあったと初めて明かした。

西国の大店ならまず、番頭ですら所帯をもたぬのがあたりまえだが、駿河屋はもっとゆるやかだった。通いの者もおり、数は少ないが妻子持ちもいる。

芝源の縁談に隠居の心が動いたのは、別の理由があったからだ。

「巳兵衛はな、お藤をひどく気に入っておっての、ぜひとも嫁にと望んでおる。そういう男に嫁がせるのが、おまえにとってはいちばんかと思えてな」

孫や娘を見るように、目を細めた。隠居の親心は何より有難く、自分を見初めてくれたときけば、やはり嬉しさが勝る。

お藤とて、年頃の娘だ。相手の顔さえ定かではないのに、にわかに胸が高鳴った。

「おまえさえ承知なら、見合いの席を設けようと思うが、どうだね」

お藤は頰を染めながら、はい、と小さくうなずいた。


芝源の店は、名のとおり芝にある。見合いは両家のあいだ、京橋南の料理屋で行われた。

といっても、あくまで偶然を装うのが見合いの慣例である。となり合った座敷に、それぞれ両家が膝をそろえ、頃合を見て襖《ふすま》をあける。それでも向かい合わせに座るわけではないから、やはり相手の顔はろくに見えないままだ。

駿河屋からは隠居の睦右衛門に加え、息子夫婦も同席した。芝源も女房と、若頭にあたる年嵩の大工を連れていた。両家のあいだをとりもつのは仲人だが、会話の立て役を果たしていたのは、もっぱら芝源だった。

「いや、こいつがどうしてもと言って、ききやせんでね」

芝源はよく日に焼けた、恰幅のよい男であった。

江戸は火事が多く、普請は絶えず行われる。大工は実入りが良いばかりでなく、立場も強かった。ひとかどの棟梁となればなおさらで、芝源にはその自信のほどが窺えた。

快活な性分でもあり、少々大げさな調子で、巳兵衛の代弁役を買って出る。

「いやね、駿河屋さんの普請を終えてから、どうもようすがおかしいと気づきましてね。この兄貴分に確かめさせたら、何のことはねえ、恋患いでさ。こいつはおれがひと肌脱がねばと、腰を上げた次第でして」

巳兵衛は神奈川宿《かながわしゆく》に近い漁村の生まれで、父親は船大工をしていた。その父を早くに亡くし、母の再婚をきっかけに江戸へ出て、芝源のもとで大工の修業を積んだ。十三のころだという。

一方のお藤も、さすがに縁付くとなれば、素性を語らぬわけにはいかない。睦右衛門は熟考のあげく、伊勢国の旅籠の娘で、家族には先立たれたと明かしたが、四日市ということだけは伏せた。出職《でしよく》の棟梁らしい大らかな気性の芝源は、細かなことには気をまわさず、そのまま鵜呑みにしてくれた。

「きけばお藤さんも身内の縁が薄く、巳兵衛と同じころに親を亡くしなすったそうじゃないか。こいつが惹かれたのには何かこう、似たようなものを感じたのかもしれねえな」

そのときばかりは声を落とし、この親代わりの大らかな棟梁や、自分と似ている巳兵衛の境遇は、お藤もやはり好ましく思えた。

ただひとつだけ、芝源の物言いに、引っかかったことがある。

「近頃はやたらと愛想ばかりよくて、始終油を売る女中が増えましたからな。そこへいくとお藤さんは、受け応えは控えめで、立ち居ふるまいも楚々としている。そんなお女中はいまどきめずらしいと、こいつは大変な気の入れようでしてね」

ふと、不安がよぎった。生い立ちのせいだろう、たしかにお藤は歳の割に、はつらつとした愛嬌に欠ける。しかし決して大人しい女ではない。肝の太さで知られた祖母の血は、お藤の中に脈々と流れている。むしろその辺の女よりも、よほど気が強いということは、自身でも気づいていた。

――この人は、まったく違うあたしを、見ているのではなかろうか。

その疑念が、胸にわいた。まるでお藤の憂いを吹きとばすように、棟梁が快活に続ける。

「こいつは、あっしが抱える大工の中じゃ、ひときわ真面目な男でしてね。切組ひとつにも、決して手を抜かねえ。凝り性と言えるほどの熱の入れようで、ほどほどという言葉を知らねえのが、玉にきずかもしれねえが」

「親方、それじゃあ褒めになってやせんぜ」と、若頭が混ぜっかえす。

切組とは、柱や梁などを材から切り出す作業であり、巳兵衛はことさらていねいな仕事ぶりだと、若頭は説いた。

「仕事はほどを知りやせんが、酒はほどほどでさ」

「お、そうだったな」と親方がおどけ、座が笑いに満ちた。

肝心の巳兵衛の姿は、お藤からはろくに見えないが、ちらりと窺って、あの男かと思い出した。中背だが、出職らしく日に焼けて、面立ちも悪くはないが、大工たちの中では決して目立つ男ではなかった。お藤が茶を出しても、親しげに話しかけるわけでもなく、仲間たちがひと休みしに集まってきても、最後まで鉋《かんな》を握っているような愛想のない男だった。

それでも、お藤への思いは、本物だったようだ。知ったのは、料理屋を出たときだった。

睦右衛門と棟梁が、互いに挨拶を交わしていると、突然、巳兵衛がお藤の前に立った。

「お藤さん、あんたをひと目見たときから、この人しかいねえと決めていたんだ。どうかおれの女房になってくれ。おれは一生かけて、あんたを幸せにする！」

まっすぐに見詰められ、たちまち頬が熱をもつ。浅黒い肌と熱心な眼差しは、父の中兵衛にはなかったものだ。その熱い目にほだされて、ついうなずいていた。

礼儀にはかなっていないが、真摯な訴えに胸を打たれたのは、その場の誰もが同じだった。

「ご隠居さん、こいつはとっとと祝言の段取りをしましょうや」

芝源は、恰幅のよい腹を揺らし、にっかりと歯を見せた。

翌年の春に祝言をあげ、巳兵衛とお藤は、増上寺《ぞうじょうじ》の裏手の飯倉町《いいぐらまち》に所帯をもった。

「お藤さんは、幸せ者だねえ。大工で実入りがいい上に、博奕にも手を出さないなんてさ」

「本当さね。うちのとはえらい違いだよ。こちとら亭主の稼ぎが悪いから、内職と縁が切れなくてさ、いっそ取り替えてほしいくらいだよ」

芝源が言ったとおり、巳兵衛は真面目な働き者で、亭主としては非の打ちどころがなかった。同じ長屋の女房たちにも、井戸端でしきりに褒めそやされる。

ひとつだけ意見が分かれたのは、子ができるまでは働きたいと、お藤が申し出たときだった。

「女房ひとり食わせられねえような、甲斐性なしのつもりはねえぜ。お藤を一生幸せにすると、約束しただろうが」

女房を働かせるのは男の沽券に関わると、巳兵衛は頭から信じていた。この件だけは、頑として譲らない。

ずっと祖母や母を見て育ち、自身も十四から働き詰めだった。からだを動かすことは苦ではなかったし、あたりまえだと思っていた。

商家や百姓はもちろんのこと、武家ですら、妻には妻の役目があり責務があった。家に入れば、嫁として舅姑に仕え、子ができれば嫌でも忙しくなる。お藤のような気ままな新妻は、街中に住むごくわずかな女に限られる。

めったにない幸運を手に入れたはずが、お藤はどうにも落ち着かなかった。洗濯や炊事なぞ、昼前には終わってしまう。長屋の内でぽつねんとしていると、背後に影が忍び寄る。濃い白粉《おしろい》のにおいが立ち込め、振り向かずとも誰かはわかっていた。

――いまのお嬢はんは、うちとどこが違《ちゃ》いますんやろ？

父の後添いだった、おこんである。亭主の稼ぎを当てにして、一生、亭主に食わせてもらう。男に頼り、男を食い尽くす。おこんとまったく同じ立場にいることに、お藤は慄然とした。

「駿河屋も手が足りないようだし、毎日とは言わないから、手伝いに行かせてくださいな」

再三頼んではみたが、こればかりは首を縦にふらない。女房を決して働かせない。大事にし、幸せにするという意味は、巳兵衛にとってはそれに尽きるようだ。

「もしや駿河屋に、思い人でもいるのではなかろうな？」

そんな邪推までされては、どうにもならない。一年が過ぎるころには諦めて、お藤も口にすることはなくなった。

「あんたも苦労性だねえ。なに、子宝さえ授かれば、暇なぞたちまち消えちまうよ」

長屋の女房たちにも呆れられながら、やはり不安は胸にくすぶっていた。

もし亭主に何かあり、働けなくなったら、この女たちはどうするのだろう――。

江戸には国中から、吹き溜まりのように人が集まる。故郷を捨て、帰る場所をもたない彼らには、糸の切れた凧と同様、いまの風だけを楽しむ風潮がある。

火事が多いから、家財などもつだけ無駄で、宵越しの銭はもたないという江戸っ子気質《かたぎ》を生んだ。真面目と評される巳兵衛でさえも、旨いものを食べたり、大工仲間とのつきあいで、入った金はぱっと使ってしまう。商人と違い、銭を貯め、増やすという考えは、職人にはなかった。

よけいな心配に苛《さいな》まれるのは、たどってきた生い立ち故だ。

あれほど盤石《ばんじやく》に見えた小津屋でさえも、あれよあれよという間に潰れてしまった。災難はいつどこから飛んでくるか知れず、変わらぬものなど何もない。いつかまた、身ひとつで世間に放り出されるかもしれない。その不安は、お藤の身に深く刻まれて、どうしても消えなかった。

いざというとき頼りになるのは、身の内に蓄えたものだけだ。仕事を覚え、人との縁を作り、多少なりとも人さまの役に立つ。駿河屋にいた五年余りのあいだ、お藤はそれをからだで感じながら、先行きに垂れ込める暗雲を少しずつ払っていった。けれど狭い長屋に閉じこもっていると、その自信が日々削られていくような心地がする。

鬱々とした物思いを抱えながら月日は過ぎ、二年後、お藤の不安は的中した。

巳兵衛が倒れた材木の下敷きとなり、働けなくなったのである。


「それじゃあ、おまえさん、行ってきますからね」

稼ぎのなくなった亭主に代わり、お藤は仕事を見つけた。愛宕下広小路《あたごしたひろこうじ》の門前茶屋で、母娘ふたりが営む小さな店だ。老母が加減を悪くして、思うように店に立てなくなり、その代わりにお藤は雇われた。

「化粧が濃いんじゃねえか？」

出掛けようとする女房を、巳兵衛がじろりとながめる。

「その髪型も、気に入らねえな。もっと地味に作らねえか」

女房の身なりにあれこれとけちをつけ、その後は必ず、「戻りは何時《なんどき》か」と続く。茶店は夕七つまでで、後片付けがある。帰りに買物をするつもりだというと、今度は「どこに寄るのか」と事細かにたずねられる。

「煮売り屋と八百屋に寄って、夕餉の菜を見繕ってきます。それと煙草屋で、おまえさんの煙草も買わないと」

毎日がこの調子だから、まともに相手にするのも億劫《おっくう》なのだが、以前、帰りが遅くなったときは、半端ではない怒りようだった。知り合いにたまたま会って長話をしたと告げると、どこの誰かとしつこいほど問い詰められた。

女房を養うのが、亭主の務め——。

固く信じていた神話がもろくも崩れ、巳兵衛は人が変わってしまった。

治れば、また復帰できようと芝源もなぐさめたが、何年かかるか知れないし、また大工仕事に戻るのは無理がある。材木は巳兵衛の左脚を折り、左肩も駄目にした。細かな作業をしようとすると指がふるえるようになり、得意としていた切組もおぼつかない。すっかり自棄《やけ》を起こし、さほど呑めない方なのに、昼間から酒に手を出すようになった。

それでも、自棄になる気持ちはわかる。ここで踏ん張らなければ、何のために夫婦になったのかわからない。大工は無理でも、怪我さえよくなれば、何か仕事は見つけられよう。幸いまだ子供もできず、いまの困難は夫婦ふたりなら乗り切っていける。お藤はそう言いきかせていたが、それさえ巳兵衛には、気に入らなかったのかもしれない。

亭主の稼ぎがなくなって、茫然と途方に暮れる。いったいこの先、どう暮らしていけばいいのかと泣き崩れる——。そんな女房の姿を、巳兵衛は夢想していたのかもしれない。

だがお藤は違った。見合いの席で感じた不安は、当たっていた。巳兵衛はお藤の気性を、読み違えていたのだ。亭主の怪我に慌てはしても、長く後を引くことはなく、すぐに仕事を探しはじめた。それが癇に障ったのだろう。

「料理屋の仲居だと？　男に媚《こび》を売る商売なんざ、させられるか！」

見つけてきた口には、ことごとく文句をつけられた。

「またうちで、働けばいいだろう。通いにすれば、亭主の面倒も見ることができるしな」

睦右衛門も、駿河屋でまた奉公するよう言ってくれたが、これも巳兵衛には気に入らない。やはり店内に馴染んだ男でもいるのかと、難癖をつけられる。女所帯だから、そんな心配はないと説き伏せて、どうにか愛宕下広小路の茶店だけは承知してくれた。けれど正直、茶汲女《ちゃくみおんな》では、日々の暮らしを支えるのが精一杯だ。子ができて働けなくなったらどうなるのかと、内心の焦りは消えない。

「ね、おまえさん。何か夫婦ふたりでできる仕事を、はじめてみないかい？」

「いってえ、どんな仕事だ」

「ひと坪でいいから、小さな店をもって、ふたりでやっていくんだよ。店番なら、おまえさんにもできるし」

「そんな年寄みてえな仕事ができるか！　だいたい商人なんざ、はなからお断りだ。いまさらぺこぺこと、人に頭を下げられるか！」

お藤の言うこと為すことが、巳兵衛の気に染まなかった。いまは気持ちが荒《すさ》んでいるのだから仕方ない。そう言いきかせて堪えていたが、一年経ち、二年が過ぎても何も変わらず、巳兵衛はますます頑《かたく》なに、また口やかましくなっていった。

「男ってもんは、案外脆くてね。うまくいかないと、すぐに自棄を起こす。上手におだてて掌でころがすのも、女房の務めだよ」

長屋の女房は、同情交じりにそう忠言した。自分には、その才が欠けているのだと、お藤もまた身にしみて感じていた。

父とは逆の男をえらんだはずが、いまの巳兵衛は、父と怖いほどによく似ていた。

——おまえは、おばやんそっくりになってきたなあ。

中兵衛の声がよみがえった。そうとは知らぬ間に、お藤は父を責め、引け目を感じさせていた。なのにまったく同じ轍《てつ》を踏んでしまった。

——お嬢はんには無理や。できやへん。

おこんの高笑いが、きこえるようだった。

巳兵衛が怪我をして三年後、お藤は亭主と離縁した。

「芝源の棟梁も納得ずくだ。お藤が気に病むことは、何もないよ」

ふたたび駿河屋に戻ったお藤を、睦右衛門と主人夫婦は快く迎えてくれた。それでもこの結末は、自分が招いたものだ。すまなさに胸が塞がるような心地がした。

怪我さえ治れば、よい方向にまわり出す。そう信じていたが、結果は逆だった。杖をつきながら出歩けるようになると、巳兵衛はたびたび、女房が働く愛宕下広小路の茶店に現れた。まるで四六時中見張られているようで、頼むからやめてくれと乞うと、亭主はますます疑心を募らせた。

「やっぱり、男がいるんだろう。亭主の目を盗んで、どこぞにしけこんでやがるのか？」

「いい加減にしてちょうだい！　どうしてそんな情けないことを」

「家にいたころより、おまえはよほど楽しそうじゃねえか。肌の色艶もいいし、おれが働けなくなったのが、そんなに嬉しいか」

皮肉にも、半分は当たっていた。暮らしはきつく先行きは暗い。それでも長屋でぼんやりしているよりは、よほどましだ。己で稼ぐことができる安堵は、何より得難い手応えがあった。

――あたしはどうやら、世間並みの女房なぞ向いていない。この人にも、悪いことをした。

内心の詫びが、憐れみに映ったのだろう。巳兵衛が顔色を変えた。

「何だ、その目は……おれはてめえの亭主だぞ！　そんな目を向けるんじゃねえ！」

ふくらんだ怒りが、頬の上で破裂した。それからはたびたび、平手がとぶようになった。

巳兵衛が誰の目にも明らかなほど、常軌を逸するようになったのはこのころからだ。それはある日、とんでもない形となって現れた。

茶店からの帰り道、客のひとりが巳兵衛に襲われたのである。愛宕下広小路からほど近い茶問屋の若旦那で、駿河屋の同業仲間でもあるから、以前より顔を見知っていた。増上寺にはお参りにたびたび訪れ、茶店にとっては良い贔屓《ひいき》客であったが、それが巳兵衛の気に障ったようだ。

幸い傷はたいしたことはなく、駿河屋の仲立ちで内済《ないさい》にしてもらったが、さすがに茶店にはもういられない。茶問屋へ詫びを入れにいった帰り道、睦右衛門が言った。

「三年も辛抱すれば十分だ。巳兵衛とは別れなさい」

睦右衛門の前でだけは、こじれた夫婦仲を口にしたことはなかった。それでも隠居は、お藤の苦衷《くちゅう》を見通していた。

「おまえは駿河屋の大事な娘だ。またうちに帰っておいで」

睦右衛門の親心は、実の親にも勝る。ずっと堪えていたものが、いっぺんにあふれ出し、お藤はその日、大人になって初めて人前で泣いた。

打《ぶ》たれても謗《そし》られても、黙って堪えねばならない。それがまっとうな女房の在り方だと、これまで懸命に演じ続けてきた。自分を世間の物差しに嵌めようと努めていたが、睦右衛門のひと言で、真実が見えた。巳兵衛への情愛など、欠片も残っていなかった。

仲人にあいだに入ってもらい、巳兵衛とは正式に離縁した。芝源も、お藤の決心が固いと知ると、しぶしぶながらも承知した。親方が納得ずくなら、巳兵衛も引くしかない。けれど平穏な暮らしは、一年しかもたなかった。巳兵衛がふたたび、お藤の前に現れるようになったのだ。

「おれにはやっぱり、おめえしかいねえんだ。頼むから、戻ってくれ」

芝源に木戸番の仕事を世話してもらったが、うまくいかなかった。最初は哀願調子だったのが、お藤が応じないとわかると、しだいに嫌がらせに近いものになった。駿河屋へ日参し、中へも入れてもらえなくなると、今度は往来であらぬ噂をまき散らす。

「ここの隠居は、おれの女房を手籠めにして、妾にしやがったんだ」

まじめで手を抜かない性分は、裏を返すとしつこく粘着な気質《たち》となる。近所の者たちが本気にするわけではないが、あまりに外聞が悪い。

――駿河屋に、これ以上迷惑はかけられない。

他所への奉公を考えはじめていたとき、増子屋のお品から口入屋の話をきいた。

12

「うちの人がやっている口入稼業が、どうもいけないらしいのよ」

そのころのお藤にとって、お品の来訪は何よりの気晴らしになっていた。

駿河屋の内儀は、お品にとって母方の叔母にあたる。その縁で、駿河屋には時折顔を出す。

「口入屋、ですか……」と、思わず身を入れて話をきいた。

「仕事のことは、あたしの前では一切口にしない人なのに、この前めずらしくぼやいていたから、よほど困っているのでしょうね」

「いけないとは、どのように？」

「よくは知らないけれど、やればやるほど儲けにならないのですって」

商いに関心のないお品は、ろくに内情を知らなかったが、話の途中で首をかしげた。

「お藤さん、ひょっとして、口入屋に思い入れでもあって？」

常にない気の入れようが、伝わったのだろう。これほど興味をもたれるのは初めてだ、とお品は楽しそうに笑った。

「……昔、祖母が人宿をしておりましたから」

こたえたとき、ふと侍に叫んだ声が、耳にこだました。

——潰れたうちの旅籠を、もっぺん立ち上げてみせます！

しかしお藤が祖母から仕込まれたのは、旅籠ではなく口入稼業だ。にわかに熱い思いがこみ上げて、己でとまどうほどに抑えがきかなかった。

その日からお藤は、江戸の口入屋について、人にたずねるようになった。武士の町である江戸では、口入屋が世話するのは、大方が武家奉公人だと初めて知った。また調べるうちに、増子屋太左衛門が何に難儀しているのかも、自ずと見えてきた。

ひと月ほど経って、またお品が駿河屋を訪れた折、お藤は真っ先に思案を口にした。

「お武家ではなく、商家をお客にしてはどうでしょう」

「それで、事がうまくはこぶの？」

「素人の思いつきに過ぎませんし、正直わかりません」

それでも増子屋太左衛門の商売上手は、噂にのぼるほどだ。何かのきっかけになればと、ついよけいなことを言ってしまったが、当のお藤でさえも、現実《ほんとう》になるとは思ってもみなかった。

お品はしばし、とっくりとお藤をながめ、形のよい唇をほころばせた。

「ねえ、お藤さん、あなたがやってみない？」

「え？」

「あなたが冬屋を、うちの口入屋を、回せばいいのよ」

「まさか。女のあたしが……」

「あら、お藤さんの商いの才は、女にしておくには惜しいほどだと、おじさんが太鼓判をおしているわ。欠け煎餅も茶店も、お藤さんがはじめたのでしょ？」

商家の表と奥は、かっきりと線が引かれ、女中の領分は奥向きだけだ。かってはお藤も、分限をわきまえなくてはいけないと己を戒めていた。しかし駿河屋を一度出たことで、かえって商いというものに興味がわくようになった。

北槇町からほど近い路地に、ある日、小さな煎餅屋を見つけた。目立たぬ看板に、『戸井屋《といや》』とある。お藤が嫁に行く前は、なかった店だ。香ばしい匂いに釣られて、足を止めた。

「いらっしゃいやし、よければ味見だけでもしていっておくんなせえ」

若い男が、籠をさし出した。中には煎餅の小さな欠片があり、勧められるまま手を伸ばした。口に入れたお藤の目が、丸く広がった。

「美味しい……」

男の顔が、嬉しそうにほころんだ。

「初めて食べる味だわ……お醬油だけじゃなく、ほんのり甘いのね」

「へい、甘味づけに、味醂《みりん》を混ぜてありやす」

「ご主人は、どちらで修業を？」

たずねると、若い煎餅職人は頭をかいた。

「田舎にいるおれの親父が煎餅を焼いていて、その味を真似たんですが、なかなかうまくいかなくて……こんなことなら、ちゃんと親父のもとで修業しておけばよかったんですが」

父親とそりが合わず、半ばとび出すようにして紀州《きしゅう》から江戸に出てきた。だから修業はしていないと正直に語る。江戸では同じ味に出合えず、見よう見真似で作るうちに、いっそ商売にしてみようかと思い立った。この店は、ふた月前にはじめたばかりだという。

「兄貴がおりやすから、家業の方は心配はねえんですがね」

と、傍らの大籠を目で示す。ほんのわずかな加減で、焦げたり味が濃すぎたりして、未だに満足のいくものは七分ほどしかできないという。

「味は覚えちゃいるんですが、たれのつけ具合が思いのほか難しくて……」

「この大籠に入っているものは、どうなさるんです？」

「もったいねえから、長屋のもんに分けたり、あとはかかあとふたりで食べちまいやすが。さすがに毎日煎餅じゃ、飽きがくるみたいで」

話がきこえたのか、奥から女房が顔を出した。腕には、乳飲み子を抱えている。

「お乳が醤油くさくなりそうだから、いい加減にしてほしいんですがね。この人ったら凝り性で」

物言いは辛いが、目許は笑っている。ちょうど巳兵衛とお藤と、同じ年頃の夫婦だった。こういう女房を娶っていれば、巳兵衛もあんな始末にならずに済んだかもしれない。煎餅の醤油がしみたように、かすかに胸が痛んだ。

「場所が悪いから、思うように売れなくて。あたしらの腹に入るのは、この欠け煎餅だけじゃないんですよ」

赤ん坊を覗き込んだお藤に、おっとりとした愚痴をこぼす。

「そういえば、たしかに……ここじゃあ、あまり客足も伸びないでしょうね」

呟いて、ふとひらめいた。

「あの、あたしが味見にいただいたのは、欠け煎餅の方ですよね?」

「へい、たれにつけ過ぎたものですが、小さな欠片なら味の濃さも、そう気になりやせんから」

「でしたら、この大籠一杯の欠け煎餅を、売ってもらえませんか?」

「いや、こいつは売りもんじゃねえし……」

「こちらさまに、決して損はさせません」

お藤が考えを明かすと、夫婦も大いに乗り気になった。ただでいいと言ってくれたが、さすがに気が引ける。ひとまず波銭十枚、四十文で話がついた。

「ふむ、たしかにうまいが……これを、どうしようと言うんだね？」

店に帰ると、まず内儀の承諾をとり、それから睦右衛門の離れに行った。

「店に来たお客さんの、お茶請けにするんです。この甘辛い煎餅を食べれば、誰でもお茶が欲しくなります。少しは小売りが、伸びるかもしれません」

なるほど、と隠居はうなずいて、主人である倅に話を通してくれた。駿河屋は、大方の問屋同様、小売りもしている。大事な取引先などは奥に通して酒肴《しゅこう》でもてなすが、買物客にも茶はふるまう。たまにつける茶菓子よりもよほど安く、これにはもうひとつ利があった。

「この甘じょっぱさが、何ともいえないね。どこの煎餅だい？」

「はい、近所にある『戸井屋』さんです」

客がたずねると、小僧はそうこたえる。路地の奥にあってわかり辛い場所だからと、わざわざ道案内を買って出ることもある。毎日、大籠一杯の欠け煎餅を買いにいくのも小僧の仕事となり、二十日ほどが過ぎたころ、戸井屋の夫婦がそろって駿河屋に挨拶にきた。

「おかげさまで、贔屓の客がたんとつきました。駿河屋さんには、何とお礼を申し上げてよいか」

「いやいや、こちらこそ礼を申さねば。戸井屋さんの煎餅を置いてから、二割も小売りが伸びましたからな」と、隠居がにこやかに応じる。

「小僧からききましたが、このところ欠け煎餅が、だいぶ減ったそうですね」

「うちの人も、ようやく慣れてきたみたいで」

赤子を抱いた女房が、お藤に向かって笑う。この戸井屋の話は口伝てに広まり、おかげで駿河屋は茶請けには困らなくなった。

「ぜひ、うちの菓子も、置いていただけないでしょうか」

戸井屋と同様、裏通りにある菓子屋や、中には名の売れた老舗でさえも新作を宣伝してほしいと訪ねてきた。

「こんなに茶菓子が集まるのですから、いっそ店先に、茶店を開いてはいかがでしょう?」

往来では、屋台はもちろん、さまざまな物売りが莫蓙《ござ》を広げて商売をする。茶店もめずらしくはなく、これを駿河屋が営めば引き札代わりになり、また、商い物の宣伝になれば菓子屋にも喜ばれる。茶汲みならお手のものだ。床几をいくつか置いて葭簀《よしず》をまわし、自ら茶店に立った。

この一年は、お藤にとって、張り合いに満ちた楽しい日々だった。

しかし巳兵衛が現れてからは、その暮らしも潰えた。

「煎餅や茶店も、やはり思いつきを口にしただけに過ぎませんし」

「でも、その思いつきを試みたのは、あなたでしょ？」

増子屋の内儀は、しばしお藤をじっと見詰めた。

「どのみち駿河屋を、出るつもりでいるのでしょ？」

人の気持ちには頓着しなそうで、実は勘の良い女だ。

「うちに来れば、お藤さんには落ち着き先ができて、うちの人は助かるのよ。おまけにあたしは、仲良しが近くにいてくれて、こんないい話はないと思わない？」

無邪気な誘いを断ることはできず、「それでは、旦那さんが承知しなすったら、ぜひ」そうこたえたが、そのとおりに事が運ぶとは思ってもみなかった。

だから数日後、太左衛門が駿河屋を訪ねてきたときには心底驚いた。

「お品からきいたよ。商家を客にするというのは面白い。ちゃんと話を、きかせてもらおうと思ってね」

はじめは恐縮していたが、太左衛門はさすがに商売にも口入屋にも詳しかった。格好の相手を得て、気づけばお藤はいつになく饒舌に、また熱心に語っていた。

「お品から話をきいたときには半信半疑だったが、こうして向かい合ってみて、あれの目は確かだとよくわかった。お藤さん、ぜひあんたに、うちに来てもらいたい」

ひととおり話が終わったとき、太左衛門はあらためてお藤に乞うた。

「旦那さん、本気で仰っているんですか？」

「ああ、もちろんだとも。すでに番頭や手代頭はいるから……そうさな、差配でどうだい？　冬屋はいまのところ儲けはないが、給金についても悪いようにはせぬつもりだ」

「ですが、女ということで、かえって厄介の種になるのでは……」

お藤の最後の迷いを、太左衛門はからりと払った。

「商売というのはな、お藤さん、不思議と詰まった時にこそ機が開ける。それが私の信条だよ。女が厄介というなら、必ずそれに合うだけの見返りがあるものさ」

ふうっ、と風が吹いたように思えた。絡まっていた蔓から抜けて、見晴らしのよい丘に立った。

山中郷で侍に会った、あのときと同じ風が、たしかにお藤の中を吹き抜けた。

13

いつのまにか秋風が、寒風に変わった。お藤が冬屋に来て、半年が過ぎた。

実家とも言える駿河屋へは、三月前から何度か顔を出している。黒羽の百蔵が脅しをかけてくれたおかげだろう、元亭主の巳兵衛の姿もぱたりと途絶えた。

商家相手の口入は、いまのところ目立った障りもなく、奉公先も寄子も順調に数を伸ばしている。増子屋のお荷物であった冬屋は、徐々に目方がへり、もう少しでひとり立ちできそうな、そんな明るいきざしが見えはじめていた。

しかしあと一歩のところで、思わぬ嵐に見舞われた。

十月末のその日、五十がらみの女が冬屋に乗り込んできた。

「うちの寄子を横からかすめ取るとは、いったいどういう了見だい！」

挨拶もそこそこに、いきなりまくし立てる。相手ははじめから喧嘩腰だった。

遠慮のない罵声は、通りにも筒抜けだ。奥で話をきこうとお藤はもちかけたが、女は店内の座敷にどっかと腰を据えた。先客であったふたりの中間にも、まったく動じることがない。

「何だい、あたしの顔に何かついてるかい？」

じろりとねめつけられて、逆に中間たちはそそくさと腰を上げた。用件はとうに済み、手代の実蔵相手に油を売っていただけだ。急に用事を思い出したと、わざとらしく呟きながら退散した。

残された手代も、のっそりと帳場の脇に場所を変えた。実蔵は常から顔には何も出さないが、小僧の鶴松はにわかに恐れをなして、格好の隠れ場所ができたと言わんばかりに、関取のように大きな手代の陰に逃げ込んだ。残るふたりの手代、島五郎と与之助は出かけており、お兼はいつもどおり奥で指南にあたっていた。

半蔵御門《はんぞうごもん》外、平川天神《ひらかわてんじん》のある平川町に、飯倉屋《いいぐらや》という口入屋がある。その主人のお浦《うら》だと、相手は名乗った。

荒っぽい商売をそのまま表しているかのように、頬骨の張ったいかつい顔つきで、ぞろりとした着物は、商家の主というよりも色街の遣手婆《やりてばば》を思わせる。女だてらに、武家奉公人を毎日相手にしているだけはある。お浦のふてぶてしいまでの肝の太さに、お藤は半ば感心していた。

「茂平《もへい》はね、三年も前から飯倉屋の寄子なんだ。それをうちに断りもなく引き抜くとは、盗人猛々《ぬすっとたけだけ》しいとはこのことだ。とっとと茂平を、返してもらおうか」

茂平は今月の初め、冬屋を訪ねてきた。お浦がまくしたてたとおり、もとは飯倉屋の世話で中間をしていた男だ。仔細はすでに茂平からきいているが、お浦は同じ話をお藤に語り、やおら懐から一枚の紙をとり出して畳に広げた。

「茂平がうちの寄子だという、これがその証文さね。目ん玉ひんむいて、よおく見てごらんな」

お藤は証文を確かめたが、茂平の拇印もあり間違いはなさそうだ。ただひとつだけ、気づいたことがある。

「この証文の日付は、三年前のものですね」

「そりゃそうさ。言ったろ、茂平は三年前からずっと、このあたしが世話をしてきたんだ」

「茂平は二年前、年季奉公から日雇いに切り替えたときききましたが」

「ああ、それも本当さ。一年だけは、さる屋敷で年季奉公をさせたんだがね、どうも合わないと言うからさ。うちは小差《こざし》もやっているから、二年前、日雇いに切り替えたんだ」

渡り中間と呼ばれる日稼ぎの武家奉公人は多く、その世話をもっぱらとする「小差」と呼ばれる口入屋がある。飯倉屋はこれも兼ねていた。

以来、茂平は、主家をもたずにあちこちで日雇い奉公をする、渡り中間の身となった。

年中行事、式典、祝事に法要と、事あるごとに大名旗本は武家奉公人を確保せねばならない。武家は本来、家格や役目によって抱える奉公人の数も決められている。しかしその給金さえ満足に支払えないのが実状だった。

武家の窮状が、もっとも如実に現れるのが大名行列である。行列に従う駕籠《かご》や挟箱《はさみばこ》はもちろん、武士の証したる槍さえも、にわか集めの武家奉公人がたずさえる。大名行列そのものが、急ごしらえといっても過言ではない。

大名だけでなく、旗本御家人も同様だ。日々登城するためには駕籠かきや馬を引く者が、駕籠や馬に乗らぬ身分の低い者ですら、草履とりくらいは必要となる。

年季で抱える金が工面できず、陸尺や中間を日雇いするしかない。逆に言えば、口入屋と渡り中間がいなければ、どんなお偉い殿さまも登城すらままならないのである。振り売りや出職のように、風雨に左右されることもなく、この江戸にいれば日雇いといえど武家奉公人が食いっぱぐれることはない。

それでも茂平が冬屋を頼ってきたのは、渡り中間に見切りをつけたからだ。ぜひ商家に落ち着いて働きたいと乞い、七日前からお兼の指南を受けていた。

「たとえあんたたちが証文を交わしたにせよ、これがある限り、茂平はうちの寄子なんだよ」

「いえ、茂平はまだ、うちとは証文を交わしてはおりません」

冬屋が正式に寄子とするのは、指南を無事に終えてからだ。お藤がそう説くと、お浦は嘲りを隠そうともせず、意地の悪い笑みを浮かべた。

「へえ、噂は本当だったんだね。わざわざひと月もただ飯を食わせて、下男仕事をたたき込むってのは」

いまはひと月ではなく半月だ。そう反論したかったが、お藤は黙っていた。

かねてからの思案どおり、最初はひと月かけた指南を、お藤とお兼は少しずつ縮めていった。要処《かなめどころ》をとらえ、仕込み方を工夫し、ひと月を二十五日に、次は二十日にと五日ずつ削っていった。ついに念願だった半月に漕ぎつけたのは、先月のことである。お藤には待ちかねていた朗報であり、お兼への賛辞を惜しまなかった。

四月の一番組から数えて、茂平を含む八人の志願者は九番組になる。指南は十五日だから、今日がちょうど中日にあたった。あと七日を凌いで、茂平は初めて冬屋の寄子として認められる。

「所詮はしがない下働きじゃないか、何だってそんな手間暇をかけるのか、あたしには皆目、見当もつかないね」

煤《すす》けてささくれ立った板も、鉋をかければきれいな木目が出る。ていねいに削ってやれば、しがない下働きも値が増す。そう説いたところで、この女には伝わりそうにない。お藤はやはり黙って堪えた。

「ま、証文を交わしてないなら話が早い。茂平はここにいるんだろ？　このまま連れて帰るから、さっさと呼んどくれ」

お藤は返事の代わりに、ふたたび証文に目を落とした。お浦が癇症に、早くしないかとわめき出す。その声に耐えかねたように、鶴松が手代の陰からそろりと顔を出した。

「あのお……おいらが呼んできましょうか？」

何故だか実蔵が、きつく眉根を寄せた。滅多に表情を変えぬ、この男にしてはめずらしい。何が癇にさわったのだろう。訝《いぶか》りながらお藤は、鶴松に対して首を横にふった。

あらためて、女主人に向きなおる。

「飯倉屋さん、先ほども申しましたが、この証文は三年前の日付ですね」

「だから、それが何だってんだい」

「つまりこれは年季奉公のためのもので、日雇いの証文ではありません。そちらの証文は、おもちですか？」

「年季だろうと日雇いだろうと、うちの寄子には変わりない。わざわざ証文を入れるものかね」

「でしたらこの証文も、二年前から効を失っている。そういうことになりませんか？」

上がりぎみの細い目がさらに吊り上がり、いっそう険しさを増した。

「日雇いには、いちいち証文なんざ交わさない。新参のあんたは知らないだろうがね、昔からそういうしきたりになっているんだよ！」

「存じています。たとえ日雇いでも、奉公ごとに証文をとるよう御上からは求められていますが、数があまりに多い。小差はせいぜい名を書き留めるだけで、いちいち証文のやりとりなぞしないと」

「わかっているなら、とっとと……」

「ですから日雇いの奉公人は、たとえ他所へ鞍替えしても、人宿から文句を言われる筋合いもない――これも昔からの、習いですね？」

口入屋としては、ほんのひよっこに過ぎない。そんなお藤に、まさかやり込められるとは思ってもみなかったに違いない。お浦の顔色が、明らかに変わった。怒りのあまり、紅をつけていない色の悪い唇が、わなわなと震え出す。

それでもお藤は、この場で引くつもりはなかった。

口入屋は、奉公先と寄子、双方から口入の金をとる。武家からの貰いを何分渡すかは、口入屋の胸三寸にかかっている。飯倉屋はことにひどく、茂平に渡る金は微々たるものだった。それに嫌気がさして、茂平は中間奉公そのものに見切りをつけたのだ。

「日雇いの茂平が、どこに鞍替えしようと、飯倉屋さんに迷惑はかからないはずです」

「何言ってるんだい、この盗人が！　うちの寄子を、さっさと返しな！」

泥棒だ無体だと、お浦はひたすら怒鳴りちらす。言いがかりも甚だしい。

そもそも稼ぎの薄い日雇いを、わざわざ日本橋まで迎えにくるのも腑に落ちない。さっきのやりとりから察するに、お浦は冬屋の商いぶりを知っていた。最近、噂になっている新参の人宿に、己の寄子が世話を頼んだ。どこかできつけて、それが面白くなかった。いわばお浦は、冬屋に嫌がらせをしにきたのだ。

もっと勘ぐるなら、冬屋の差配が女だと、きいたためかもしれない。口入稼業では、女主人はしごくめずらしい。本当なら弱い立場の者同士、手をたずさえていけばいいものを、皮肉なことに女の足を引っ張るのは、得てして女だ。

つい内心でため息がもれたが、口入仲間とのいざこざは後々の禍根になりかねない。まだ仕込み途中なのだから、黙って茂平をさし出せば事は収まる。

だが、それだけはしてはならない。やり直したい、生き直したいと、茂平は冬屋を頼ってくれた。その気持ちを無駄にしてはならない。お藤は肝に銘じていた。

「寄子は口入屋の道具じゃないんだ。どこでどう働くかは寄子しだい。たとえ人宿といえど、口を出すのは筋違いってものでしょう！」

差配の立場を一瞬忘れ、つい伝法《でんぽう》な物言いが口をついた。返す返さないと、まるで物のように寄子をあつかうこの女に、柄にもなく腹が立っていた。

「人が働くのは身過ぎ世過ぎのため。でもそればかりじゃ、あまりに情けないじゃないか。大事なのは、甲斐があるかどうか。ただただ仕事が嫌で、そこから背を向けて鬱々と日々を送るようでは、一生を無為に過ごしているのと同じことです」

「仕事が辛いのは、あたりまえじゃないか！　あたしらだって遊びじゃないんだ」

「辛いからこそ、やり甲斐が大事なんです。毎日お百姓が泥だらけになって働くのも、実りの秋を信じてこそ。きつくとも辛くとも、何らかの張りや喜びは、あって然るべきです。茂平は武家奉公人に、それを見出せなかった。別の道を選ぼうとしているのに、あたしたち人宿が邪魔立てする謂れはありません」

「このあたしに、説教するつもりかい……黙ってきいてりゃ、えらそうに」

がなり立てるのをやめて、代わりにじっとりとお藤をにらむ。怒りを通り越し、恨みに近い眼差しだった。

「……とどのつまり、うちの寄子は返せない、そういうことだね？」

「茂平はすでに、そちらさまの寄子ではありません」

言い過ぎたことはわかっていたが、もう遅い。ここまできたら、後には引けなかった。色を変えたように見えるお浦の目を、お藤は正面から見返した。

「口入稼業はね、あんたみたいにお上品にとりすました女が、まわしていける商売じゃないんだよ。この飯倉屋お浦と、本気でやり合うってんなら、それなりの覚悟をしてもらおうかい！　何ならいますぐここで、勝負をつけてもいいんだよ！」

盛大に唾をとばし、いまにもお藤につかみかからんばかりだ。鶴松が小さく悲鳴をあげた。ふたりの女のあいだに割って入ったのは、意外にも実蔵だった。

「話は終わりやした。お引き取りを」

のっそりと、お浦の前に立つ。おとなしいと折紙つきの態が迫ってくるような、害はないとわかっていても本能は逃げろと命じ、つい後退《あとじさ》る。お浦の尻が畳から浮いた。

「新参に勝手無体を働かれちゃ、こっちも黙っていられない。あんたのことは、人宿仲間に上げて諮ってもらうからね。覚えときな！」

悔しそうに舌打ちしながらも、捨て台詞だけは忘れなかった。

「あーあ、とうとうやっちまった」

お浦の姿が暖簾の内から消えると、お藤は額に手をやって、どっと上《あ》がり框《がまち》に尻を落とした。

「人宿仲間は怒らせちゃいけない、うまくやっていかないとって、肝に銘じていたのにねえ」

日頃は自制しているつもりだが、ふとしたときに気性の強さがぽろりとこぼれる。祖母のお寅の血が、何かのはずみで溢れてくるのだ。もっと別のやりようもあったろうに、わざわざ厄介の種を蒔いてしまった。自責の念に、たちまち苛まれた。

「せめて口ぶりだけでも、慎んでいれば……あれじゃあ、喧嘩を売ったのと同じことだよ」

「おいらはたいそうすっきりしやした。あのクソ婆あをやりこめてくれて」

鶴松はご機嫌だが、いっそうへこみが増す。きかれていたのがこのふたりだけだったのが、せめてもの救いだった。

「なにせ飯倉屋のお浦といったら、阿漕《あこぎ》な上に、男顔負けの荒っぽさで知られてますから」

「鶴松はあの人を、知っているのかい？」

「見たのは今日が初めてですが、噂はきいてます。とにかくおっかねえ鬼婆あだと、与之助さんが」と、耳の早い手代の名を出した。「寄子が粗相をすると、火箸で散々に殴りつけるそうですよ」

「そんなひどいことを……」お藤が顔をしかめる。

「だから差配さんもひっぱたかれやしないかと、それだけは気が気じゃありませんでした。無傷で済んだだけで、御の字です」

「助かったのは、実蔵のおかげだね。おまえがいなければ、平手を食らっていたかもしれませんね」

あらためて柄の大きな手代に、礼を告げた。いや、と手代は、短い首を横にふった。

「礼を言いたいのは、あっしの方です。ありがとう、ございやした」

驚いたことに、手代はのそりと頭を下げた。言葉が少ないから、よけいにわけがわからない。小僧と一緒に、戸惑い顔を向けた。

「どうしておまえが、礼なんか」

「あの中間あがりを……茂平を、渡さなかった。だからでさ」

茂平と見知りだったのかとたずねると、違うとこたえる。

「あっしももとは、中間でした。だから茂平の気持ちは、よおくわかりやす」

実蔵は、茂平の姿に、昔の自分を重ねていたのである。

島五郎の言いつけにはことさら従順に従うが、何を考えているのか、いまひとつつかめない。鈍重な熊に似たこの手代が、自身の来し方を口にしたのは初めてだ。

「武家奉公には、人が思う以上に苦労が多いんだね……よければ少し、教えてもらえないかい。飯倉屋の言い草じゃないけれど、あたしは口入屋にしては、その辺りのところがまだまだ疎くて」

お藤が乞うと実蔵はうなずいて、重い口を開いた。

「中間部屋ってのは、言ってみれば伝馬町《てんまちょう》の大牢と同じでさ」

店の板間でお藤と向かい合い、実蔵は話しはじめた。帳場の脇には鶴松が正座して、聞き耳を立てている。

伝馬町の大牢は、まるで千代田《ちよだ》のお城さながらに上下関係がはっきりしている。江戸城では、身分や家格が幅をきかせるが、牢では金と力がものを言う。蔓と呼ばれる金をもたずに入牢すると、手酷《てひど》いあつかいを受けるのはよく知られた話だ。

金と力だけが優劣を決める。中間部屋もまた、そういう世界だと実蔵は語った。

「武家奉公人は、からだの大きさで貰いが違う。上と下じゃ、四倍も実入りが違うんでさ」

実蔵は、駕籠かきなどの力仕事をする陸尺を例にあげた。陸尺は背丈によって四つの身分がある。いちばん格上は、五尺八寸以上の背丈の者と定められ、一日に銀十匁《もんめ》を稼ぐことができる。しかし背が五尺五寸以下、もっとも低い格の平陸尺は、同様に朝から晩まで働いても、わずか銀二匁五分である。

陸尺という言葉そのものが、力者《りきしゃ》の訛りだと言われる。駕籠かきや挟箱持ちなどは、力がなくてはどうにもならぬし、中間の花形たる槍持ちも同様だ。自ずと力自慢が集まり、大手を振るのもうなずける。そして力が支配する場所には、当然のように暴力がはびこる。世間では鼻つまみとなるような、傍若無人な乱暴者がのし上がっていく。

茂平も決して柄は大きくない。中間部屋で殴る蹴るされるのも茶飯事だったときいている。しかし目の前の実蔵なら、文句なしに最上格に配されるはずだ。中間でいた方が、よほど良い暮らしができたのではないか——。お藤がそう口にすると、実蔵は下を向き、ぼそぼそとこたえた。

「あっしは力こそあるものの、口も重いし万事にとろい。何より人に手をあげるなんざ、できねえ性分で」

なまじからだが大きいだけに、小心だ臆病者だと、さんざっぱら馬鹿にされた。

「死んだ親父が、何かというと手の出るたちで。小さい時分は、よく殴られてやした。たぶん臆病も、そのためでさ」

「叩かれた者の痛みが、わかるということだろう？　それは臆病とは言わないよ」

お藤がそう請け合うと、実蔵は礼をするように小さくうなずいた。しかし中間部屋で力以上に必要となるのは金だった。新入りは、中間頭をはじめとする先入りたちに部屋入銭を渡さなければならない。入牢した囚人が支払う蔓とまったく同じで、満足に払えねば、やはり大牢同様、手酷い制裁を受ける。そこまでならまだ我慢もできると、実蔵はむっくりとした両の拳をきつく握った。

「何より辛いのが、博奕でさ」

「博奕？　あれは手慰み……いわば楽しみのためじゃあないのかい？」

大名旗本屋敷の中間部屋では、夜な夜な賭場が開かれる。世間でも周知の事実で、屋敷の番にあたる奉公人が、退屈を紛らすためのものだと思っていた。それもあるが、それだけではない。実蔵は、手許に目を落としたまま呟いた。

「部屋頭やとりまきが、部屋子たちから金をむしりとるためにあるんでさ。断ることもできず、毎晩のように強いられる。稼ぎなんざあっという間になくなって、借金をこさえた上に、果ては看板までとり上げられる」

看板とは、屋敷から支給されるそろいの印半纏で、中間には何より大事なものだった。看板がなくては主人の供すらできず、とられては仕事にならないからだ。

「そんなときは、口入屋に頼るしかねえんでさ」

「……借金ということかい？」

実蔵は黙ってうなずいた。つまりは中間部屋にいればいるほど、中間頭や口入屋に借金が嵩むということだ。茂平が屋敷奉公に耐えられなくなった気持ちが、いまさらながらにわかる。

「あっしは幸い、島五郎さんに拾ってもらえた」

「島五郎に……？」

「ああ見えてあの人は、細やかなところがある」

実蔵はもとは、この冬屋の口利きで、さる屋敷に奉公していた。しかし度重なる博奕の形に看板まで剝ぎとられ、そのたびに冬屋に泣きつくしかなかった。

それが二度、三度と続き、借金はふくらむばかりで返す目処《めど》も立たない。大きなからだが日に日にしぼんでいくようで、見ていられなくなったのだろう。

ある日、島五郎は、中間をやめてうちで働けと言ってくれた。

「大方の中間は、惨めなもんでさ。中間部屋と口入屋、双方から骨の髄までしゃぶりつくされる。口入屋は決して、寄子の味方なぞしてくれねえ。それがあたりまえだと思っていた」

悲しいが、それが現実だった。多くの口入屋にとって寄子は、使い捨てのきく紙屑同然の代物だ。先刻のお浦なぞ、茂平を覚えていただけましかもしれない。中には寄子をひと部屋に押し込めて、わずかな飯だけ与えて日用取《ひようとり》に出すという劣悪な人宿もあるときく。

「だけど島五郎さんは違った。あの地獄みてえな中間部屋から、おれと与之助を救ってくれやした」

与之助もまた、実蔵同様の身の上だった。いまは耳の早さで重宝されているが、与之助は厚みのない貧相なからだつきだ。やはり中間には向かなかったに違いない。

「そういうわけがあったのかい……おまえたちも、ずいぶんと苦労したんだね」

表には出さぬようにしていたが、所詮は中間あがりだと、心のどこかで侮っていた。お藤は己の浅はかさを、深く恥じた。実蔵は、わだかまった屈託を大きな手ですくうように、顔を上げた。

「差配さんも、あの因業婆《いんごうばば》から茂平を守ってくれた。おれたちが言いたくとも言えなかったことを、あの女に面と向かって言ってくれた……あれは、心にしみやした」

実蔵が、目だけで笑った。おそらくこの男の、精一杯の笑顔なのだろう。初めて見る表情は、お藤の身にこそしみわたるようだった。

売り言葉に買い言葉で、つい偉そうに正論を吐いて、お浦を怒らせてしまった。差配としての器量はまだまだだと、お浦の背を見送りながら、たちまち後悔の念に襲われた。けれど実蔵に認めてもらえたなら、十分に釣りがくる。

「差配さんの俠気《おとこぎ》は、たいしたものです。おいらも大いに感心しました」

「鶴松、それは褒めているつもりかい？」

「あ、俠気じゃあなく、女気でした」

思わずお藤が笑い出し、実蔵はやはり目だけで微笑んだ。

気持ちはすっかり軽くなったが、危惧したとおり、事は大きな厄介となってはね返ってきた。

数日後、人宿組合から増子屋に呼び出しがかかった。

「吊るし上げを食らうとわかっていながら、何もお藤さんが行くことはない」

組合からの呼び出し状を手に、太左衛門はまずそう止めた。

場所は冬屋ではなく、油問屋に続く母屋の奥座敷である。太左衛門の横には、女房のお品も膝をそろえていた。

「人宿仲間の文句なぞ、私の舌先三寸で、どうにでも押さえられる」

「うちの人の言うとおりよ、お藤さん。この人は胆の太さと弁だけで、ここまで来たんですもの」

「だけはないだろう、お品」

顔をしかめる亭主に、お品は邪気のない笑みを返す。

「それにお藤さんが行けば、かえって事が大きくなるわ。ここはうちの人に任せた方が、よいと思うわ」

「わかっています、おかみさん。あたしが顔を出せば、かえって旦那さんのご迷惑になるかもしれない。ですが、この先も口入稼業に携わる以上、組合仲間とのつきあいは避けては通れません。それならいっそ、揉め事が起きたいまこの時が、良い機だと思います」

お藤は増子屋夫婦に向かって、己の覚悟を告げた。

「虎穴に入らずんば虎子を得ず、かい？　お藤さんの勇ましさは十分承知しているが、君子危うきに近寄らず、とも言うよ」

「あたしは君子ではありませんから」

いま逃げてはきっと後悔する。お藤の気持ちは、すでに決まっていた。

どうしたものかと、太左衛門が眉根を寄せる。となりでお品が、ふふ、と笑った。

「連れていくしかないようね。お藤さんがこんな目をしたときは、動かしようがないわ」

「おまえは、どっちの味方なんだ」

苦言を呈しながらも、太左衛門は太いため息とともに承知した。

主人夫婦の了承は得たが、冬屋に戻ると、ふたたび留め立てが入った。島五郎である。

「よりによって飯倉屋の婆あと悶着するなんざ、考えなしにもほどがある」

島五郎は鼻息を荒くして、まず文句を垂れた。

男稼業の人宿で、女が主人としてやっていくには、図太いまでのしたたかさが求められる。お浦は人宿仲間でも、ひときわ面倒な主として知られていた。

「茂平の件は、とっかかりに過ぎねえ。あの婆あはただ、あんたをやっかんでいるだけだ。冬屋の新しい商いが、うまいこと回りはじめている。どうせ横紙破りだ何だと騒ぎ立てて、伸びる前に芽を摘んじまう気だろう。飯倉屋だけじゃねえ、組合の連中は皆、似たようなもんだ」

江戸の人宿は、四百を数えるとも言われるが、このうち幕府の許しを得たものは約半分、二百ほどに限られる。人宿組合は、その二百の宿で成されている。

組合とはいえ、当然二百すべてが顔をそろえるわけもなく、太左衛門が日頃出席するのは、日本橋北の人宿の寄合であった。しかし今回呼び出しを食らったのは、二百の仲間を束ねる顔役の集まりで、八人いることから、八部会《はちぶかい》と呼ばれていた。

御上からの沙汰が下りたり、人宿同士、あるいは武家との揉め事が起きるたび、この八人が動くことになる。

飯倉屋のお浦は、顔役でこそないものの、古株だけに会とは強い繋がりがある。お浦の訴えに、わざわざ八部会が動いたということは、そういうことだった。

「島五郎は、八部会の方々を拝んだことは？」

「呼び出しを食らったことなぞねえからな。それでも八人のうち半分は、もと中間頭だから、おれも顔くらいは知っている。どいつもたいそうな羽振りの良さで、蔵前《くらまえ》の札差《ふだざし》よりも奢《おご》った暮らしぶりだ」

「中間頭が、口入屋に？」

　思わず声が大きくなった。別に驚くような話ではないと、島五郎が応じる。

「考えてもみろ。口入稼業をはじめるのに、連中ほどうってつけの輩はいねえ」

　武家の現状に、誰より詳しいのは中間頭であった。大きな屋敷の頭ともなれば、何十人もの部屋子を抱え、さらに横の繋がりも強いから、他の屋敷にも顔が利く。

　口入商売にとって、もっとも大事なことは、江戸城内の人事である。役目が替われば屋敷も替わり、遠方に赴任となれば家臣らも総出で移動するから、大名行列に匹敵する旅仕度となる。武家の役目替えこそが、口入屋にとってはまさに金の生る木《な》であり、いち早く駆けつければ、途方もない儲けになる。

　そして城内のあれこれに、人一倍通じているのが中間頭なのだった。屋敷の内でも登城の際も、中間たちは意外なほどに主の近くにいる。その動きに毎日目を光らせていれば、自ずと見えてくるものも多く、あるいは主と客の内緒話を、庭先から窺うこともできる。

　それらの一切が部屋頭に知らされ、力のある中間頭ともなれば、数十、数百もの屋敷の情報を掌握できるという。

「役目替えとなる当のお武家よりも、早耳だったためしもある。ご当人は新しい役目の中身はおろか、役目替えすら沙汰されていねえのに、このたびはおめでとうございますと、人宿が挨拶に来たそうだ」

この手の話は、やはり主人がもと中間頭の人宿に多いと、島五郎は語った。

「八部会は、そういう海千山千の連中ばかりだ。あんたなんぞぱっくりと、頭から食われちまうぜ」

「それでも口入屋を続ける上は、挨拶なしというわけにはいかないからね」

「いったい、いつまで続けるつもりだ？　十年もやれば、飯倉屋の婆あみてえになるぞ」

「正直、あのくらいの図太さは、あたしも欲しいところだね」

お藤は冗談で受けたが、さも嫌そうに島五郎が顔をしかめる。

「笑っていられるのも、いまのうちだぞ。雉子《きじ》一匹で、鬼ヶ島に向かうようなもんだからな。八部会にはこのところ、黒羽の旦那も出入りしているというし……」

「あの人が、どうして！」

島五郎が、怪訝な目を向けた。探るように、じっとお藤の顔を覗きこむ。

「この前は、ただの人違いときいていたが……あんた、ひょっとして、黒羽の百蔵と関わっているのじゃなかろうな」

「関わりなぞ、何もないよ……」

百蔵と江戸で初めて出会った、あのときの話だろう。

半分は嘘で、半分は本当だ。会ったのはたった三度、どれも偶然行き合ったに等しく、現にお藤は、あの男のことを何も知らない。それが急に悲しく思えた。

疑わしげな視線は、最後までお藤に張りついたままだった。

二日後、太左衛門とお藤は、八部会の長《おさ》と目される永田屋《ながたや》の寮を訪ねた。

14

湯島《ゆしま》聖堂を囲む森は、冬でも濃い緑を神田川にさしかけている。

その森を抜けたところで、増子屋太左衛門が左手を示した。

「あれが永田屋の寮だ。いわば八部会の本丸でね」

お藤は思わず、目を見張った。ぐるりを囲む塀は、まるで新雪を塗り込めたようにまぶしいほど白く、町人には本来許されるはずのない格の高い長屋門が、でんと居座っている。塀の上から覗く瓦屋根は、冬の弱い日差しのもとでさえ、誇らしげに輝いていた。

「人呼んで永田御殿。永田屋敷とも言うがね、御殿と称されるのも道理だろう？」

「御殿というか、あれはお武家屋敷ではありませんか。永田屋さんは、町人身分のはずじゃあ……」

「さる旗本が別邸としていた屋敷で、永田屋が内々に借り受けているそうだ。その気になれば、こんな屋敷を十は並べられる。それだけの金と力を、もっているということさ」

永田屋は、大大名の得意先をいくつも抱えていた。

大藩ともなれば、一度の大名行列に駆り出される人手は二千人、五千両はかかると言われる。さすがに一軒の口入屋では、人手のすべてを賄いきれない。何軒かで請け負うが、それでも永田屋には千両以上の金が落ちる。

大名の参勤交代は概ね、江戸に参勤した翌年に、国許に帰る。つまり行列は毎年繰り返されることになり、こんな顧客をいくつももてば、少なく見積もっても数千両、年によっては万両の金を永田屋は懐にする。

江戸の人宿の総元締たる八部会には、同様の口入屋が名を連ねていた。

「羽振りが良いとはきいていましたが、これほど奢った暮らしぶりとは……」

「少しは、怖気づいたかい？」

「いいえ、何だか腹が立ってきて。かえって度胸が定まりました」

永田屋たちの豪勢な暮らしの陰には、すり切れた雑巾さながらに、搾りとられる寄子たちがいる。その辛酸を嘗《な》めてきた、冬屋の実蔵や与之助、そして茂平の顔が思い出され、お藤は気合を入れ直した。

一方の太左衛門も、肝の太さで知られる男だ。お藤の返事に、呵々《かか》と笑った。

「そいつは結構。どうせ飯倉屋の一件は、口実に過ぎない。冬屋の新たな商売を、見過ごしにできなくなったんだろう。わずかな肥やしすら奪われてなるものかと、草むしりにはことさら熱心な連中だからな」

「向こうさまをどっしりとした松にたとえるなら、冬屋は蒲公英《たんぽぽ》に過ぎませんからね」

「蒲公英とは言い得て妙だ。風が吹けば、たちまち綿毛がとび散って丸坊主かい」

「それでも雑草には雑草の、取り柄があります」

石垣にさえ根を張るたくましさ、踏まれても踏まれてもまた起き上がる、したたかさだ。

「八部会に目くじらを立てられるとは、口入屋冥利に尽きる。実は私も、どこか痛快でならなくてね。冬屋も出世したものだとね」

太左衛門は誇らしげに、永田御殿を仰いだ。

女中に案内され、座敷に通されたときには、さすがにごくりと唾を呑んだ。

磨き抜かれた柱や欄間も、床の間に掛けられた軸も、ひと目で安物ではないとわかる品で、畳はいま替えたばかりのように青々としている。しかし座敷に立ち込めているものは、青畳の香りだけではない。

床の間を背にして上座にひとり、左右に四人ずつ。九人の十八の目が、いっせいにお藤と太左衛門に向けられた。

もっとも剣呑な目つきで、左手の下座から睨みつけているのは、飯倉屋お浦である。お浦ほどの鋭さはないものの、左右の七人も穏やかとは言い難い。明らかな敵意と冷笑が、草色の畳から萌えるように湧いて座敷を満たしていた。

「久しぶりですな、増子屋さん。ほう、そちらが噂の差配さんですか」

きりきりと音がしそうに張り詰めた空気を払うように、上座の男が声をかけた。会のまとめ役であり、御殿の主でもある永田屋だった。

八部会の半分はもと中間頭だが、永田屋はこれに入らない。小柄な上に、一見、恵比《え び》須《す》顔の好々爺《こうこうや》で、にこやかな笑みをふたりに投げる。けれど目を合わせた瞬間、お藤は悟った。気を抜いたとたん、足をすくわれる。もっとも油断のならない相手だ。

こういう手合いにこそ、臆してはいけない。

己の大きさを誇示したい人間は、めざとく弱い者を見つける術に長けている。一度怯《ひる》めば、ただいたぶられるだけだ。そう楽にはいかないと、示してみせなければならない。祖母や母の接客ぶりから、お藤は肌で学んでいた。いつだったか、強請集《ゆすりたか》りに等しい客を、祖母が相手にしていた。お藤はそれをそっくり真似た。

ほんのひとたび、永田屋の目を正面からとらえたのである。

後になって、太左衛門が評した。静かで落ち着いて、肝の据わった目だった。

「ご挨拶が遅くなり、ご無礼いたしました。増子屋で差配を務めております、藤と申します。よろしくお引き回しのほどを、お願い申し上げます」

永田屋の目が、かすかに広がった。さすがにこれだけの財を成し、のし上がっただけはある。一瞬でお藤の度量を、正確に測ったようだ。成り上がりほど、実は臆病で用心深い。一筋縄ではいかぬ厄介な相手だと、悟ったのだろう。面倒だと言いたげな皺を片眉に刻みながらも、頬には穏やかな微笑を浮かべなおした。

「これはごていねいに。こちらこそよしなに」

鷹揚に受け、残る七人の顔役たちを紹介した。

もと中間頭だという四人は、目つきや醸し出す気配で、すぐにそうと知れた。中でも目立ってからだの大きな男は、あからさまな敵意を隠そうともしない。

「寄子盗人が、ようやくおでましか。おれたちの手をわずらわせるなんざ、ふてえ了見だ。性根をたたき直してやるから、そのつもりでいろ」

豊互屋《ぶんごや》と名乗った男が、初手から凄んでみせる。気の小さい者なら、たちまち縮み上がってしまったろう。

何より強力な援軍を得て、お浦の目が勝ち誇ったように輝いた。

「日雇いの奉公人はいわば流れ者、口入屋を替わることもめずらしくない。うちは流れてきた茂平を、拾い上げたに過ぎません」

口上はもっぱら太左衛門が引き受けて、挨拶からこっち、お藤は黙したままだった。

増子屋のふたりは座敷の下座、つまりは永田屋からもっとも遠い場所に、正面を向いて座らされた。お藤の左手に、飯倉屋お浦の横顔が見える。

お浦もまた、唇だけはへの字に結んだままだが、互いにくすぶり続けている。数日前だ。底に火種を残したまま、互いにくすぶり続けている。お藤はあえて目を合わさずにいたが、もしも顔を上げればたちまち火花が散り、座敷を舐めるほどの炎が上がっていたかもしれない。

先刻から太左衛門は、お浦と対峙した折のお藤の言い分を、よりなめらかな弁に乗せて申し開きをしている。それでも旗色は一向によくはならない。

「寄子の勝手を、雇う側のおれたちが了見できるわけがなかろう」

「そうそう、私らもお役人と同じでね。いくら巷に横行しているからといって、こうして飯倉屋さんから訴えが出た以上、見過ごすわけにはいかない」

太左衛門が言葉を発するごとに、八部会からいくつもの声があがる。八対一では、いくら弁舌に長けた太左衛門とて分が悪い。お藤も援護にまわりたいところだが、ちょうど腕の立つ武者同士の争いに似て、下手な礫《つぶて》はかえって邪魔になる。よほどのことがない限り、下駄はこちらに預けるよう、太左衛門から言い含められていた。

しかし永田屋をはじめとする八部会の矛先は、やはりお藤に向いているようだ。

「増子屋の差配さんは、どう思うね」

いい加減のところで、永田屋が水を向けた。太左衛門の述べるとおりだと、お藤は用心深くこたえたが、熾《おこ》った火がとうとうはじけたのか、左手からお浦が真っ赤に焼けた炭を投じた。

「あんたらの言い訳なぞに、いつまでもつきあうつもりはないんだよ。どう落とし前をつけるのかってきいてんだ。こうなった以上、茂平を返すだけじゃ事は済まない。それなりの詫び料をもらわないと……」

「茂平は、増子屋の大事な寄子見習いです。このままうちに留まってもらいます」

水面に波紋が広がるように、凛とした声は、思いのほか座敷中に響きわたった。

それまで太左衛門に向けられていた目が、いっせいにお藤を刺す。それを確かめて、お浦はふたたび口火を切った。

「大事な寄子だって？　あんたは連中のことを、何にもわかっちゃいない」

お浦の目に、それまでとは違う光が灯った。怒気は同じでも、恨みは別のところに、己の来し方に向けられていた。

「あたしも亭主と一緒になったころは、あんたと同じ甘ちゃんだった。その亭主に死なれて、遺《のこ》された飯倉屋をやっていくより他に、子供らを養う当てはなかった。それから二十五年……二十五年ものあいだ、あの忌々しい寄子どもと面つき合わせてきたんだ。連中のにおいなら、嫌というほど骨身にしみついているさ」

荒い言動で鎧《よろ》っていたお浦から、本音がこぼれ落ちた。お藤の歳とほぼ同じ年月を、お浦は口入屋として過ごしてきたのだ。その辛苦がどれほどのものだったか、お藤にも想像はつく。

「連中はいわば世間からのはぐれ者。家や村からはじかれて、ただ風に舞っていた枯れ落ち葉みたいなものなんだ。総じて自堕落で怠け者、いくらかき集めても、また風にとばされる。いったい何百遍、煮え湯を飲まされてきたかわかりゃしない」

すべてにおいてだらしがなく、心根は弱くいじけている。中間はたしかに、そういう手合いが多い。女であるお浦が寄子たちを動かすには、己自身が強くなるより他になかったのだろう。ただ、お浦は強さの意味を履き違えている。強さとは決して、力だけではない。

「きれい事じゃあ、この商売は務まらない。亭主が死んでから、あたしはそうやって四人の子供を育ててきたんだ。うまくいかなけりゃ、さっさとやめればいい。そんなお気楽なご身分じゃあないんでね」

「私は、人宿をやめるつもりはありません。できれば生涯関わっていきたいと、思い定めている大事な稼業です」

お藤はきっぱりと、そう宣《せん》した。

「それに、寄子は決して、落ち葉なぞではありません。これまで一度も磨かれることのなかった金物です」

「何だい、そりゃ」と、お浦が怪訝な顔をする。

「いまは錆だらけでも、きちんと磨いてやれば銅や真鍮、いいえ、金銀にだって化けるかもしれません。人を何より磨くのは、仕事です。働くことです」

根っからの粗忽者など、この世にいない。お藤はそう信じている。

生まれたときから、ろくな目に遭ってこなかった。いじましいその記憶が、錆となって張りついて、万事に投げやりで奔放な性分となって現れる。

「各々が日々の役目を通して、己を磨く。仕事とは、そういうものです。私たち口入屋には、錆を落としてやることすらできません。それでも磨き方のこつを、教えることくらいならかないます」

語るうちに、頬が熱くなってきた。思いを籠めて語ったが、古株の者たちには、その熱はひとかけらも伝わらなかった。隣の太左衛門が、案じるように目配せする。

お藤の弁は、手ぐすねを引いて待ちかまえていた八部会の、格好の餌となった。ひときわ大きな真鯉たる永田屋が、真っ先に食いついた。

「なるほど、寄子指南が、そのこつということですか」

永田屋のひと言を呼び水に、獰猛《どうもう》な鯉が次々と口をあけた。

「だいたい、武家相手がおれたちの身上だってのに、商人相手とはどういう了見だ」

誰よりも威勢が良いのは、中間上がりの豊五屋だ。あからさまな詰問調で、お藤に食ってかかる。やはりお浦の訴えは、言い訳に過ぎない。冬屋がはじめた新しい商売が、有卦《うけ》に入りつつあるのが気に入らないのだ。

新参が玄人に立ち向かうには、隙間にからだを割り込ませるしかない。商家を相手にしたのは、ただそれだけの理由だったが、人の欲には際限がない。

多くを手にした者こそ、貪欲になる。

これまで路地裏に過ぎないと、目もくれなかった場所に、意外にも金の小粒がころがっていた。自身がそれを拾えなかったことが、悔しくて仕方がないのだ。

「武家であろうと商家であろうと、仕事を世話することには変わりはありません」

商家への口入をしている店は他にもある。しかし武家商いとくらべるとほんのわずかで、八部会から見れば塵芥に等しい金高だ。

こと儲けなら、冬屋もやはりたいした額ではない。それでも、古いやり方にどっぷりと浸かっている者ほど、新しいものにはことさら目くじらを立てる。

無償で寝泊まりさせせながら、わざわざ指南を行うなどきいたこともなく、真似しようにも一朝一夕にはいかない。冬屋の指南は、お兼という逸材あってのものであり、ただ叱るだけでは寄子も続かない。

指南最中の寄子は、ちょうど幾重にも折れ曲がった板橋を歩いているに等しい。決して幅は広くはなく、ちょっと余所見をしただけで呆気なく池に落ちてしまう。声をかけ励まし、なだめ、ときには手を引いて先を示してやりながら、無事に向こう岸まで渡してやる。それは自分の役目だと、お藤は心得ていた。

寄子それぞれの足取りを、息を詰めて見守るような細やかさが求められ、何百もの寄子を抱える大きな人宿ならなおのこと、真似るのが難しい。一方で商家のあいだでは、冬屋の評判はうなぎのぼりだ。

どんなに権威のある大名旗本も、いまや借金まみれであり、その金を融通しているのが他ならぬ商人である。いまの時代、何より力をもつ者は、武家ではなく商家だ。承知しているからこそ、八部会は増子屋を見過ごしにできない。

「この江戸では、人宿といえば武家奉公人の世話がもっぱらだ。それはおわかりですな？」

永田屋が、上座から声をかける。口調はあくまで穏やかだ。

「はい、承知しております」

「増子屋さんにも、私どもと足取りを合わせていただきたい」

「……つまり、商家との商いをやめろと？」

笑みを浮かべながら、永田屋の目が最前よりいっそう露骨に光る。

「いやいや、私どもも鬼ではありません。せっかくはじめた商売をやめろとまでは言いませんが……ただ、そうですな、商家三分、武家七分でいかがでしょう？　『人宿』としての体裁は取り繕ってもらわねば、我らの仲間と認めるわけにはいきませんでな」

いまの冬屋は、まさにその逆である。三分ほど残している武家商いも、手代たちの顔を立てているに過ぎない。ゆくゆくは一切、手を引きたいというのが本音だった。商家三分、武家七分では、商家の儲けをすべて武家商いが吸い上げることになる。それが八部会の狙いだった。

お藤はちらりと、隣の太左衛門を見た。その口許が不敵な笑みを刻み、ゆっくりとうなずく。いまのお藤には、百の味方よりもありがたい。

「それは、承服いたしかねます」

底の見えないにごった水のような。永田屋の目をとらえ、お藤ははっきりとこたえた。

座の空気が凍りつき、八部会のひとりひとりが息を呑む音すらきこえるようだ。

責め問いの白州《しらす》のようだった空気の方が、まだましだった。座敷中を満たした凍った粒が、たちまち針のように尖り出す。

「あんたは、何もわかっていない」

上座からの声が、あきらかに変わった。低く重い調子は、まるで大きく揺れる前の地鳴りのようだ。最前まで張りつけていた温厚な面は外れ、慈悲とは無縁の素顔がそこにあった。

「武家奉公人が入り用だからこそ、人宿は御上に認められている。組合もそのためのものだ。決して実入りがいいとは言い難い商売を続け、長い苦闘の末に、ようやく人宿組合は礎を築いた。いまや私らがいなければ、登城も参勤もままならない」

応じるように、どん、と畳を踏む音がした。豊互屋が片膝を立て、にらみつけていた。辛うじて保っていた商人の顔をかなぐり捨てた姿は、やくざ者と変わらない。

「てめえひとりが勝手を通せば、その不文律が犯されるんだ。ひとりがやれば、必ず真似する者が出るだろうが」

そうだそうだと、座敷中が呼応する。やはり豊互屋同様、荒くれた中身をぶちまけるようにすごんでみせる。このまま太左衛門とそろって、袋だたきにされそうだ。

怖くないと言えば嘘になる。けれどそれを凌ぐ何かが、からだ中に満ちて、恐れを押しのけていた。

「私どもは、構いません」

「何だと……」

豊互屋の眼光が鋭さを増したが、お藤は怯まなかった。いったい誰がしゃべっているのだろう、自分でも驚くほどの言葉の奔流が、口からこぼれ出す。

「良い商売となれば、誰もが真似、群がるのはあたりまえ。ですが、その中で残るのは、本当に良いものを供している店だけです。商いは、競ってこそのもの。どうすればお客に喜んでいただけるか、知恵を絞り、互いに切磋琢磨する。人宿もまた、同じではございませんか？　ここにいらっしゃる皆さま方もまた、そうやって商いを伸ばし、相応の身代を築かれたのではありませんか？」

「だから、江戸の人宿には軛《くびき》がつけられていると、言っているだろうが！」

豊冝屋が、わめき散らす。できないのではない、あえてしなかったのだ。

たしかに、人宿の苦衷は察してあまりある。戦のない平安な世では、武士の懐がふくらむ道理がない。もっとも嵩む労賃をまず切り詰め、そのしわよせを人宿に負わせてきたのだ。

そしてしたたかな人宿は、武家におもねるふりをしながら、少しずつ力を蓄えていった。

永田屋が語ったとおり、人宿と、彼らが世話する武家奉公人なしには、出仕すらかなわなくなった。

度重なる中間の粗相が、大目に見られているのもそのためだ。ある意味それを助長しているのは、当の人宿であろう。

中間たちは本来、虐げられる側にいる。世間からはぐれ、大方は他に行き場もなく、低い給金に甘んじている。その腹いせの矛先は、支配する側の武家に向けられる。

駕籠をわざと揺らしたり、行き合った他家の登城行列と派手な諍《いさか》いをする。このくらいならまだ可愛い方だ。行列の先頭で、まるで軽業師《かるわざし》のように槍をふり回し弄《もてあそ》ぶ。お礼参りと称して、己を首にした武家屋敷を徒党を組んで襲う。そのような狼藉すら、決してめずらしくはなかった。

そこまで非道を働かれても、当の武家は叱ることさえできないのだ。

中間たちは横の繋がりが強い。万一そっぽを向かれ、奉公人が集まらないとなれば、即座に毎日の勤めにさしさわる。

三十年ほど前、さる武家が中間の狼藉を許さず、その場で斬った。

何と勇気のある行いかと、世間からは褒めそやされ、けれどその後は、一度も同じ話をきかない。斬ったのは厳格な気性で知られた老齢の武士だったというが、何十年も語り草になるほどの珍しい一件であったと同時に、追随する者がいなかったのは、当の武家がそれなりのしっぺ返しを受けたからではなかろうか。

己の屋敷の奉公人をまともに叱ることすらできず、一切の責めを人宿に負わせようとする。そのような武家が相手では、人宿もしたたかになるより生きる道がない。長きにわたる歪んだ関係が、武家と中間、そしてあいだに立つ人宿とで続けられてきたのだ。

お藤が冬屋に来た晩、島五郎が言った。

——何をどうやっても、あっちこっちで阻まれる。動けば動くほど、悶着の種が増える。まるで蜘蛛の巣にかかったようなもんだ。もがいた分だけ糸がからまり、終いには、てめえがどっちを向いてるかさえ、わからなくなる。

いまさらながら、島五郎の無念が身にしみる。島五郎を阻んだのは、古い因習だ。誰かに訴えれば、何かを工夫すれば収まるという、単純なものではない。人宿にしみついた因果は、武家社会そのものを変えねば直しようがない。いわば大き過ぎて形すら定めることのできない化け物だ。

目の前の八部会は、その化け物にとりついた小判鮫だった。それはそれで、生き抜く知恵と言える。認めた上で、お藤はいま一度、八人の顔役に告げた。

「増子屋の差配として、皆さまの意向に沿うことはできかねます」

「己が何を言っているのか、わかっているのか」永田屋がたずねる。

はい、と覚悟を伝えるより早く、隣から声がとんだ。

「わかっておりますとも。この増子屋が主、太左衛門が、念を押させていただきます」

太左衛門が畳に手をつき、芝居がかった仰々しさで頭を下げる。お藤もそれに倣《なら》った。

八部会に、正面きって戦を挑むに等しい。なんて馬鹿な真似を、愚かにも程がある！

血相を変える島五郎が浮かび、伏せた顔に笑いがこみ上げた。

よかろうと、永田屋が短く告げた。

無罪とはいかなかったが、これで永田御殿から放免される。しかし、その推量は外れた。永田屋が、豊五屋に目で合図する。心得た豊五屋が後ろをふり返り、閉じた襖に向かって声を張り上げた。

「そういうことでさ、旦那。話し合いは、物別れに終わりやした。面目ねえが、旦那の手を煩わせる羽目になりそうでさ」

一拍おいて、豊五屋の背中の襖がすらりとあいた。

あ、と叫びそうになる口を、お藤は辛うじて手でふさいだ。

ひときわ手の込んだ印半纏。以前会ったときは紫紺の夏物だったが、今日は紅樺《べにかば》と呼ばれる渋い赤。刺繍で浮き上がった、黒い折れ鷹羽だけは同じものだ。

現れたのは、黒羽の百蔵だった。

永田屋が、つかのま消していた余裕の笑みを浮かべなおす。

「増子屋さんは、初めてでしたかな。こちらは下総矢垣《やがき》十万石、成美《なるみ》家にお仕えする……」

「そんな長ったらしい肩書をつけられちゃあ、おれですらどこのどいつかわからねえよ、永田屋さん」

「たしかに……黒羽の百蔵の方が、よほど通りがよろしいですな。黒羽の旦那には、当八部会の相談役をお願いすることになってね」

　ものに動じない太左衛門の顔が、かすかに引きつった。お藤はそれすら気づかず、穴があくほど百蔵を見詰めた。ぶしつけな視線を受けとめ、百蔵がにやりとする。

「増子屋の旦那さんとは初見だが、となりのお女中……いや、差配さんか。たしか、お藤さんといったな、達者なようすで何よりだ」

　座の一同が、ざわめいた。皆を代弁するように、豊五屋が訝しげにたずねる。

「旦那、この女をお見知りですかい」

「見知りというほどの馴染みじゃねえ、残念ながらな。日本橋を通った折に、増子屋の手代から顔繋ぎしてもらっただけだ」

　余計な詮索は、疑心を生む。ありがたいことに、百蔵はそれで通してくれた。けれどこの男を担ぎ出した、八部会の意図はあきらかだ。八部会に従わない者を、徹頭徹尾排除する。それを知らしめるための、いわば旗印である。

　百蔵がひと声かければ、江戸中の武家奉公人が集まる。江戸中の中間陸尺を、動かすことができる。島五郎は、そう言っていた。

　この男が後ろ盾となれば、八部会にとっては鬼に金棒だ。

「この悶着をどう捌けばよいのか、私どもとしては万策が尽きましてな。ひとつ相談役から、よい思案をお願いできませんか」

「悶着ってのは、飯倉屋さんの一件かい？」

最初から隣座敷できいていたのだろうか。お浦もまた、知らされてはいなかったようだ。名を呼ばれたとたん、びくりとからだをはずませ、畳に這いつくばるように頭を下げた。

「そうだな……証文云々よりも、双方の気持ちをどう収めるかが大事だろうな」

「仰るとおりです」と、永田屋が追随する。

「寄子がひとり、飯倉屋から増子屋に移った。当の寄子を留めるというなら、増子屋から別の寄子を飯倉屋に入れる。それが筋だろう。ま、悶着の詫び料込みで、五人くらいが手の打ちどころだろう」

頭を上げたお浦は、こぼれ落ちる笑みを隠そうともしない。無茶なようでいて、決して悪い話ではない。寄子志願の者から、中間に向いていそうな者を五人ばかり、飯倉屋に紹介するだけで事は足りる。

けれどそれでは、お藤の中の筋が通らない。冬屋を頼ってきた時点で、お藤は彼らの人生に少なからず関わっている。たとえ冬屋の抱えにできずとも、火箸で寄子を打ちすえるような女のもとに、行けと命じるなぞとてもできない。ひとりひとりが、大事な己の人生を抱えている。冬屋の尻拭いのために、五つもの人生を狂わせることなぞしてはならない。

「承服、いたしかねます」

先刻と同じ返事を、お藤は告げた。先刻以上の驚愕と非難が、無言となって座敷に満ちる。百蔵が、沈黙を破った。

「威勢のいいのは結構だが、もう少しものを考えてから、口に出した方がいい」

「これは口入屋としての芯に関わること。曲げるくらいなら、金輪際、口入稼業から手を引く方をえらびます」

言い切って、百蔵を正面から見据えた。凄みを帯びたその目は、永田屋にくらべればよほど澄んでいる。だからこそお藤ははっきりと悟った。

百蔵は決して味方ではない。八部会には人宿を束ねる立場があり、百蔵には数多《あまた》の中間を率いる意地がある。お藤と同様、どちらも芯は曲げられない。

「姉さん、手を引けるうちはまだいい。潰されちまったら、元も子もねえだろう。まさかこの黒羽の百蔵に、真っ向勝負をいどむつもりかい」

明らかな恫喝《どうかつ》であり、最後通告でもある。

受けて立ったのは、お藤ではなく、太左衛門だった。

「相手としては大いに不足でしょうが、恐れながらこの増子屋太左衛門、逃げも隠れもいたしません。ひとつ、『真っ向勝負』をお願いいたします」

予測を裏切られたのか、見開かれた百蔵の目が太左衛門を映し、すぐさま不敵な笑みとなった。

「おれはやるとなったら、手加減はしない。せいぜい戦仕度に精を出すんだな」

捨て台詞とともに、紅樺色の看板がひるがえる。座敷を出ていくその背中には、大蛇が鎌首をもたげていた。百蔵を見送って、豊亙屋が呟いた。

「ここまで考えなしだとは、さすがに思わなかった。てめえらが何をしたか、本当にわかっているのか？　あの黒羽の百蔵に、喧嘩を売ったんだぞ。百遍殺されたって、文句は言えねえ」

さっきまで誰よりも勢いのあった豊亙屋が、色をなくしている。百蔵の怖さが、骨身にしみているようだ。我がことのようにうろたえたが、永田屋はより冷酷で、意地が悪かった。

「いいじゃないか、豊亙屋さん。きっと祭りよりも面白い見世物になる。私らはひとつ、高みの見物をさせてもらおう」

八部会の面々を残し、お浦とお藤、太左衛門は先に席を立った。

どっしりと構えた長屋門を出たところで、お浦がふり返った。

「寄子を舐めてかかれば、かならずしっぺ返しを受ける。これは真実《ほんとう》だよ」

怨念を煮詰めた呪詛《じゅそ》のような言葉は、他ならぬお浦自身を縛ってきたのだろう。それでもお藤には、嫌みではなく忠告にきこえた。

「お心添えとして、覚えておきます」

道に敷き詰められた落ち葉を踏みしめながら、お浦が去っていく。

痩せぎすの背が塀の角を曲がり、見えなくなったとたん、膝が急に笑い出した。

いままでどうにか抑えていた恐れと不安、さらに焦りが、いっぺんに噴き上げて、お藤はその場にしゃがみ込んだ。

お藤の膝元で、枯れ落ち葉がかさりと潰れる。己の身が、同じくらいに頼りなく思えた。


「どうだい、少しは落ち着いたかい」

銚子を手にした太左衛門が、座敷の内から声をかける。庭に向かって縁に座したお藤は、ふり返って小さくうなずいた。

「厄介をおかけしてすみません。もう大丈夫です」

「まあ、連中とあれだけやり合ったんだ。無理もないさ」

八部会と百蔵との対決に、精根を使い果たしてしまったのだろう。永田御殿を出ると歩くことすらおぼつかず、太左衛門はそんなお藤を、湯島聖堂前の料理屋で休ませた。

奥まった場所にある小体《こてい》な店で、門前町にしてはしごく静かだ。寒の時期にはめずらしい穏やかな日差しが、沈丁花《じんちょうげ》や椿の緑に落ちていた。

「それより、どうしましょう、旦那さん。あたしときたら、とんでもないことを……このままじゃ冬屋どころか、他の増子屋にまで累がおよびます」

門を出たとたん、現実がふいにのしかかって、お藤を押し潰した。動けなくなったのには、その理由もある。

己の信念を通せば、必ずどこかにしわよせがいく。世間とはちょうど、森や林に似ている。自分はまっすぐに伸びれば良いと、ひたすら上を目指していけば、枝葉に日をさえぎられて育たぬ草木や、隙間を這うように曲がりくねった蔓や蔦《つた》が群がる。曲がらなければ、生きていくことすらできない。むしろそれがあたりまえで、だからこそ正しいことは往々にして通らない。互いが折れ、曲がることで、妥協し譲り合う。それができないのは、子供だけだ。

お藤の子供じみた行いで、四軒の増子屋が危難にさらされている。遅まきながらお藤は、事の大きさに思い至った。

「乱暴狼藉はもちろん、どんな邪魔や嫌がらせをしてくるかわかりません。旦那さんやおかみさん、奉公人ばかりでなく、出入りの者やお客さまにまで難儀をかけてしまいます」

中間はやくざ者と変わらない。むしろ渡世人の掟に縛られていない分、もっと厄介かもしれない。

「こんなところで油を売っている間に、すでに災難を被っているかもしれない。一刻も早く増子屋に戻って、皆に知らせないと……」

「そう慌てなさんな、あんたらしくもない。ほら、これを呑んで、少しは落ち着きなさい」

慌しく腰を浮かせたお藤に、太左衛門が盃をさし出す。喉が渇いていたこともあり、促されるまま二杯あおった。

「ただではすまないことくらい、私も了見しているさ。それを承知で、喧嘩を売るような真似をした。お藤さんが何を言っても、私がとりあわなけりゃ、あの場は事なきを得たろう」

たしかにそのとおりだ。お藤はあらためて太左衛門をながめた。

「どうして旦那さんは、そうなさらなかったんですか？　増子屋のためを思うなら、たしなめて然るべきです。なのに止めるどころか、煽《あお》るような真似をなさった」

「煽ったと言われれば、そうなるかね」

「いまとなっては、そこまでなさる理由《わけ》がわかりません」

お藤は己の信念を貫いただけだが、太左衛門がつき合う謂れはない。そこまでお人好しでもないはずだ。よくよく考えてみれば、太左衛門の言動こそ無謀と言える。たしかに肝の太い男だが、それだけでは商いは回せない。

もともと増子屋は、太左衛門の父親が一から築き上げた油問屋である。それを息子は、わずか十二年で四軒に増やした。

江戸近在の百姓に菜種を作らせ、直に仕入れて仲買料をはぶいたり、率のよい搾油の仕方なども工夫して、廉価で質のよい油を商った。それが油屋の身代を大きく肥やし、二軒目の蠟燭屋、三軒目の合羽屋も同様に、常に新しいやり方を試してきた。

しかし新規なものが古いものと衝突するのは世の常だ。太左衛門はその不和を、巧みな弁と粘り強さで乗り切ってきた。たとえ断られても何度でも足をはこび、互いの利の出所を勘案し納得させる。そのしぶとさで、増子屋は間口を広げてきたのである。

そんな太左衛門には、八部会のやり口がことさら鼻についたのかもしれない。それでもあえて事を構えることをせず、八部会の追及をかわしながら互いの利をうまくはじき出す、あるいは先の関わりに繫がるような根回しをする。太左衛門ならその方法もとれたはずだ。

「見捨てずに、最後まで後押ししてくださった。あたしには何よりもありがたく、恩義に感じます。ただ、増子屋のためにならないと知りながら、どうしてあそこまでなすったのかと」

「言われてみれば、そうか……たしかに増子屋の主としちゃ、浅はかだな。まあ、八部会のわからずや加減が、見当を上回っていたこともあるが……」

あらためて自身でこたえを探すように、太左衛門はしばし考え込んだ。

「たぶん、何よりのわけは、お品かもしれない」

「おかみさん、ですか？……まさかおかみさんが、そうしろと？」

「いやいや、そうじゃない。あれは商いにはまったく頓着しないからな。それでも増子屋がここまでになったのは、あれのおかげだ。私はそう思っていてね」

意外な話だった。亭主が語ったとおり、お品は店の内証にも商いそのものにも興味がなさそうに見える。

「お品と一緒になったのは、親父から身代を譲られたときだ。きいているかい？」

「はい。たしか、十二年前ですね？」

うなずいて、太左衛門は見合いの席で、初めてお品に会ったときの話をした。

「さる料理屋で見合いをしたが、お品にはまるで他人事でね。私にも見合いにもさっぱり興を寄せず、座敷から見渡せる、庭ばかりながめていた」

「いかにも、おかみさんらしい」

たやすく想像がついて、お藤は口許をゆるめた。

「向島《むこうじま》にある田舎家風の料理屋で、大きな泉水を配した庭が自慢だった。たしかに見事な庭ではあったがね、お品があまりにあからさまなものだから、つい横紙破りをしたくなった。私自ら庭を案内すると申し出て、親や仲人を遠ざけた」

「おや、まあ、それはたいした度胸ですね」

見合いというものは、いわば親が相手を見極めるためのものだ。当人同士が言葉を交わすことすらめずらしい。

「けれどお品は、やっぱり我関せずでね。こう見えて、相手を楽しませることにかけちゃ、自信があったんだがね。精一杯、面白おかしい話をしても、心ここにあらずだ」

「さすがの旦那さんも、形無しですね」

「まったくだ。唯一、興を寄せたのが、池にいた蟹でね」

「……蟹、ですか？」と、つい間抜けな顔になる。

「泉水のほとりで、ふと足を止めてね。じいっと目を凝らしている。何かと思えば沢蟹でね」

水辺から離れた岩の上に、赤いものが張りついていた。大人の掌にも余るほどの、ひときわ大きな沢蟹だった。

『あれ、美しいわね』

それまで相槌すらろくに打たなかったお品が、初めて口をきいた。甲羅の見事な緋色が、お品の気を引いたのだ。十九の娘にしては子供じみている。それでも太左衛門には、空ばかりに焦がれていた天女が、ふと人界をふり向いたように思えた。

「近くでながめたいとお品は乞うたが、料理屋の泉水に舟を浮かべるわけにもいかない。

だから私が池に入って、その蟹をとってきた」

「とってきたって、池を泳いだんですか？」

「ああ、むろん頭からずぶ濡れで、髷もぺしゃんこだ。情けない姿だったが、蟹をさし出すと、お品は初めて私の顔をながめてね、笑ってくれた。一緒になろうと決めたのは、そのときでね」

太左衛門が気に入ったのは、天女のような美貌だけではなしに、自由に満ちたお品の気性であった。

「あたりまえのことを人並みにやっても、あれは喜ばない。世間とは同じ地面を歩いていないからね」

「たしかにおかみさんは、そういうお方です」

深くうなずきながら、頭に浮かんだのは元亭主の巳兵衛のことだ。

——世間並みの幸せという型に、あなたを嵌めようとした。そういうことでしょ？　巷で流行っているものをひっくるめて、さあ、どうぞ、と土産にするようなものじゃない。

お品はそう巳兵衛をこきおろした。世俗の型に嵌まらないお品の言い分は爽快であり、同時にお藤が長らく抱えていた、罪の意識をかるくしてくれた。独特のその物差しは、太左衛門にとっても貴重であるようだ。

「人が尻込みするような、世間があっと驚くようなものを、求められているような気がしてね。自ずと商売も、人とは違うやり方を試みるようになった。何のことはない、女房におだてられて、うまく操られているようなものだよ。おかげで十年そこらで、暖簾を三枚も増やすことができたがね」

増子屋の繁盛は、お品あってのものだ。少なくとも太左衛門は、そう信じていた。子ができないにもかかわらず妾をもたないのも、女房への感謝の念故だろう。

夫婦というものは、本当に外からはわからない。半ばうらやましさの交じった、ほほえましい気持ちがわいた。

「永田御殿での始末も、実は同じでね。八部会や黒羽の百蔵と、正面から勝負する。お品が何より面白がる趣向となれば、あれしかなかろう。ましてや悋気づいてお藤さんを見限りなぞしたら、あれが実家《さと》に帰ると言い出しかねない」

「惚れた女房のために、身代を賭すということですか」

「その台詞は、たいそう粋にきこえるが」

「ただ、増子屋で働く皆さまには、申し訳なく思います。奉公人の数だけでも、四軒合わせて五十人は下りませんし」

「心配にはおよばない。いよいよのときはそれこそ口入に精を出し、次の奉公先を世話してやるさ。親父から継いだのは油屋一軒、あれくらいなら一から出直してもまた建てられる。お品も別に、文句は言わんだろう」

「旦那さんもおかみさんも、変わり者です。これは褒め言葉ですが」

「そいつはあんたも同じだよ」と、太左衛門が笑う。

何とも頼もしい味方を得たものだ。太左衛門とお品の夫婦が、どんなにありがたい存在か、お藤はあらためて深く心に刻んだ。

「旦那さん、そろそろ戻りましょう。あたしも何だか、おかみさんの顔を拝みたい気持ちになってきました」

「お藤さんも愛想がないね。せっかくこんな場所でふたりぎりなんだ、何ならしっぽりと、どうだね？」

「それもおかみさんに、お知らせしないと」

互いの冗談に笑い合い、料理屋を出た。店の前で太左衛門は、思い出したようにつけ加えた。

「そういえば、無茶を通したのには、お品の他にもうひとつわけがあってね」

「何でしょう？」

「あの黒羽の百蔵さ」

空にはちぎれ雲がふたつ。八部会とのいざこざなど夢であったかのように、冬晴れの空に呑気に浮かんでいた。

「大の大人がふたりも雁首《がんくび》そろえて、何だってそんな始末になったんだ！」

見当どおり、冬屋に帰ると、島五郎からこっぴどく叱られた。

「これなら鶴松を行かせた方が、まだましだった。少なくとも連中とやり合おうなんざ、馬鹿はやらかさねえからな。愚かにも程ってもんがあるだろう！」

名を出された鶴松が、帳場の陰で首をすくめる。描いたとおりの言い草がおかしくて、それまで引きしめていた口許が、うっかりとゆるんだ。

「笑いごとじゃあ、ねえんだぞ。明日っからうちの連中は、外を歩くことさえままならなくなる。いつあいつらに襲われるか、わからねえからな」

暖簾を下ろした店には、手代三人とお兼と鶴松が顔をそろえている。番頭の七郎兵衛には、主人の太左衛門が伝えることになっており、新参の手代の泰治は、めずらしく帰りが遅かった。お藤は泰治を待たず、店に皆を集めた。

「島五郎さんの言うとおりでさ。女衆や小僧はもちろん、おれたちだってひとり歩きは避けた方がいい」二の手代の与之助が身震いし、

「おいら、明日っから、実蔵さんと一緒にいていいですか？」

先日のお浦の一件で、すっかり実蔵に懐いた鶴松は、すがるような目を大柄な手代に向ける。

「あたしらよりも、お客が危ないと思うがね。嫌がらせのたぐいは連中の常套だ。せっかくつかんだ得意先にまで出張られちゃ、すぐにもおまんまの食い上げだよ」

寄子の奉公先たる商家が心配だと、何よりの懸念をお兼が口にした。

「皆の案じようはもっともだけれど、おそらく、そういう卑怯な手には訴えないと思うよ。そのための『真っ向勝負』だからね」

「どういうことだ？」と、島五郎が濃い眉を寄せる。

「黒羽の百蔵なら、果たし合いの相手に、小細工は仕掛けてこない。旦那さんはそう読んで、わざと勝負をいどみなすったのさ」

日々の小さな嫌がらせこそが、何よりも厄介だ。貪欲な蛭《ひる》のごとく、とり去るのは容易ではなく、気づけばたんまりと血を吸われている。それならいっそ大きく事を構えた方が、まだしも勝算があろう。料理屋を出た折に、太左衛門はお藤にそう説いた。

「火事やら大水やらのたびに、感じるんだ。人ってのは、たくましいもんだとね。大きな災厄には、皆が一丸となって事に当たるだろう？」

たとえ大黒柱が倒れても、皆でいっせいにもち上げれば、また立て直すことができる。あちらこちらに付け火をされるよりは、よほどましだと太左衛門は判じた。

「八部会は、卑怯な手が得意でね。やり合うのは骨だったが、黒羽の百蔵が出てきてくれたとき、まだ勝算はあるとひらめいた。噂はかねがね、きいていたからね」

「あの人なら、裏から手をまわすことはしないと？」

「少なくとも、真っ向勝負をいどんだ相手には使わない。というか、使えない。ひと声かければ、千人もの中間が駆けつける。そんな男がみみっちい嫌がらせに終始しちゃあ、名折れにこそなれ自慢にはならない」

なるほどと、太左衛門の読みの深さに、お藤は大いに感心した。

冬屋の皆も、同じ表情でうなずき合う。ただひとり、島五郎だけは緊張を解かなかった。

「大きな災難で一切を失う奴もいる。身薄《みうす》の者ならなおさらだ。冬屋はもちろん増子屋ですら、連中にとっちゃ吹けばとぶよな頼りなさだ」

「そうかもしれません」

と、お藤は、できるだけ落ち着き払って応じた。上に立つ者が動じれば、下はさらに大きく揺れる。ふりでも構わない、お藤が泰然としていれば、少しは余裕が生まれるはずだ。

「ですが弱い立場だからこそ、できることもあります。たとえ力では敵わずとも、あたしらにしかできない抗い方があります」

「いったい、何ができるってんだ？」

「正直、相手の出方がわからないいまは、手の打ちようもないがね」

「そんなこったろうと思ったぜ」

島五郎が苛立たしげに、ばりばりと頭をかく。お藤はその背後にいた二の手代に言った。

「与之助、おまえの早耳を使って、向こうの手の内を探れないかい？」

「そいつは勘弁だ。のこのこと黒羽の前に姿を見せりゃ、たちまち袋だたきにされちまう」

「自身じゃなく、別の者を行かせちゃどうだい？　おまえの耳に話の種を吹き込む輩は、ひとりふたりじゃないんだろ？」

百蔵の息のかかっていない者もいるはずだ。お藤は水を向けたが、与之助は首を横にふった。

「たとえ世話にはなっていなくとも、あの旦那は中間衆にとっちゃ旗印みてえなお人だ。おいそれと裏切るなんざ、できやしねえ」

「旗印ですか……」

お藤の呟きには、島五郎が応じた。

「あの旦那は、変わり種なんだ。金と力でのし上がったのは、その辺の頭衆と同じだが、中身がちょっと違う」

「違うとは、どの辺が？」

「まず中間にはめずらしく、武芸が達者でな。たぶん柔術か何かだろ、でかい相手でも、面白いほどころころと投げられるそうだ」

お藤は相槌を打ちながら、昔自分を助けてくれた侍の姿を思い浮かべた。

「金の稼ぎ方も、やっぱり違ってやしてね」と、与之助が続いた。「下っ端の中間たちから搾りとるのが常道ですが、あの旦那は、それこそ話種《はなしだね》を売るんでさ」

「話種を、売る？」

「お武家から拾うあれこれでさ。なにしろ黒羽の旦那のもとには、江戸中の屋敷から、話種が集まりやすからね」

役目替えや跡目相続はもちろん、噂話や、当人たちがひた隠しにする秘密のたぐいも少なくない。与之助は明言しなかったが、武家を脅して金を巻き上げることもあるのだろう。百蔵はその方法で己の懐を肥やし、それをふんだんに撒き餌にすることで、さらに多くの中間を手なずけた。

その仔細を欲したとすれば、八部会が百蔵と手を組んだのもうなずける。

「下の連中には、ひどい阿漕はなさらねえ。だからどこの中間からも、存外慕われておりましてね」

「そうでしたか……」

敵だとわかっていながら、つい口許に微笑がわいた。島五郎ににらまれて、急いで引っこめる。

「だからこそ、相手にすれば難物なんだ」

たしかにそのとおりだ。なめらかな石垣にも似て、覗こうにも穴がなく、のぼる足がかりも見つからない。思わずため息をついたときだった。まったく別の厄介が、息せききって店にとび込んできた。

「差配さん、大変なことになっただ！」

血相を変えているのは、手代として寄子の世話をしている泰治である。

「うちの寄子が……奉公先で盗みを働いて、店からいなくなっただ！」

からだ中の血が、ひと息に凍ったようだった。永田屋敷で感じたものとは違う、足の下の板が外れて、地の底まで落ちていきそうな恐怖が、お藤を襲った。

――寄子を舐めてかかれば、かならずしっぺ返しを受ける。これは真実《ほんとう》だよ。

去り際に飯倉屋のお浦が放った言葉だけが、耳にわんわんとこだました。

15

飯倉屋お浦の、不吉な予言は的中した。

冬屋が世話をした寄子が、奉公先で盗みを働き、金をもって逃げた。決してあってはならない粗相であり、こういう始末を避けんがために、それぞれの寄子の性分を見極め、心を砕いて指南を施してきた――そのつもりでいた。

「あまりにも、間が良過ぎる。もしや、八部会の仕業じゃあねえのか？」

手代頭の島五郎は、その懸念を口にした。

騒ぎを起こした寄子の名は、宗助《そうすけ》。安房《あわ》から出稼ぎに来た、二十四になるひとり者で、線の細い臆病そうな男だ。いつもおどおどして、遠慮の過ぎるきらいはあったが、細かなところによく気のつく男で行儀もよかった。半月の指南を終えて、先月、深川木場《きば》の材木問屋で奉公をはじめ、わずかひと月余りしか経っていない。

折しも人宿組合の顔役たる八部会から、呼び出しを受けたばかりだ。島五郎が疑うのも無理はないが、その日のうちにというのはあまりに早すぎる。おそらく関わりはないと考えた方がいい。

「わけはともかく、いまは一刻も早く、逃げた寄子を捜し出さないと……行きそうな場所に、心当たりはありませんか？」

お藤は指南にあたったお兼と、世話役の泰治にたずねた。

「江戸には縁者はいねえから、心当たりと言えば、やっぱり国許の安房でねえかと」

房総半島の突端に位置する安房は、陸路では遠いが幸い船が通っている。明日の朝、泰治を行かせることにした。泰治はすぐに承知したが、何よりの気がかりを口にした。

「差配さん、木場の方はどうするだか？　晴菖《はるしよう》の旦那さんは、えれえ剣幕で……」

「訪ねるには遅い刻限ですが、木場の旦那衆は気が短いときいているからね。これからすぐにお詫びに伺います」

主人の太左衛門に話を通し、そろって深川へ赴いたが、晴菖の主人は顔さえ出してくれなかった。やたらと体格のいい手代に、「どうぞ、お引き取りを」とすごまれて、ろくに詫びすら言えぬまま退散する羽目になった。

八部会や黒羽の百蔵と対立し、その後に寄子の逃亡騒ぎである。心底疲れ果てていたが、その夜はひと晩中、よく寝つけなかった。

翌日から、お藤は木場の晴菖に日参したが、やはり主人の顔を拝むことすらかなわない。一方で、宗助の行方も杳《よう》としてつかめなかった。安房に行かせるつもりであった泰治が、急に忙しくなり、からだがあかなくなったからだ。

どうしてだか不運は、団子になって続けざまに起こる。

まるで宗助が作った破れ目から、次々と人が落ちるように、翌日から寄子の不始末が相次いだのである。急な病を訴えて店を辞めた者がひとり、他の奉公人と喧嘩沙汰を起こした者がひとり、盗みこそしなかったものの、宗助同様、黙って店からいなくなった欠落がひとり。ほんの四、五日のあいだに、次から次へと悶着が増える。

店中がてんてこまいとなり、とても安房に人をやる余裕などなくなった。仕方なくお藤は、安房と江戸を船で行き来する干鰯《ほしか》問屋を頼ることにした。安房で買い付けをする手代に、宗助の故郷の村に足を運んでもらうことにしたのだ。

「こんな大事なことを人さまに任せるなんて、本意ではないのだけれど……」

何が起ころうと、精一杯向き合えるなら悔いはない。いまのように、東を向いていたのを西に裏返され、今度は南だとまた向きを変えられては、物事をきちんと見ることすらかなわない。お藤はいまさらながら、上に立つ者の苦労を思い知らされた心地がした。

「やっぱり、八部会の連中の嫌がらせじゃねえのか？」島五郎は同じ懸念をくり返したが、

「永田御殿で、変なものにでも憑かれたんじゃないのかい？どこぞでお祓いしてもらっちゃどうだい？」

お兼など、真顔で気味悪がる始末だ。それでも度重なるうちに、あることが見えてきた。

「悶着を起こした者は、最初の宗助を含めて、すべて七番組と八番組の寄子でね」

「それって、もしや……」

ええ、とお藤も、沈痛な面持ちでうなずいた。

冬屋をふいに襲ったのは、決して狐狸《こり》のたぐいではない。お藤から告げられて、お兼も遅まきながら気づいたようだ。さっきとは違う物の怪に出遭ったような、そんな顔を

する。

「指南を半月に絞ったのは、七番組からだったね」

九番組は、未だ指南の最中にある。半月の指南で奉公にあがったのは、七番組と八番組に限られた。

「半月指南には、大きな粗《あら》がある。とどのつまり、そういうことかい」

ついぞこの女からは出たことのない、湿っぽいため息をお兼は吐いた。

「教えることは、すべて半月のうちに、やりおおせたはずなんだがね」

「二十日指南までは、何の障りもなかったのに……二十日ならよくて、半月ではいけないってことですかね」

「たった五日なら、たいして違いはなさそうに思えるが」

「半月指南のいったい何がいけないのか、その大本がわからないことには、手の打ちようがありませんね」

女ふたりでしきりに首をひねったが、埒があかない。意外にも、誰より先に思い当たる顔をしたのは、寄子の世話役を務める手代であった。

「おらには何となく、わかる気がしますだ」

いつまでも泥くささが抜けないが、かえってそれが故郷のにおいを運んでくるようで、同様に田舎育ちの寄子たちは安心できる。お藤はあえて、泰治にはそのままで構わぬと伝えてあった。

「二十日と半月では、何か違いがあるのかい、泰治?」

「うまくは言えねえども、半月じゃ短すぎるようにも……」

「だから、その差がどこにあるのかって、きいてんじゃないか」

せっかちに突っ込むお兼を制し、お藤はあらためて泰治にたずねた。

「おまえも、もとは一番組の寄子だった。寄子のことなら、店内の誰よりも詳しいはずだ。心当たりがあるなら、教えておくれ」

熱心なお藤の目とぶつかって、泰治は大きくうなずいた。

「たぶん、差配さんがおらたちにしてくれた話でさ」

唐突過ぎて、何のことかわからない。ひとまず辛抱強く、手代の話を拝聴することにした。

「お兼さんの、操り人形になれと。おらと春さんが弱音を吐いた折に、そう話してくれただ」

「ええ、たしかに」

お藤はようやく合点がいったが、当のお兼には初耳だったのだろう、意外そうな顔をした。

「差配さんが何をおらたちに含めたかったのか、いまならわかります。だども指南を受けていたころは、得心がいくまでに暇《いとま》がかかりました」

「それも、よくわかるよ。あれはあたし自身の、しくじりから得たことだからね」

「差配さんの……そうでしたか」

「駿河屋に奉公にあがった折に、たいそう怖い下男がいてね」

「たいそう怖い、というと……」

どちらが上かと言いたげに、泰治がちらりとお兼を見やる。思わずふっと笑いがもれた。

「誰かさんのように、決して口やかましいわけじゃなく」

「口やかましくて、悪かったね」とすかさずお兼が返す。

「五作《ごさく》という年寄で、むしろ日頃は、むっつりしたまま黙々と仕事をこなす人だった。ただ、ふいに癇癪《かんしやく》を起こすときがあって、いきなり間髪いれずに怒鳴りつける。旦那やご隠居の前でもお構いなしで。もう怖いの何のって……雷を落とされたとたん、誰もがまるで死んだ蝉のように固まっちまってね」

ましてや十四のお藤には、怒った五作の顔は、不動明王より恐ろしく思えた。駿河屋に入りたてのころは、その雷がことさら多くお藤に向かって落とされたが、いったい何が雷を呼ぶのか、さっぱりわからない。次はいつ落とされるかと絶えずびくびくしながら、それでも弱音は吐くまいと歯を食いしばって日々を送った。

三月ほど経ったころだろうか、久方ぶりに隠居の睦右衛門とふたりきりで顔を合わせた。

「どうだ、お藤、少しは駿河屋に慣れたかね？」

隠居にしてみれば、挨拶代わりのかるい言葉だったかもしれない。けれど柔和な眼差しにぶつかったとたん、張り詰めていたものがぶつりと切れて、堰《せき》を切ったように涙が止まらなくなった。

「やることなすこと、五作さんの癇に障るようで……どうしていいか、わからなくて」

それまで胸に溜め込んでいたものが、嗚咽《おえつ》とともにこぼれ出た。決して隠居に向かって、五作の咎を訴えたわけではない。お藤はただ、雷除けの護符が欲しかった。

お藤の涙が一段落すると、睦右衛門は穏やかにたずねた。

「お藤は、五作が嫌いか？」

「……いいえ。怖いけど、五作さんは立派な人です。仕事ぶりには、きちんと芯が通っています」

少し考えて、お藤はこたえた。五作は働き者で、口先の世辞やごまかしに頼ることのない実直な男だ。尊敬しているからこそ、認めてもらえない己がいっそう不甲斐なく思える。お藤がそう告げると、隠居は口許をゆるませた。

「五作は、あれは、駿河屋にとっては生き字引のような男でね。なにせわしが生まれるより前から、駿河屋に奉公しているからな。誰よりもこの家の裏仕事を承知している。だからな、お藤、まずは五作をよく見ることだ」

「よく、見る……？」

「そう、もっとも間違いのない手本と思って、じっくりと五作をながめてみなさい」

びくびくと怯えていては、相手を正面から見詰めることなどできない。恐れず、腹を据えろ。隠居の言いたかったことは、そういうことであろう。

「見て、どうするのですか？」

「見て、あとは倣え」

「倣う？」

「五作のやり方を真似て、言われたとおりに動いてみなさい。わからなければ、他の者ではなく、五作にきけ。教えを乞う者を怒鳴りつけるような真似は、あれはせんからな」

「……それは、五作さんの操り人形になれと、そういうことですか？」

「操り人形か……きこえは悪いが、言い得て妙だ。騙されたと思って試してみなさい」

ちょうど大人の理屈を、子供が理解できないのに似ている。入りたての者には、その家のしきたりが奇妙に映るときがある。まっさらな正しい物の見方ではあるのだが、さまざまな事のしだいを鑑みて、按配した上で行き着いた、ひとつの結果だということはわかりようがない。

しきたりとは、先人があらゆる知恵を絞って完成させた、歴史であり伝統である。むろん、その上にあぐらをかき、できないことの言い訳にするようでは、八部会のように腐れの温床にもなり得るが、しきたりはいわば柱を支える確固たる土台でもある。無闇にほじくり返しては、柱を倒すことにもなりかねない。

お藤には、それがわかっていなかった。

生来の我の強さもあろうが、実家の旅籠で身につけた慣《なら》わしが、何をするにもまず先に出た。それが五作の癇に障ったのであろう。おそらくは睦右衛門は、そこまで察した上で十四の娘にすべて語ることはせず、ただ五作を手本にしろとだけ告げたのだ。

溜め込んでいた胸の中の灰汁《あく》が、涙と一緒に流されて、すっきりしたためかもしれない。お藤はその忠告に素直に従った。五作の一挙手一投足を真剣にながめては、やりようを真似、ひとつひとつの仕事をよりていねいに遂げるよう心がけた。

隠居の与えたこの妙薬は、思うよりもずっと効き目があった。

古臭いやり方にしか見えなかった物の本質が、不思議にも見えてきたのである。なるほど、こういうわけがあったのかと納得し、この間違いを避けるために念を入れていたのかとうなずく。

五作は決して、鈍い男ではない。お藤の変化に、誰よりも早く気がついた。お藤に向かっては、無闇に怒鳴ることを控え、たずねれば厭《いと》うことなく教えてくれた。気持ちが通じるのは、何も男女の仲に限ったことではない。

たったふた月ほどで、お藤は五作の傍にいても怖いとは感じなくなっていた。五作の虫の居所が悪いときには、やはり怒鳴られはしたが、びくつくこともない。自分は五作の指図どおりに、精一杯やっている。その自負が、お藤を強くした。五作の雷を、年端のいかない娘が平然と受けとめる。まわりからはたいしたものだと感心され、やがて内儀の耳に入り、下働きから隠居の世話役に格上げされた。

「役目が替われば、いままでのように五作爺さんとは始終一緒に働けなくなる。あれだけ怖がっていたくせに、それが悲しくてならなくって。おかしな話だけれどね」

昔を懐かしく思い返しながら、お藤は笑い話のように語った。

五作はお藤が嫁入りした次の年、卒中で亡くなった。去り際ですら短気で潔い、まったく五作らしい往生だと、隠居は弔辞で述べた。

五作との一件は、お藤には何よりの財産となった。たくさんの荷物を、一度には抱えきれないのに似て、何かを身につけるには、それまでの己の一切を、いったん捨て去る覚悟も必要なのだ。

「いまなら、おらにもわかりますだ」

お藤の言葉に、泰治は深くうなずいた。

「おらも差配さんに含められてから、ともかくお兼さんの言うとおりに動きました。やってみて、できるようになって初めて、なるほどと得心することがいくつもありました」

「それが指南の日数《ひかず》と、関わりがあるのかい？」しばし黙っていたお兼がたずねる。

「おらは、あると思います。なるほどと納得がいったのは、半月を過ぎたころでしたから」

ぱん、と鼻先で手を打たれた心地がした。まるで猫だましでも食らったようだ。猫だましは相撲の奇襲技のひとつだが、泰治の示したものは、そのくらい意外だった。

「つまりは、技は半月で指南できても、心構えまでは無理だと……そういうことかい？」

「そのとおりです、差配さん」

ようやく伝わったと言いたげに、泰治がほっとした表情になる。

「人によってまちまちだども、気構えができあがるのは早い者で半月、遅い者だと二十五日ってところかと」

「二十五日の指南じゃあ、とうてい儲けにはならないんだろ？」

「ああ、難しいだろうね」と、お兼にこたえた。

「せっかく船出できたってのに、大波にさえぎられて岸に戻されちまった気分だよ」

塩気をたっぷりと含んだため息を、お兼はふたたび吐いた。しばし考えて、お藤はつと顔を上げた。

「泰治、心構えが整うまでは、人によってまちまちだと言ったね？　つまりおまえには、整ったかどうかの見極めが、できるということかい？」

深く考えたためしはなかったようだ。あらためて問われて、泰治はぱちぱちと二、三度まばたきした。

「見極めとまでは請け合えねえども……何となく、であれば」

「何だい、頼りないねえ」

お兼が八つ当たりぎみに文句をつけたが、お藤は腹を決めた。

「何となくでも構いません。おまえに見極めを頼んで、指南の日数は寄子によって変えることにしましょう」

「そっだらこと、おらにできるだろか？」

びっくりした拍子に、あくの強い田舎言葉がとび出す。お藤は笑顔を向けた。

「寄子の心持ちを測ることができるのは、泰治だけです。おまえにできなければ、他の誰にもできやしないよ」

「まあ、たしかに。あたしゃ男心とやらには、とんと疎いからね」

お兼も納得がいったようだが、肝心要の厄介が残っている。

「だが、そのやり方じゃ、半月以上かかる者の方が多くなる。飯代が余分に嵩めば、儲けは望めない。結局はそうだろう？」

「儲けについては、ひとつだけ、やりようがあるけれど……」

お藤がふたりに明かした方法には、人手と、加えて仕度金が要る。金子《きんす》の工面は、主人の太左衛門に頼んでみるより他にないが、頭の痛いのはむしろ人手である。

「これ以上、奉公人を増やしては、それこそ元がとれないし……」

いつの時代も、もっとも嵩むのは、人を雇うための給金だった。

「いちばんいいのは、やっぱりあれだろ？」

お藤は言わずもがなだと、うなずいた。

晴菖から逃げた宗助が戻ってきたのは、その翌日のことだった。

「今朝になって、ひょっこり帰ってきやがってな。わけをきいたら、こいつも騙されていたってえ、何とも間抜けな話よ」

晴菖の主人、幡蔵《ばんぞう》は、鼻から盛大に煙草の煙を吐きながら、そう語った。

縦に長い強面《こわもて》と、右頬に走る傷のためか、大店の主人というよりも、出職の親方や渡世人を思わせる。見かけに違わず、容赦なく奉公人を怒鳴りつけるが、一方で腹の中はさっぱりしている。外見は似ていないが、どこか駿河屋にいた五作を思い出させ、お藤は幡蔵を好ましく思っていた。

　宗助に腹を立てていたときには、お藤に会おうとすらしなかったのに、こうして仔細がわかると、こだわりなく呼びつける。深川木場という土地柄もあろうが、見栄は体裁ではなく侠気のために張る、江戸っ子を体現しているような男だった。

「昨日、里吉《さときち》ってえ別の奉公人がいなくなった。どいつもこいつもおれに恨みでもあるのかと、しこたま頭にきたが、今日になって代わりにこいつが帰ってきた」

　できれば蟻になりたいとでもいうように、宗助は精一杯身を縮めている。

「おっかさんが倒れたとの便りが届いて、いても立ってもいられなくなりました。奉公をはじめてひと月では、とても里帰りなぞできはしないと、わかってはいましたが……」

「安房に帰りたいのなら、まず旦那さんの許しを得るのが筋でしょう。ひと言の挨拶もなしに勝手に出ていくなんて、罰当たりにもほどがあります」

　幡蔵の手前、抑えた口調ながらも、お藤の表情はいつになく厳しい。

「旦那さんにはうまく口を利いてやるからと、里吉さんが……安房までの路銀も用立ててくれて、すぐに帰れと言ってくれたんです。てっきり、親切だとばっかり……」

　すみません、すみません、と宗助は、ふたりに何べんも頭を下げた。

「里吉は、賭場狂いでな。前にも借金を拵えて、おれに泣きついたことがある。二度とやらねえと誓わせて、あのときは尻拭いをしてやったんだが」

どうやらまたぞろはじめていたようだと、幡蔵は苦い顔をした。里吉というのは、やはり晴菖の下男のひとりで、宗助にとっては先輩格にあたる。

「博奕癖ってのは、抜けねえもんでな。てめえの金で遊ぶ分には、おれも大目に見ちゃいるが、頻々と通い出すようになると、もういけねえ。壺とサイコロ以外の一切が、どうでもよくなっちまう。こいつの母親の病を知って、こんなとんでもねえことを思いついたんだろう」

店内のあれこれを、宗助に手ほどきしたのは里吉だった。

――旦那の虫の居所が悪ければ、すげなく断られるのがオチだ。機嫌の良いときを見計らって、おれからうまく話しておく。

気が急いていたこともあろうが、口車にまんまと乗せられたのは、里吉を信用していたからだ。

里吉は昨日、つまり宗助が戻る一日前に、晴菖から姿を消した。

店の金を盗み、その罪をいったん宗助にかぶせて、事が露見する前に遁走《とんそう》したと見える。

「この幡蔵の名にかけて、里吉はきっと捜し出して始末をつけさせる。所詮、奴は賭場から離れられねえ。その辺をあたれば、早晩見つかるだろうよ」

　ひとまず盗みは働いていないとわかり、それだけは大いに安堵したが、とはいえ黙って店を抜けるなど、あってはならないことだ。やはり半月指南の者たちには、奉公する上での覚悟が足りない。お藤は改めて宗助ともども頭を下げた。

「もういいさ。休んだ分は、明日からまた気張って働いて返してくんな」

「このまま宗助を、こちらに置いてくださるのですか？」

「ああ、こいつさえよければな」

　お藤にとっては、何よりも有難い申し出だった。それでも立場上、ただ甘えるわけにはいかない。お藤はあえて表情をゆるめなかった。

「担がれたとはいえ、おまえにも迂闊がありました。わかっていますね？」

「へい、差配さん。承知していやす」と、宗助が神妙にうなだれる。

「罰として、四月《よつき》のあいだ、給金なしで奉公できますか？」

「おいおい、何もそこまで……」

　幡蔵が止めに入ったが、お藤は己の意を変えなかった。

「宗助、おまえの出奔で、多くの方々に面倒をおかけしました。責めを己で負う覚悟がなければ、うちの寄子としては認められない。こちらさまとも増子屋とも縁を切って、他所で働く方が実入りになるでしょう。よく考えて、返事をおし」

きつい言葉をかけられて、宗助の顔が泣き出しそうにゆがんだが、それでも懸命に訴えた。

「差配さん、てめえの犯した過ちは、よっく肝に銘じやす。だからこのまま増子屋の寄子として、晴菖で働かせてください。むろん四月のあいだ、給金は要りやせん」

「給金がなくとも、やっぱりこちらさまが良いのですか？」

「へい。晴菖は、良い店です。最初は、荒っぽい手代さんらがおっかなく思えましたが、接してみると、からりとして気持ちのいい方ばかりです。名に違わず、まるで晴れた空に映える菖蒲の葉みてえなお店《たな》です」

緑が濃く、曲がりがない。菖蒲の葉と同じように、情が深く裏表がない。働く者にとっては、それこそ千金にも値する。

「あたぼうよ。それが深川木場の気風《きっぷ》だからな」

主人の幡蔵が、得意そうに胸をそらした。

「宗助、これを……お母さんへの、お見舞いだよ」

晴菖を出ると、お藤は改まった口調を解いて、宗助に包みを渡した。紙でくるんではあったが、重みと手触りで額を察したようだ。宗助がびっくりしたように目を見開いた。

「差配さん、こんなに？　あっしの給金の、三月分にもなりやす」

「おまえの不始末は、増子屋にも責めがあるからね。このくらいは背負うのがあたりまえ、残りは奉公でお返ししなさい」

「かっちけねえ、差配さん……ありがとう、ございます」宗助が涙ぐんだ。

「命に障りがなくて何よりだけれど、お母さんは大丈夫なのかい？」

「へい、この先寝たきりになっちまうかもしれやせんが……それでもおれの顔を見て喜んでくれました」

「大事にしておあげ。あたしのように、孝行したくともできない者もいますからね」

宗助は、徳の高い説教でも受けたように、はい、と神妙な顔でうなずいた。

その五日後、お藤はふたたび晴菖から呼び出しを受けた。


「よもや宗助が、また何かしたということは……」

確かめるまでは、胸の動悸が収まらなかったが、幡蔵は曇りのない笑顔を向けた。

「あいつは、まじめにやってるよ。宗助のことじゃねえと、文にも書いたろうが。あんたに、引き合わせたい奴がいてね」

誰とは明かさず、幡蔵は晴菖からほど近い料理屋に、お藤を連れていった。小さいが粋な造りで、窓からは仙台堀《せんだいぼり》がのぞめる。案内された座敷には、堀を背にして、先客がひとりいた。

「久しぶりだね、お藤さん。達者そうで何よりだ」

一瞬、言葉を失うほどに驚いた。正直なところ、決して手放しで再会を喜べる相手ではない。互いのせいではなく、あいだにお藤の元亭主、巳兵衛が挟まっているからだ。

「こちらこそ、すっかりご無沙汰しておりまして。申し訳ありません、芝源の親方」

お藤を待っていたのは、芝の大工の棟梁、芝源だった。巳兵衛の抱え主であり、親代わりでもある。最後に会ったのは、二年ほど前になるだろうか。正式に離縁となり、駿河屋睦右衛門と挨拶に行ったのが最後だった。

巳兵衛との見合いの席で、四十過ぎときいていたから、そろそろ五十の坂を越える。出職らしく褐色に焼けた顔や、恰幅の良さはそのままだったが、はちきれんばかりの快活さは、いくぶん削《そ》げて見える。お藤に対しての屈託もあるのかもしれない。気まずい空気を感じたのか、晴菖の幡蔵が、とりなすように話し出した。

「実は芝源とは、若いころからの馴染みでな。同じ棟梁について、大工修業をした仲だ。大工仕事がわからねえと材木屋なぞやっていけねえと、死んだ親父に言われてな。もっともおれは二年ぱかしいたきりで、十年勤めたこいつには敵わねえがな」

「かれこれもう三十年、いやもっと経つか。お互い十代の血気盛んなガキだったからな、最初はそりが合わなくて、よく喧嘩になったもんよ」

と、芝源は、そのときばかりは懐かしそうに目を細めた。

「幾度か殴り合いにもなってな、止めに入った仲間に傷を負わせちまった。大工はからだが元手だってのに、どういう了見だと棟梁からこっぴどく叱られてな」

「あんときはてめえ、泣きながら棟梁に詫びを入れていたじゃねえか」

「馬鹿野郎、それは幡蔵、てめえの方だろうが」

遠慮のないかけ合いに、ふっと笑みがわいた。

「おふたりは本当に、仲がよろしいのですね。うらやましゅうございます」

お藤に微笑まれ、芝源は照れくさそうに頬をゆるめた。幡蔵とのやり合いで、最前までの緊張もいくぶんほぐれたようだ。

「こいつとはいまでも、年に二、三度は会う仲だ。その折に、あんたと巳兵衛の話もしたことがあってな」

「二年も前のことだし、正直ほとんど忘れかけていたんだが」

と、幡蔵が後を引きとる。冬屋は別の大店を通して、晴菖とのつき合いができた。お藤は宗助を入れる前にも何度か足をはこび、幡蔵とも顔を合わせていたが、幡蔵はすぐさま芝源の話とお藤を、繋げることはしなかった。

「だが、この前のあんたのようすから、ふと思い出してな。宗助に対しても、おれの前では手厳しく当たったが、当の宗助は良い差配だと有難がっていた」

お藤という、似たような人柄の女の話を芝源がしていたと、遅まきながら気づいたという。

「女のくせに、可愛げがないほど媚を売らねえとか、芯は強いが情が強《こわ》すぎるとか……」

「おいおい、そこまでひどく言ってねえぞ」と、芝源が慌て出す。

離縁を願い出たときは、芝源は留まるよう説いていた。無理を通したお藤を、快く思っていなくて当然だ。それでも幡蔵のずけずけとした物言いには嫌みがない。お藤は堪えきれず、笑ってしまった。

「あたしが見当していたよりも、よほどましですよ。もっとずっと口さがないことを言われていると、覚悟してましたから」

「いや、何とも面目ねえ」と、芝源がばつが悪そうに首の裏に手をやった。

「いいえ、何を言われても仕方がない……それだけのことを、あたしはしましたから」

亭主との離縁に、悔いはない。ただそのために、多くの者たちにただならぬ迷惑をかけてしまったことには、いまでも胸が痛む。中でももっとも厄介をこうむったのは、この芝源かもしれない。

「この場を借りて、芝源の親方には、あらためてお詫びいたします。親方のお気持ちを無下にして、何よりも巳兵衛さんを、あんな目に……何もかも、あたしの不徳が招いたことです」

巳兵衛は芝源にとって、大事な弟子だった。たとえきっかけは怪我だったにせよ、巳兵衛をあそこまでおちぶれさせたのは、自身の責任だ。それだけは肝に銘じていた。

「いいや、お藤さん、それは違う。巳兵衛がああなったのは、あんたのせいじゃない」

え、とお藤は、意外な思いで顔を上げた。

「おれも最初は、そう考えていた。ってより、そう思いたかったんだ。だから離縁となった折には、あんたを責めるような真似もした……だがな、時が経つにつれて、おれも見方が変わってきた。巳兵衛の体たらくは、あれはみんな、あいつ自身が招いたことだ」

「親方……」

「あいつはまじめだが、融通がきかねえ性分で、大工仲間にも煙たがられていた。だからこそあんたに執着《しゅうじゃく》したんだろうが、たとえ夫婦《めおと》だろうと、ああまでこじらせた思いは、とても受けとめきれるものじゃねえ」

芝源は肺腑の底まで出しつくすような、ため息をついた。お藤が去った後、しばらく巳兵衛の面倒を見ていたのは芝源である。情に厚いこの男ですら、途中で放り出さざるを得ないほど、巳兵衛は荒んでいた。皮肉にもお藤と同じ憂き目に遭ったことで、同病相憐れむ気持ちになったのかもしれない。

「離縁が成ったときには、あんたにすげなくしちまった。いまさらながら、気が揉めてな」

「それでわざわざ、このような席を……親方のお気持ち、痛み入ります」

面白くなさそうな顔はしたものの、芝源は決して、お藤をあからさまにそしるような真似はしなかった。この男の懐の深さは、すでに十分に身にしみていた。改めて頭を下げると、芝源はとまどいぎみに受けながら、それだけではないと告げた。

「いや、実はもうひとつあってな。いまさらききたくもねえかもしれねえが、あんたにはやっぱり伝えておいた方がよかろうと思ってな」

承ります、とお藤は、膝に両手を置いた。

「巳兵衛のことだ。あいつは、島送りになった」

「何ですって！　どうして、そんなことに……」

「人を、刺そうとしたんだ。幸い相手の方に心得があってな、うまくかわしてかすり傷で済んだそうだが」

真っ昼間の往来で、何人もが目にし、番屋に知らせが行った。巳兵衛はすぐさまお縄になって、伝馬町の牢屋敷へ送られたという。

「いつのことですか？」

「八月の初めだから、かれこれ三月くらい前になるか……島に送られたのは先月だがな」

島送りの船は、年に二度。白州で裁かれ、さらに船待ちのあいだは、大牢に籠められていたようだ。

「刺そうとした相手というのは、誰ですか？」

「それがよりによって、黒羽の百蔵でね」

「馬鹿な……そんなこと、ひと言も……」

ふいに出された名に、思いのほかとまどった。永田屋敷では、百蔵はおくびにも出さなかった。三月前というから、とうに忘れてしまったか、あるいは百蔵にとってはとるに足らない出来事なのだろうか。

常には見せない狼狽に、何がしか感づいたのか、芝源がたずねた。

「あんたやっぱり、黒羽の百蔵を知っているのかい？」

「やっぱりとは、どういうことです？」

「巳兵衛が百蔵を襲った際に、『おれの女に手を出すな』と、わめき続けていたそうなんだ」

当の百蔵は、まったく身に覚えがないとこたえ、おそらくは伝手のある役人に、裏から手をまわしたのかもしれない。白州への呼び出しも一度きりで済み、巳兵衛の勝手な思い込みによる刃傷沙汰《にんじょうざた》として落着した。

「黒羽の旦那には、都合三度ほどお会いしました……人宿組合の後ろ盾もなさっていますから、口入稼業を営む以上、顔を合わせることもあります」

後の言葉は、我ながら言い訳めいてきこえたが、芝源も晴菖も疑ってはいないようだ。

「ただ、駿河屋をたずねた折に、黒羽の旦那と往来で行き合って……それを巳兵衛さんが、見ていました。たしか、七月の終わりごろです」

「なるほど。それからほどなく、刃傷沙汰を起こしたというなら合点がいく」

晴菖の幡蔵が、得心したように膝を打った。一方の芝源は、憐憫と安堵がないまぜになった、ひどく複雑な顔をした。

「黒羽の百蔵の名は、おれたちですら耳に馴染みがある。わざわざ食ってかかるなんて、まさに狂い犬にしかできねえ所業だ。島送りとは、さすがに酷いように思えたが、あいつにとっちゃ、良かったのかもしれねえ。江戸を離れれば、物思いも少しは晴れてくれるかもしれねえからな」

芝源が言って、そうだな、と幡蔵がうなずいた。

「狂い犬とは、言い得て妙かもしれません……皮肉なものですね、あたしもまた巳兵衛さんと、同じ真似をしようとしている」

まるで巳兵衛が成し得なかった仕事を、肩代わりするかのようだ。因果なめぐり合わせに、我ながら呆れる思いがする。芝源が、首をかしげた。

「お藤さん、いったい何の話だい？」

「あたしも……いいえ、増子屋も、黒羽の旦那と一戦交えるつもりでいます」

堂々とした押し出しの五十男ふたりが、そろって目をむいた。

「島五郎、ちょっと奥へ来てもらえるかい？　折り入って、相談があってね」

芝源と会った翌日、お藤は店仕舞いを済ませた手代頭に声をかけた。

「言っておくが、八部会や黒羽との戦の仕方なら、何の口添えもしてやれねえぜ」

ふてくされた子供のように、島五郎はあさっての方を向く。苦笑しながら、お藤は違うと告げた。

「相談というのは他でもない、冬屋の商いについてです。半月指南では、どうも具合が悪いということは、すでに話したろう？」

「そのことか。ああ、きいてるぜ。だが差配さんには、何か妙案があるんだろ？」

相変わらず島五郎の差配さんには、とってつけたような響きがある。お藤は気にすることなく、先を続けた。

「たしかに、あるにはありますが、お金と人手がかかるんだよ。金子の都合は、太左衛門の旦那に頼むとして、人手の方は島五郎、おまえたち手代衆を当てにするしかなくってね」

「おれたちに、手伝えってのか？」

「いえ、もっと酷なことを、頼みたいんだ」

「酷なこと？」

島五郎は訝しげに首をひねったが、お藤の真顔を見てはっとした。

「もしや、おれたちが関わっている仕事のことか？」

「ええ、できれば武家商いから、一切手を引きたい。それが本音なんだよ」

ひっぱたかれる覚悟もしていたが、島五郎は怒らなかった。眉間にくっきりとしわを寄せ、じっと考え込む。

「中間相手の商売は、これ以上続けても先がないということか……」

「というよりも、このままではいずれ、商家商いも立ち行かなくなり共倒れになる」

いわばこちらの尻拭いを、島五郎たちに押し付けるに等しい。心苦しくはあったが、それしか方法がなかった。

「おまえたちが、どれほど中間の寄子たちを大事にしているかは、実蔵からききました。無下に取り上げるのがどんなに酷いことか、よく承知してもいる。それでもあえて、頼むしかないんだよ」

すぐに決めろという方が、無理な話だ。こたえが出るまで、幾日でも待つつもりでいたが、島五郎は長いため息とともに肩の力を抜いた。

「潮時か……」と、ぽつりと呟く。

「島五郎……」

「おれだけなら、駄々をこねてでも続ける腹でいたが……あいつらを道連れにするわけにはいかねえしな」

「与之助と、実蔵かい？」

「ああ……おれの手前、口にはしねえが、あいつらも本当はそっちを手伝いたがっている」

――繁盛する店には活気がある。忙しくとも、やり甲斐がある。

冬屋へ来たあの日、お兼を相手にお藤は、そんな話をした。

三人の手代は、ただでさえ砂を噛むような思いをし続けてきた。揉め事はあるものの、商家商いが上り調子にあることは明らかだ。それを横目でながめながら、前よりもいっそう苦い砂を味わっていたに違いない。

「島五郎、後生です。おまえたちに手伝ってもらえれば、きっといまの苦しい立場から抜け出せる。武家商いから手を引いて、こちらを助けておくれ」

お藤は畳に手をついて、頭を下げた。しばしの沈黙の後、短いこたえが返った。

「わかったよ、差配さん」

それまでのからかい調子とは違う、真摯な響きが耳に残った。

16

「十番組のようすは、どうですか？」

お藤の問いに、そうだねえ、とお兼はちょっと考えるしぐさをした。

「数も少ないし、思っていたより面倒はないよ。与之助はもともと器用だし、実蔵は逆に覚えが遅い分まじめでしぶとい。鶴松は若いだけあって呑み込みがいっとう早い。ま、いちばん手のかかるのは、言わずもがなだがね」

「やっぱり、手代頭かい？」

お兼と顔を見合わせて、吹き出していた。

三日前から指南をはじめた十番組は、たったの四人。泰治を除く三人の手代と、小僧の鶴松である。

中間を寄子とする武家商いから手を引いて、商家商いに専念したい。手代頭の島五郎にそう説いて頭を下げたのは、十一月の半ばのことだった。島五郎は承知して、それから寄子の中間たちを他所の口入屋に頼むのに、十日ほどかかった。十番組の指南は、その翌日からはじまった。

寄子の仕事や苦労を知らないままでは、彼らの世話も覚束ない。お藤の言い分に、島五郎も不承不承うなずいて、以来、朝から晩までお兼に怒鳴られている。

「とにかく島五郎は文句が多くてねえ、やたらと『クソ婆あ』を吐き散らしちゃいるが、それでも放り出さないところをみると、あいつなりに腹を括っているんだろうよ」

「そう……それなら大丈夫だね」

「むしろ別の心配が先に立つようで、日に何度もたずねてくるよ。店の表に、何か変わりはないか、とね」

口調はさっぱりしているが、お兼もまた、案じ顔をお藤に向けた。

「八部会には、とっくにこっちの申しようは伝わっているんだろ？」

「おそらく……向こうさんに届けて、そろそろ半月になるからね」

島五郎に話を通した翌日、主人の太左衛門ともども、武家商いからは手を引くと組合に届けを出した。受けとったのは、日本橋界隈の人宿を世話する者たちだが、早ければその日のうちに、八部会に注進されたに違いない。

以来、八部会や黒羽の百蔵配下の中間たちが、いつ襲ってくるかと身構えているのだが、さっぱりその気配はなく、何の音沙汰もない。

「もしや役人に手をまわして、あたしらをしょっぴくつもりじゃないのかい？」

「確かめてみたけれど、そちらも動きはないようでね」

いまの町奉行と昵懇《じっこん》のさる商人に、内情を探ってもらったが、人宿組合からの訴えは

業に精を出したいところなんだがね」

「何やら蛇の生殺しみたいで、落ち着かないねえ。こっちもさっさと禊《みそぎ》を済まして、本業に精を出したいところなんだがね」

本店や兄弟店にあたる三軒の増子屋は、表向きはいつもの商いを続けている。しかしその実は、守りを固めてもしものときに備えていた。太左衛門は、攻めっ気の強い商人だが、いまはそれを封印し、仕入れも商いも昔ながらの取引先に限り、新規の客は避けている。帳面の改めも、いつも以上に徹底し、どこをつつかれても遺漏のないよう万全を期していた。冬屋の番頭たる七郎兵衛もその手伝いに駆り出され、本店の油問屋駒屋に、ここのところ詰めきりである。

増子屋の内には、ぴりぴりとした空気がただよい、常と変わらず呑気にしているのは、女房のお品くらいだ。

「何が起こるかわからない。中間たちが襲ってきて、手籠めにされるかもしれないのだぞ」

女中を連れて、しばらく店を離れるよう説いたが、お品はまったく動じなかった。

「あたしがもしも狼藉者に手籠めにされたら、離縁するつもりですか？」

「そんなはずがないだろう！　何があろうと、おまえを手放したりするものか」

「それならあたしも、おまえさまの傍におります」

胆力があるのか向こうみずだかわからないが、天女のような笑みを返されて、太左衛門はぐうの音も出なかったという。お品に倣い、女中たちも居残ることになり、もしものときはいつでも逃げられるよう、隣家との境に裏口を設けた。

いわば増子屋は万端整えて敵の襲来を待ち受けているのだが、肝心の敵がさっぱり姿を現さない。

「あちらさんに脅されただけで、このまま何事もなく年を越せるんじゃないのかい？」

しつこい性分の七郎兵衛でさえ、気を抜くほどだ。半月近くが過ぎて、さすがに緊張の糸がゆるんでいた。

「たしかに、このままでは埒があかないね」と、お兼に向かってお藤も認めた。

「とはいえ、下手な真似をしちゃ、それこそ藪蛇になっちまう。まあ、黙って堪えるしか、いまはできないだろうがね」

お兼は、無理に自分を得心させるようにそう言った。お兼が指南部屋へと下がると、お藤はひとり言《ご》ちた。

「……ようす見くらいは、してみましょうか」

お藤は短い手紙を書いて、奉書にくるんだ。名宛人をしたため、裏に返す。差出人の名を入れようとして、ふと手を止めた。少し考えて、筆を走らせる。

差出人はただ、『九十九』として、その足で飛脚問屋へ向かった。

返事は思いがけず、早かった。翌日の朝には冬屋に届いた。

「ひょうご……あの方の、お名かしら」

差出人の『兵庫』の文字を、お藤はしばらくながめていた。

手紙が届いたその晩、お藤はひとりで冬屋を出た。

向かったのは、同じ日本橋の小網町《こあみちょう》。冬屋からさほど離れておらず、女の足でも遠くはない。ただこの辺りは不案内で、少し迷いながら一度人にたずねて、目指す料理屋を見つけた。堀に面した小体な料理屋であった。

「いらっしゃいまし。お連れさまがお待ちにございます」

女中は愛想よく迎えてくれたが、つい緊張が走った。二階に上がり、女中があけた襖から中を覗き、ほっと肩の力が抜ける。

外をながめていたのか、黒羽の百蔵がひとり、窓にもたれていた。ふり向いて、お藤に問う。

「今日は、連れの旦那はいねえのかい？」

「あたしひとりです」

「おれの呼び出しに女ひとりで来るとは……黒羽の百蔵も舐められたもんだな」

「旦那こそ、おひとりなんですね。てっきり、子分衆を引き連れてくるとばかり思っていました」

「それこそ、無粋ってもんだろう」

百蔵は笑い、酒と料理を女中に頼んだ。

「ここは、鴨鍋の旨い店でな。冬の最中のいま時分は、ことに食べ頃なんだ」

待つほどもなく、鍋と七輪、大皿に盛られた鴨肉と野菜が運び込まれた。鴨肉は火が通り過ぎると硬くなるとかで、鍋は一切女中が仕切る。その耳を気にして、食べ終わるまでは、あたりさわりのない話しかできなかった。

今年の紅葉は根津権現《ねづごんげん》が良かったとか、この辺で雪見をするなら上野山《うえのやま》がいちばんだとか、何とものどかな話題が続き、締めのうどんを食べ終えたころには、すっかり気が抜けていた。鍋が片付けられ、新しい銚子や肴が運ばれると、百蔵はたっぷりと心づけをはずんで女中を下がらせた。

「で、話ってのは、何だい？」

階段を下りてゆく足音が消えると、お藤の方を見ずに、百蔵がたずねた。障子を半分ほどあけ、最初と同じに外をながめている。鴨鍋で温まったからだには、差し込んでくる冷気は快かった。

「……旦那の来し方を、伺えまいかと」

百蔵が、ふり向いた。意外だと、はっきりとその顔に書いてある。

「驚いたな。増子屋を見逃してくれと、それを頼みに来たものと、てっきり……」

「文を書いた折には、その心積もりでいましたが」正直にこたえた。

お藤は百蔵宛てに、ただ話がしたいとだけ書いた。百蔵の返しも短く、今日の暮れ六つ半、この店に来るよう示されてあっただけだ。

百蔵と会うなぞ、島五郎やお兼はもちろん、主人の太左衛門も許してはくれなかろう。迷ったあげくお藤は、内儀のお品にだけ本当のことを打ち明けた。思ったとおりお品は、お藤の決心が固いと知ると、それ以上止めることをしなかった。その代わり、何かを見透かすように、興味深げなまなざしを向けた。

「お藤さん、気づいていて？　あなたいま、初めて見る顔をしていてよ」

潤んだような瞳がまぶしくて、つい視線を逸らした。他の者たちには、駿河屋へ行くと偽って店を出てきた。自分でもしかと気づいていなかった思惑を、お品は正確に読みとっていたのかもしれない。思い出すと、頰が熱くなる。

兵庫という名を目にしたとき、この男がどういう経緯で侍から中間頭に至ったのか——いや、あの清々しい姿が、いかにしてこうまでふてぶてしく変わり果てたのか、それを確かめたいという気持ちがわいた。

鍋をはさんで景物の話に興じ、いまこうしてあらためて向かい合うと、その思いはいっそう強まった。真っ向から戦えば、二度と話す機会などない。敵味方に分かれてしまう前に、少しでもこの男を知りたい――。お藤はそれを、切に願った。

「兵庫さまとは、真のお名ですか？」

「そうだ……あんたと初めて会ったころはまだ、須藤《すとう》兵庫と名乗っていた」

併せて、三河国にある小藩の名を告げた。

「おれの父は、その当主、公平《きみひら》家で家老をしていた」

「ご家老さまの、お血筋でしたか」

少なからず、お藤は驚いたが、わずか一万一千石の小藩で、城すらないと百蔵は自嘲気味に語った。とはいえ三河は初代家康のお膝元であり、公平家も譜代大名の地位にある。

「ご家老さまをお父上にもちながら、いったいどうして……」

「父が、お家騒動に巻き込まれた。大名家ではめずらしくもねえ、よくある話だ」

世継ぎであった五歳の若君が夭逝《ようせい》し、毒を盛られたとの噂が立った。公平家には、国家老と江戸家老が各々ふたりいて、兵庫の父は国家老のひとりだったが、ふたりの国家老は当時、跡目のことで対立していた。

「若君の後ろ盾になっていたのが、いわば父とは犬猿の仲の国家老でな。真っ先に父が槍玉にあげられた。言いがかりだと、父は最後まで抗ったが……」

根も葉もない噂ほど、足が早く、また証し立ても難しい。家老であった兵庫の父親と跡継ぎの長兄、さらに元服を迎えていた弟までもが巻き添えを食らった。三人は切腹さえ許されず、死罪となり斬首された。生家は改易となり、母と末の妹は他家への預《あずかり》と相成った。

「預ってのは、いわば別の家の座敷牢に籠められるってことでな。母は昔気質《むかしかたぎ》の武家の妻だったから、恥以外の何物でもなかったんだろう。預を言い渡されたその晩、自害した……末の妹まで道連れにしてな」

容赦のない厳しい処分の裏には、跡継ぎを失った藩主の怒りが籠められていたのだろうが、あまりに酷い顚末に言葉も出ない。いつのまにか、鴨鍋で温もったからだから熱が失せていた。銚子をもち上げた手指が、ひどく冷たい。お藤はそっと傍に寄り、酌をした。

百蔵は黙ってそれを受け、ひと息に干した。その横顔をながめていると、自ずと声がこぼれた。

「あなたさまが助かったことだけは、幸いでした」

「おれは次男でな、八つのときに他家に養子に出された。須藤は養家の姓だ。とはいえ互いの家が近かったから、兄弟たちとはよく顔を合わせていて仲がよかった」

努めて淡々と語っていたが、刺さったままの大きな棘を思い出したかのように、そのときばかりは痛そうに顔をしかめた。いわば生家の、たったひとりの生き残りである。

事情はまったく違えど、ひとり残された身はお藤も同じだ。武家の男子となれば、ひとりだけ命を永らえたことすら、素直に喜べなかったかもしれない。

「養い親からも言い含められていたし、関わりないふりで一年ほど過ごしていたが……そのうち家中に、妙な噂が流れた……若君を殺した下手人《げしゅにん》は、別にいるって噂だ」

小藩とはいえ譜代であり、藩主は幕閣で若年寄の役目を負っていた。江戸屋敷に住まい、参勤交代も免除されている。藩主の妻子も同じく江戸にいる。国家老であった兵庫の父は、逆に三河国から出たことのない身だ。江戸屋敷にいた誰かに命じたのであろうと判じられたが、若君の側仕《そばづか》えやお毒見役らがやはり処罰された一方で、肝心の毒を盛った下手人は、わからず仕舞いだった。そのあたりの不確かさが、後々尾を引いて、噂となって広まったのだ。

「もしや、お父上を目の敵にしていたという、もうひとりのお国家老さまですか？」

「いや、さすがにそれはない。亡くなった若君は、その家老にとっちゃ、たったひとつの護符みてえなものだったからな」

事実、若君の夭逝からほどなくして、その国家老も勢いをなくし、隠居を余儀なくされたという。

「それでは、いったい誰が……」

「国許にいたおれに伝えてくれたのは、江戸屋敷に出仕していた幼馴染みでな。その噂には、もうひとつ別の拠り所があると教えてくれた」

「拠り所というと？」

「若君亡き後、世継ぎの座についたのは、公平家のいわば本家にあたる家の倅でな。十万石の大名だ」

十万石以上は大大名と呼ばれ、数は決して多くない。そのような大藩が、幼い若君を葬ってまで、一万石の小藩を手に入れようとするとは、にわかには信じ難い。しかし公平家の土地には、垂涎《すいぜん》の的となる格好の餌があった。

「領地の一角にあった山から、銅や鉛が出たんだ」

なるほどと、思わず大きくうなずいていた。大小にかかわらず、大名家の台所は苦しい。そして鉱山は、何よりの金蔵となり得る、まさに宝の山であった。後に採掘してみたところ、思ったほどの量は出ず、大藩にとっては焼け石に水に等しいわずかな金高にしかならなかったが、若君が夭逝したのは、鉱山の調べをはじめたばかりのころだった。

「正直、江戸にいた悪友から伝えきいたときには、腸《はらわた》が煮えくり返って仕方なかった」

「お気持ち、お察しします」心をこめて、お藤は告げた。

いまの藩主がやがて退けば、その大大名家から来た養子が跡を継ぐ。言うなれば、実の家族を皆殺しにし、主家の公平家にとっても敵となる者を、主として仰がねばならない。理不尽に塗《まみ》れた憤りは、容易に想像がつく。脳裡に浮かんだのは、生家の旅籠を潰した父親と、その後添いのおこんだった。

「ちょうどそのころ、須藤家を出ようかと、迷っていてな」

「ご養家と、何か揉め事でも？」

「いいや、何も……義理の父は、おれによくしてくれた。ただ、その四年前に、実の子が生まれてな」

　当主に万一のことがあったとき、跡継ぎがいなければ武家はただちにとり潰しとなる。ために養子縁組は頻繁に行われ、養子をとってから実子が生まれるのも、決してめずらしい話ではなかった。跡継ぎとして届け出た以上、おいそれと覆すわけにはいかず、養子と実子のあいだでの跡目争いもままあることだ。

　生まれても育つとは限らない。だが四年が経ち、数え五歳を迎えれば、ひとまずは安心だ。須藤家の当主たる義理の父親は、決して口にはしなかったが、血の繋がったひと粒種に跡を継いでほしいと思うのは、あたりまえの親の情だ。

　やはり自分が身を引いて、須藤家を出るのがいちばん良いのではないか――。

　その思いに日々苛まれていた折に、実の父が潔白かもしれないと知らされた。

「あんたと峠で会ったのは、そんなころだ」

「さようでしたか……」

「須藤の家を出ようかと迷っていたところに、その話だ。死んだ父母や兄、弟妹が、どうか無念を晴らしてくれと、訴えているようにも思えてな」

山の中腹の小高い丘から景色をながめていた。ひどく深刻そうな横顔が、目の前の百蔵に重なった。

この仇討には、そもそも無理がある。もしも噂が本当だとしても、相手は主家たる公平家の本家筋にあたる。いかなる理由があれど、目上の者を手にかけるのは何よりの大罪、おいそれと討つなぞできるわけもない。藩主の前で事を詳《つまび》らかに証し、失われた生家をふたたび立てることが叶えば本望だが、齢十七の身では、一歩を踏み出すとっかかりさえ見つからない。いくら考えても堂々巡りで、同じ結論にたどり着く。焦燥ばかりが募り、当時、兵庫は、身動きがとれなくなっていた。

「おれの背を押したのは、あのときに出会った娘だ」

「え……」

「泥だらけで、羽虫のように九十九藤にからめとられていた……十七のおれよりもさらにひ弱で、行く当てもないくせに、死にものぐるいの目をしておれに言いやがった。逃げて、そして、いつか潰れた旅籠を立て直す、とな」

「……覚えて、いたんですか」

「あの目は、忘れたことがねえ。ここまで来るには、正直いろいろあったが、くじけそうになるたびに、あの目がおれを責めるように思えた」

それが本当なら、曇りのない若い侍を、いまの姿に貶《おとし》めたのは他ならぬお藤ということになる。嘆くところなのかもしれないが、この男の人生の岐路に、少なからず関わっていたことに、気持ちのどこかに深い満足があった。自分を片時も忘れていなかった、何よりもそれが嬉しかった。頰に血がのぼり、紛らわすために手の中の盃を干した。たいして呑んではいないのに、頭の芯がしびれるような酔いが、じんわりとからだに広がってゆく。

「旅籠じゃあなく、口入屋をしていたとは、驚きだったがな」

「祖母に教えられたのは、旅籠ではなく口入稼業の方だと、そう気づいたので」

お藤もまた、これまでの来し方を語った。侍に助けられ、駿河屋の隠居に拾われ、さらに話が元亭主の巳兵衛に及ぶと、お藤ははっと思い出した。

「そういえば、あの人のために傷を負ったとききました」

百蔵に嫉妬して、巳兵衛が斬りかかった一件は、芝源からもたらされた。結局、返り討ちに等しい有様だったようだが、お藤は怪我の具合を確かめずにはいられなかった。

「たいしたことはねえ、中間にとっちゃ、かすり傷だ」

百蔵が、着物の右袖をまくり上げた。二の腕に、四寸ほどの赤い跡が走っていた。深くはないが、傷はお藤の掌よりも長い。

「一度ならず、助けてもらった上に、こんな傷まで……」

考えなしに、手が伸びた。辿るように、傷を撫でる。その赤い筋が、この男と自分を繋ぐ、この世でたったひとつの証しのように思えた。百蔵はあいた手で、傷に触れていたお藤の手をきつく握った。

「やっぱり、色仕掛けでおれをたらしこむつもりか？」

「色を仕掛けるなど、あたしにはできません。あたしは、ただ……」

瞳がぶつかって、何かがはじけた。身を離そうとしたが、追ってきた百蔵のからだともども畳にころがっていた。

「目を、見せてくれ」

男の両手が、頬を包んだ。相手の目の中に、本当の自分が映っていた。

部屋の隅の行灯《あんどん》の明かりは届かず、弱い月の光では、表情すら捉えられない。なのにお藤には、はっきりとわかった。百蔵の目を通して、本音をさらけ出したあさましい姿がさらされる。

今日、ここへ来たのは、こうなることを望んでいたからだ。増子屋のためでも、冬屋で待つ皆のためでもなく、ただこの男に、自分という女を刻みつけたかっただけなのだ。

ふいに羞恥に衝かれ、視線を外そうとしたが、百蔵は許さなかった。

「この前、永田屋敷で、はっきりとわかった。おれに喧嘩を売ったとき、昔と同じ目をしていた……」

そうかもしれない。分別がついたように見えても、根っこのところは何も変わっていない。ただひとつだけ、あのときと違う。

お藤を搦《から》めているのは、九十九藤ではなくこの男だ。

どうしようもない幸せに、お藤は囚われていた。


「……ひとつだけ、伺っていいですか？」

身仕舞いをすませてから、お藤はたずねた。

「中間頭になったのは、仇討のためですか？」

百蔵が黙って、うなずいた。気怠《けだる》さを伴った横顔は、須藤兵庫でも、黒羽の百蔵でもない。鋭さを削がれた無防備な姿は、まったくの別人のようにも見えた。

すでに窓の外は仄白い。どれくらい睦み合っていたのか、思い出すと、すでに醒めた酔いがまたまわってきそうだ。

「須藤の家を出て、ひとまず江戸に来たが、この節、浪人にろくな仕事はねえからな。口を糊《のり》するために中間になったが、そのうち気がついた……守りの固い武家を探るのには、うってつけだとな」

「それで、お父上の件は……」

「証しはねえが、大方の仔細はわかった。噂どおり、さっき話した十万石の大名家が絡んでいた。筋立ても采配も、そこの江戸家老が仕切っていた」

口調はかるいが、弛緩していた頰に、険しいものが走った。

「やはり、仇討を遂げられるおつもりですか？」

どういうやり方をしようとも、きっとこの男は無事では済まない。お藤にとっては、何よりも恐ろしく、気がかりな事柄だった。心配を払うように、百蔵はあっさりとした口調で告げた。

「遂げるつもりなら、とっくに終わらせている。江戸家老を襲う機なら、いくらでもあったからな」

「いくらでも……？」

「なにせ、おれがいま仕えている下総の大名家が、仇の住処だからな」

あ、と思わず、声をあげていた。

「それじゃあ、中間頭を務めている小川町のお屋敷というのは……」

「ああ、十万石のお大名の上屋敷だ」

からりとした言いように、かえって不安が募った。正確に読みとったのか、百蔵が続ける。

「十年以上も中間なんぞしていると、武家も仇討もばかばかしく思えてな。武家はどこも火の車で、そのつけをおれたち中間になすりつけて、どうにか上っ面をとり繕っている。武門の誇りなぞ百年も前に捨て去って、商人以上に金に縛られて身動きすらできねえ。それがいまの武家の正体だ。そんな連中を討ったところで、どうなるってんだ」

　半分は、本心かもしれない。けれど裏には、別の本心が隠れている。その気がかりが、しつこくつきまとった。

「仇討を止めたというなら、どうして未だにそのお大名家に留まっているんです？　決して毎日顔を合わせたい相手ではないはずです」

　ひどく酸《す》っぱいものを含まされたように、かすかに眉間にしわを寄せた。

「別に、わけなんてねえよ。働き口としちゃ、悪いところじゃねえし、いまのままで不自由はねえ。わざわざ他所へ移るのが、面倒なだけだ」

「だけど……」

「人の心配を、している場合じゃねえだろう！」

　お藤の追及をさえぎるように、百蔵が声を荒らげた。

「あんたが本当におれにたずねたいのは、違うだろう？　増子屋がこの先、どうなるのか。八部会から、どんなしっぺ返しを食らうのか。この黒羽の百蔵が、どんな手であんたらを潰しにくるか！」

　うなずくことも、返事もできず、お藤はうつむいた。確かにそのつもりはあった。けれどこうして言葉に出されると、あまりに虫のいい話だ。戦相手に手の内をさらすような真似は、誰もしない。

それでも八部会と黒羽の百蔵に対し、増子屋とお藤はあまりに非力だ。

憐れみか情か、わからないが、ともに店を出ると、百蔵は言った。

「明後日の、朝五つだ」

「旦那……」

「おれの手下が、増子屋を襲う……二百はくだらねえ数だ」

白んだ空に背を向け、夜を追うように西へ向かう。

お藤はその背中に、ゆっくりと頭を下げた。

17

江戸の町々に配された町木戸は、日の出を知らせる明け六つの鐘とともに開く。

冬至から数えて五日目、一年でもっとも寒い時期でもある。凍えて縮こまった太陽はなかなか顔を出さず、東の空に頭を覗かせたときも、布団から嫌々這い出す小僧さながらに、半分眠そうな弱い光がさした。

そのころには商家の小僧たちは、すでに仕事にとりかかっている。

起き立ては冬の朝日と同様、まぶたが半分しかあかないが、やがて嫌でもしゃっきりする。桶にくんだ水は、まるで刃物のように、手を突っ込むと切れそうなほどに冷たいからだ。店先を箒で掃き、店内を雑巾で拭き清め、暖簾を上げるころ、番頭や手代が姿を見せる。

師走朔日《ついたち》のその日、本石町通りに面した三軒の増子屋は、いつもどおりに店をあけた。

小僧は掃除を終え、手代は品をあらため、番頭は帳面に目を通し、品を卸す得意先を確認する。往来から暖簾の内を覗けば、いつもと変わらぬ朝の風景に見えたことだろう。

だがその実、どの顔もぴりりと引き締まっていた。

番頭の視線は、手許の帳面ではなく暖簾の向こうの往来に向けられて、手代は油断なく全身を耳にして緊張している。小僧に至っては、不安があからさまに顔に出て、いまにも泣き出しそうに顔をゆがめる者さえいる。

表とは裏腹に、店から一歩入った母屋には、人っ子ひとりいないとわかっていたからだ。

いつもなら女中たちが、朝餉の仕度にかかっている時分だ。火が入れられた竈の前には、火吹き竹を握った女中がしゃがみ込み、上に据えられた大きな羽釜からは、旨そうな飯のにおいがただよってくる。菜を刻む音、器がかちゃかちゃ鳴る音に、女たちのかしましいおしゃべりが重なり、心地よい騒々しさに包まれる。

なのに台所には、誰もいない。火のない竈は役目を終えたように沈黙し、がらんとした空間は、主をなくした家のように、寒々しい姿をさらしていた。

母屋の居間にも客間にも、同様に人の姿はない。

本石町通りを折れたところにある、四軒目の増子屋もまた同じだった。

母屋も台所ももぬけのからで、店の座敷には、手代たちが控えていた。

手代頭の島五郎と、相撲取りめいた巨漢の実蔵は、あぐらをかき腕を組み、いずれも剣呑な表情だ。今年入った泰治は、青い顔で畳に正座していたが、手代の与之助の姿だけは店内になかった。

実蔵にしがみつくようにして、巨体の陰で小さくなっている小僧の鶴松が、帳場に向かって情けない声をかけた。

「差配さんは、怖くねえんですかい？」

「そりゃ、怖いですよ」

口ではそう言いながら、算盤をはじくお藤は顔すら上げない。呆れと感心の入り交じった声で、鶴松は呟いた。

「差配さんの肝はきっと、関取の腹回りくれえありますよ」

「まあ、鶴松。そんな肝っ玉、このからだのどこに入るってんだい」

「少しは気を引き締めねえか。無駄口なぞ、叩いてる場合じゃねえだろうが」

島五郎に叱られて、鶴松と一緒に首をすくめた。

本当を言えば、男たちのようにじっと構えてなぞいられないのだ。何かしていなければ、とてももたない。帳簿付けで気を紛らしていただけだった。

黒羽の百蔵が告げた増子屋への襲撃は、今日の朝五つだった。

「そろそろ五つだ……やっぱり、隠れていた方がいいんじゃねえか？」

「騒ぎの大本たるあたしが、逃げ隠れしちゃ罰が当たっちまうよ」

と、やはり机に目を落としたままで応じる。目が合えば、不安を読みとられてしまいそうだ。最前から、怖くて顔を上げられなかった。

「大本だからこそ、何をされるかわからねんじゃねえか。いまからでも遅くねえ、お内儀やお兼と一緒に……」

「しつこいねえ、島五郎も」

算盤を大きくふって御破算にした。木の玉が、景気のいい音を立てる。

島五郎の忠言も、すでに三度目だ。きき飽いたと言わんばかりに文句をつけた。

「あたしはここから動きませんよ。そう決めたんですから」

多少子供じみた突っぱねに、島五郎がため息を返す。

そのときちょうど、時の鐘が鳴った。座敷で息を詰める四人とお藤が、びくりとからだをはずませた。

ひとつ、ふたつ、三つ……。鐘が鳴るごとに、十分に高まっていた緊張が、さらに密度を増す。誰もが身じろぎもせずに、固唾を呑んだ。

「いよいよ、来やがるか」

全身の毛を逆立てた獣のように、島五郎が身構えた。


「おい、本当に、今日で間違いねえんだろうな」

島五郎が、じろりと帳場をふり向く。

「日を違えていたりしたら、ただじゃすまねえぞ！」

苛々とした手つきで、煙管に煙草を詰める。盛大に吐いた煙が、店内に白くただよった。

「ひょっとして、昼夜を間違えているとか……」

鶴松もすっかり弛緩した表情で、実蔵を見上げる。無口な手代は、ただ首をかしげただけだが、代わりに泰治がうなずいた。

「朝五つでなく、夜五つかもしれねえだな」

「そんなはずは……今日の朝五つと、たしかに……」

「だいたい、駿河屋の伝手を頼って確かめたと言ってたが、信用できるのか？　いい加減な噂を真に受けたか、もしや担がれたわけではなかろうな」

「誰よりも、信のおける方から伺ったんだ……誤りはないはずだよ」

皆には告げられなかったが、他ならぬ当の百蔵からこの耳できいたのだ。間違いなぞ、万にひとつもない。

嘘を告げられたのかもしれない——。

不思議と、その考えは浮かばなかった。

五つを一刻過ぎ、四つの鐘が鳴り、さらに半刻以上が過ぎても、何も起こらない。

日本橋はすでにいつもの喧騒に包まれ、往来を行き来する人群れも多くなった。

ふだんどおりを装い、暖簾を上げているために、この冬屋でさえ仕事の口を求める者がすでに何人か出入りした。表通りに面した三軒は、時季外れの棚卸という名目で、昨日今日は小売りを控えているが、足をはこぶ客も少なくなかろう。

もうすぐ昼九つ、低い位置ながら、日はほぼ真南にある。

これはおそらく、不測の事態だ。黒羽の百蔵に、何かあったのではなかろうか——。

見当違いとも言える不安が、にわかに胸にわいた。

「ちょっと、駒屋を覗いてきます」

ついに我慢が切れて、お藤は腰を浮かせた。

「おれも行く。実蔵、ここは任せた」

すかさず島五郎が後に続いた。店から奥の裏口へと抜け、細い路地を伝うと、増子屋の広い裏庭に出る。晴れた日には洗濯物が風にはためいて、井戸端には女中たちがたむろして、昼餉の仕度にとりかかっているころだが、今日ばかりはここもがらんとしている。

女中たちは昨夜のうちに、人目を忍ぶようにして、向島の寮に移っていた。増子屋の寮ではなく、内儀のお品の実家である両替商のものだ。間違っても襲われることはなかろう。

勝手口はもちろん、真冬だというのに襖も障子も全てあけ放されていた。いざというとき、手代や小僧をすばやく逃がすための用意だった。

表店は三軒並んでいるが、母屋はひと続きになっており、勝手口を通り、大きな台所の土間を抜けると、そのまま増子屋の本店たる、油問屋の駒屋へと続く。

母屋との境にある暖簾をくぐると、帳場にでんと構える増子屋太左衛門の背中が見えた。

「旦那さん」

「お藤さんか」

たちまち店中の視線が、お藤に集まる。衝立の陰でかたまっていた小僧たちも、やはりこちらに首をまわした。頬をリスのようにふくらませ、手には米粒を貼りつけている。

「さすがに待ちくたびれちまってね。若い手代や小僧の腹の虫が、ぐうぐうとうるさいものだから、ひと息入れさせることにした」

「あたしらはさすがに、飯なぞ食う気にはなれませんがね」

皮肉な調子で返したのは、冬屋の番頭の七郎兵衛だった。このところは駒屋の手伝いに行かされて、冬屋には顔を出していない。

人宿組合と袂を分かち、顔役の八部会を敵に回したこと。その後ろ盾になった黒羽の百蔵が、配下の中間たちを引き連れて報復に来ることは、昨日、主人の太左衛門の口から奉公人たちに明かされた。あくまで自身の決心だと、太左衛門はそれで通し、お藤の名を一切出さなかった。皆には難儀をかけるが、ここを凌げばきっと、大きな商機をつかむことができる。怪我人が出てもおかしくはない事態だから、無理強いはしない。女たちとともに難を逃れてくれても一向に構わない――。太左衛門は、そのように説いた。けれど表店に詰める者たちは、大人はもちろん、小僧ですら誰ひとり逃げ出さなかった。

決して勇ましさからではなく、暖簾の内は一蓮托生。その思いが強いのだろう。ひとりが咎を負えば、武家なら家中に、百姓なら村や郷に、町屋なら町内に、必ず何らかの累がおよぶ。商家もまた同じで、増子屋の看板を背負う者同士、結束は固く、そのぶんひとり外れることを極端に恐れる。

だからこそお藤に対しては、恨みがましい思いがあるのだろう。

――商家にあるまじき騒ぎの種を蒔いたのは、この新参の女差配だ。

遠巻きな非難は、誰の目にも浮いていた。

「このたびは私の不行き届きにて、面目しだいもございません。このような災難を招いてしまい、皆さまにはお詫びのしようもありません」

皆の視線をしっかと受けとめて、お藤は畳に手をついた。

建前上は、お藤は関わりないとされている。正面きって、自ら非を認めるなどとは、誰も思ってはいなかったのだろう。七郎兵衛をはじめ、番頭や手代がぎょっとした顔でこちらを凝視した。太左衛門もまた、静観する構えをとり、一切口をはさまなかった。

「せめてこの先は、これまで以上に精進し、冬屋を盛り立てて参ります。冬屋を、四軒目の増子屋を、こちらの三軒に負けぬほどの良い店に——利を生み、稼ぐだけでなく、人さまの、世間さまの役に立つ店にしていきたいと存じます。いまの私にできる罪ほろぼしは、それだけだと肝に銘じております」

皆が腹の内に溜めた、責めや不満に負けぬよう、腹から声を出した。ていねいに頭を下げる。

店の内が一時しんとなり、往来の人声が妙に大きく届いた。誰も何も応えなかったが、隣からかすかに身じろぎする音がした。

「あっし……いえ、私からも、このとおり詫びさせていただきやす」

思わず顔を横に向けると、お藤の傍らで、島五郎が同じ姿で頭を下げていた。

「もとはといえば、私が不甲斐ないばっかりに、冬屋が立ち行かなくなりました……それをこの人は、差配さんは、わずか半年ばかりで変えてみせた。表の三軒にくらべればまだまだですが、きっといつか肩をならべるだけの店にしてみせます。およばずながらこの島五郎、これから身を粉にして働かせていただきます」

ふたたび沈黙が座を占める。それでも、周りの空気の色が、あきらかにゆるんだ。顔を上げずとも、お藤は気配で察した。

「ふたりとも、そのくらいにしておくれ。それ以上やられちゃ、冬屋の番頭たるあたしも、一緒に土下座しなけりゃならないじゃないか」

頭を上げさせたのは、七郎兵衛だった。しげしげと島五郎をながめる。

「おまえさん、変わったねえ。時屋《となり》にいたときは、人と角突き合わせるしか能のない、ほんの子供《ガキ》だったが」

「そりゃあねえでしょう、番頭さん」

頭を上げた島五郎が口を尖らせ、他の番頭や手代から笑いがもれる。

落着に満足そうにうなずいて、太左衛門が後を引きとった。

「冬屋の皆にも、飯をもっていってやりなさい。鶴松は、さぞ腹をすかせているだろう」

昨晩、女中たちが総出で拵えた。小僧のひとりが心得て、竹皮に包んだ握り飯をお藤と島五郎に渡してくれた。

そのときだった。暖簾が大きくひるがえり、ふたりの男が、息急き切って走り込んできた。

「旦那、来やした！」

「与之助、本当か！」

相手方を探らせる目的で、日の出前から与之助と駒屋の手代を小川町に走らせてあった。からだに似合わぬ俊敏さで、主人の太左衛門がまず立ち上がった。

「七郎兵衛」

「心得ました、旦那さま」

この番頭が、ついぞ見せたことのない緊張した面持ちでうなずいた。隅でひとかたまりになっていた小僧たちに向きなおる。未だ飯を頬張っている者もいたが、慌てて飲み下し、番頭の指示を待った。

「他の三軒の小僧たちとともに、すぐにご近所に知らせておくれ。それが済んだら手筈どおり、堀端のお稲荷さんに走るんだよ。いいかい、あたしらが迎えに行くまでは、お稲荷さんから決して出てはいけないよ。わかったね」

親鳥の声に耳をかたむける、ききわけの良い雛のごとく、小僧たちは神妙な顔でうなずいた。ぱん、と番頭が手をたたくと、四方に放たれた鉄砲玉のようにたちまち散ってゆく。他の番頭や手代たちは、指示を仰ぐまでもなく、すでに動きはじめていた。

油問屋はどこも、土間に格子戸を埋め込んで、地下の穴蔵に油を貯蔵している。その格子戸に蓋をかぶせた。小売りのための樽には、すでに栓をして、油が漏れぬよう荒縄で固く縛ってある。

何より怖いのは火を出すことだ。樽ごともって行かれるのは構わないが、油に引火でもしては大変なことになる。そのための用心だった。隣に建つ蠟燭屋や合羽屋でも、同様の始末に抜かりはなかった。

嵐や竜巻に備えるように、往来からはひっきりなしに、大戸を立てる音が響く。太左衛門を通して、界隈の店の主人には前もって告げてある。本石町通りを歩いていた通りすがりの者たちにも店々から達せられ、狩場から逃げ出す兎のごとく、通りから消え失せる。たちまち本石町二丁目は、ひと足早く元旦を迎えたように閑散となった。

待つほどもなく、雄叫びめいた鬨《とき》の声が、お藤の耳に届いた。

「来やがったか」

島五郎が、唇をひと舐めし、髷すら逆立ちそうな緊張をからだ中にみなぎらせた。

「増子屋が主、出てきやがれ！」

ひときわからだの大きな男がふたり、油問屋の店先を塞ぐ。その後ろにはびっしりと、二百、いや三百に達するかもしれない。本石町通りからはみ出さんばかりの数の男たちが、背後を固めていた。

手にはそれぞれ得物が握られている。六尺棒や刺股《さすまた》、大槌を肩に担いでいる姿もあったが、百蔵から達せられているのか、刃物を手にした者はいなかった。いまにもそれらを振り下ろさんばかりに男たちは殺気立っているが、恐れるようすも見せず、太左衛門は前に進み出た。

「私が、増子屋太左衛門にございます」

「てめえが増子屋か」と、右の男がひと睨みする。

先頭に立つふたりの男に、お藤は見覚えがあった。最初に百蔵に会ったとき、両側に張りついていた者たちだ。いずれも百蔵の片腕だときいていたが、肝心の百蔵の姿はない。それまでとは違う不安が、お藤の胸を刺した。

中間たちがまとう看板は、仕える主家によって違う。おおむねが紺の半纏だが、背に染め抜かれた紋や、襟の色や模様もさまざまだ。だが、徒党を組んだ仲間だとの証しに、同じ墨色の鉢巻きをしめ襷《たすき》をかけている。墨色の鉢巻きの真ん中、額の上に白く抜かれているのは、一枚の折れ鷹羽だった。

「こいつらの顔に、見覚えがあるだろう」

左の男が、三人の中間を前に押し出した。

「おまえら……」

身を乗り出した島五郎から、慌てて目を逸らせ、ばつが悪そうにうつむいた。武家商いは島五郎に任せきりにしていたが、お藤もまた見知っている。三人はともに、冬屋の寄子であった中間だった。武家商いから手を引いた折に、この店とは縁が切れた。

「粗相がねえにもかかわらず、こいつらを放り出した。たかが中間と、侮っているとしか思えねえ」

三人にはもちろん、別の人宿を世話してある。雇う側の武家も替わることなく、給金などの条件も同じだ。島五郎が念を入れて同業の人宿に頼み、三人も納得ずくで移ったはずだった。わざわざ担ぎ出したのは、おそらくは八部会の仕業だろう。自分たちは一切表に出ることなく、あくまで中間の私怨という建前を通すつもりでいるのだろう。

「ただでさえ少ねえ給金を、やれ看板代だの草鞋代だの、あれこれと言い訳立ててかすめ取る。牛馬よりひでえあつかいでこき使っておきながら、用済みとなりゃさっさと捨てる。かねがね口入屋には、腸が煮えくりかえって仕方がなかった」

「人宿とは、きいてあきれる。おれたちが人並みにあつかわれたことなど、一度もねえってのによ！」

先頭に立つふたりの目が、しだいに血走ってくる。建前のはずが、途中から単なる芝居ではなくなっていた。同じやる方ない憤懣《ふんまん》を、痛哭《つうこく》を、そして何よりも深い悲しみを、誰もが否応なく背負わされてきたのだろう。ふたりの背後に詰める者たちから、まるで冬の陽炎《かげろう》のように、ゆらりゆらりと怒気が立ちのぼる。

中間たちの辛苦を、頭では理解《わか》っているつもりでいた。しかしそれは、太左衛門やお藤には決してわかり得ない、生計《たつき》ばかりでなく生き死にさえ左右する切ないものだった。それをむしりとるように眼前に突きつけられて、その強い憤りに、お藤は初めて恐怖した。

太左衛門も、同じなのだろう。それまで泰然としていた輪郭がしぼみ、気圧されるように一歩二歩と後退った。その隙間を塞ぐように、ふたりが大きく一歩、前に詰める。合わせて背後の人群れが、波立つようにふくらんだ。

これまで溜め込んできた鬱憤の一切を、彼らは増子屋に向けて放とうとしていた。

「こいつらの怒り、晴らさせてもらう。おれたち武家奉公人の天誅と思え！」

どちらの男が叫んだのか、お藤は覚えていない。

背後からあがった大勢の鬨の声とともに、怒濤のように男たちがなだれ込んできた。

それはまさに鰯の大群だった。

弱いはずの魚が大挙して群れ、大波となって押し寄せる。

茫然と立ちすくむお藤のからだは、呆気なくその波に呑み込まれた。

「ひでえもんだ……まるでここだけ竜巻が通り過ぎたみてえじゃねえか」

往来に溜まった野次馬から、そんな声がもれきこえる。

抵抗はするな、とにかく逃げろと、あらかじめ太左衛門は店の者に言い渡していた。おそらくは百蔵からも、同じ戒めが出されていたのだろう。中間たちはことさらに人を的にする真似はせず、おかげでほとんどの者が、落ちてきた瓦が当たったり、逃げる途中で転んだりといった、かすり傷で済んだ。増子屋に出入りする、外科に長けた医者がふたり呼ばれ、すでに手当てにかかっている。

増子屋にとっては何よりの幸いであったが、一方で店の被害は甚大だった。表通りの三軒と、裏通りの冬屋は、見事に瓦礫の山と化していた。火事場で崩される建物さながらに、大黒柱さえ引き倒されて、割れた屋根瓦と材木で、足の踏み場もない。

店々が隙間なく軒を並べる日本橋に、ぽっかりと更地があいて、ふたつの土蔵だけが寒そうに、冬晴れの中に突っ立っていた。

自分たちが負ったかすり傷よりも、むなしいその景色が痛くてならないのだろう。わずかに残された裏庭のひと隅にしゃがみ込み、誰もが悄然と廃墟をながめていたが、誰よりも先に動き出したのは、やはり主人の太左衛門だった。

「皆、傷の具合はどうだ？　深手を負った者は、先に手当てをしてもらいなさい」

着物は埃にまみれ髷はつぶれ、大店の主人とは思えぬひどい有様ではあったが、手代たちに守られて幸い怪我はないようだ。

「差配さん、あんたは？」と、島五郎がお藤を覗き込んだ。

「おまえがかばってくれたおかげで、擦り傷ひとつありません。ありがとうよ、島五郎」

鰯の群れに呑み込まれそうになったお藤を、抱えるようにして隣家へと逃してくれたのは、この手代頭だった。まともに礼を返されて、照れくさかったのだろう。島五郎はぷいと顔を逸らし、足許に横たわる大きなからだをどやしつけた。

「ったく、手向かうなと、あれほど言ったじゃねえか！　何だってこんな無茶をしやがった。日頃のてめえらしくもねえ」

横になった実蔵が、すんません、と口の中であやまった。

もっとも怪我がひどかったのは、この手代であった。顔の半分が血まみれで、半裸のからだは派手な傷と痣《あざ》に覆われていた。瓦礫から引っ張り出された畳から、手足をはみ出させた格好で横になり、傍らでは医者が傷を確かめていた。その向かいに張りついて、ぼろぼろと涙をこぼしているのは鶴松である。さきほど他の小僧たちと一緒に、隠れていた稲荷社から戻ってきたのだが、実蔵の姿に仰天し、ずっと傍を離れようとしない。

「実蔵さん、頼むから死なねえでくだせえ。おいら、実蔵さんがいなくなったら、どうしていいかわからねえよ」

「……勝手に殺すな」

　ぼそりと呟いて、実蔵は重たそうに左腕をもち上げた。大きな手が頭の上に載せられて、鶴松がいっそう激しく泣きじゃくる。派手に血は出ているが、骨も折れておらず、案ずるにはおよばないと医者が告げた。

「実蔵さんは、おらと一緒に、いったんは逃げようとしただが……」

　口のことさら重い手代に代わり、唯一、行動を共にしていた泰治が事情を語った。

「冬屋を襲った中間は、三、四十人くらいだっただが、中に実蔵さんの見知りがいただ」

「見知り？」と、お藤が問い返す。

「へえ、実蔵さんと同じくらい、ひときわからだのでっかい男で……そいつを見たとたん、まるで人が変わったみたく、実蔵さんがとびかかっていっただ」

「おめえに関わりのある、中間か？」

　泰治が話を終えると、島五郎は血に染まった顔を上から覗き込んだ。その口許が、億劫そうに動いた。

「おれが冬屋に来る前、いっとう長くいた屋敷の中間頭でさ」

「ああ、あいつか……」

　島五郎も覚えがあるようだ。ちっ、と忌々しそうに舌打ちする。

「図体のでかさをいいことに、目下の者たちにはことさらきつく当たる嫌な野郎でな。実蔵は的にされて、さんざっぱら痛めつけられた」

中間をしていたころの話は、お藤も実蔵からきいている。もっとも腹にすえかねたのが、その中間頭だったようだ。

「口入屋は中間の敵だの、報いを受けろだの、あいつがえらそうにうそぶくもんで……我慢ができなくなっちまって」

「そういうことだったのかい」

同情をこめて、お藤は深くうなずいた。島五郎が、にやりとした。

「で、一矢《いっし》報いるくれえは、できたのか？」

「おれの拳が、奴の顔の正面に、まともに当たりやした……鼻の骨は、いったと思いやす」

「まさに面目丸潰れだな。そいつはでかした」

滅多に動かない手代の口許が、血をこびりつかせたまま、わずかにほころんだ。

つられて安堵まじりの笑みをこぼしたとき、後ろから声がかかった。

「お藤さん、大事はなくて？」

「おかみさん！　それに、お兼さんまで……どうしてここに？」

ふり向くと、内儀のお品とおつきの婆や、その後ろにはお兼の姿もあった。ふたりは女中たちを引き連れて、昨夜のうちに向島の寮へ行ったはずである。

「おかみさんが、どうしてもと言ってきかなくて……今朝方、日本橋に戻ってきたんですよ」

「日本橋って、いままでどこにいたんです？」

「お向かいの、仕出し屋さんよ。実はあらかじめ、お内儀には話を通してあってね。裏口からこっそり二階へ上げてもらったの」

「おかみさんと婆やさんだけじゃ、心許ないからね。あたしもお供をさしてもらいました」

口ではそう言ったものの、お兼が舞い戻ったのはお藤たちをひたすら案じてのことだろう。対してお品は、まるで物見遊山にでも来たように楽しげで、増子屋の惨状にもまったく頓着していなさそうだ。

「まるでイナゴの群れのようだったわね。ほんの一刻ばかりのあいだに、あれよあれよという間に食い潰されて。こんな面白い見世物は、初めてだったわ」

「ご自身の店がやられてるってのに、おかみさんときたら、まあすごい、まあ面白いと、はしゃぎっ放しでしたからね」

やれやれと、お兼がため息をつく。

「面白いはずがありませんよ、おかみさん！」

腹立ちまぎれに割って入ったのは、番頭の七郎兵衛だった。

「あの中間どもときたら、店の売り物から母屋の長火鉢まで、金目のものは一切合切さらっていったんですよ」

「ええ、七郎兵衛、それも見ていてよ。大きな桐簞笥《きりだんす》を、八人がかりでえっさえっさと抱えていって、それがまるで蟹の横這いみたいで、おかしくってならなかったわ」

「ですから、笑いごとじゃありません。おかみさんが床の間に据えた、古伊万里《こいまり》の大壺も雪舟《せっしゅう》の軸も、みぃんな奪われてしまったんですよ！」

「まったく構わないわ、七郎兵衛。だってあれは皆、偽物ですもの」

え、とその場の誰もが、同じ間抜け顔を見合わせた。

「あらかじめ、偽物にすり替えていたんですか？」目をぱちぱちさせながら、番頭がたずねる。

「いいえ、初めからよ。うちの人は、もともと名物のたぐいにはお金を使いたがらないし、あたしもさしてこだわりはないの。一応、お客さまの手前、それらしく見えるものをあたしが見繕っていただけで、値にしたら二束三文の代物よ。それをいかにも大事そうに抱えていくのだから、見ていて滑稽でならなかったわ」

ころころとお品が笑う。実蔵以外にも、相手に一矢報いてくれた者がいる。誰もがそんな気になって、つられて笑みをこぼし合った。

だが連中に、いや、八部会に、ひと泡吹かせてやるのはこれからだ。

近所への挨拶を済ませた太左衛門が、お藤のもとに来た。

「そろそろだと思うが、どうだね、お藤さん」

「はい、すでに与之助を外堀まで走らせました。そろそろ戻る頃でしょう」

そうか、と待ち焦がれるように、西の方角を見遣った。西には本石町一丁目を挟んで、江戸城の外堀があった。

「旦那さん、ご近所のようすは、いかがでしたか？　よもや巻き添えを食ったお店などは……」

「いや、それは大丈夫だ。連中は律儀なほどに、増子屋だけを狙い打ちしてくれたからね」

「そうですか……それは何よりでした」

興奮に衝かれると、人は何をしでかすかわからない。群衆となればなおさらだ。念のため火を落とし、大戸を固く閉じるよう近所の店々に頼んではいたものの、こればかりは防ぎようがない。被害が無闇に広がらなかったことに、お藤は大きく安堵した。

「おそらく百蔵から、きつく言い渡されていたんだろう。あの先頭にいたふたりが、隣近所には手を出すなと、幾度もいさめていたからな」

「そういえば、肝心の黒羽の百蔵は、とうとう現れなかったわね……どんな男か、楽しみにしていたのに」

いかにも残念そうに、お品はふっくらとした形のよい唇をとがらせた。

「私もそればかりは慮外でね」と、太左衛門がうなずいた。「急な病か、あるいは仕えるお家で、何かのっぴきならない用でもできたのか……よもやあの男に限って、事を手下に預けて、てめえだけは知らぬ存ぜぬを決め込むなんてことは」

「そんなこと、あり得ません！」

つい、らしくない声が出た。ふり向いたお品とちらりと目が合って、お藤はあわてて視線を外した。幸い男たちには気づかれなかったようで、島五郎がその後を引きとった。

「わけはわかりやせんが、黒羽の旦那が出張らなかったのは、どうやら連中にとっても思いがけないことだったようで……出入りが二刻近くも遅れたのも、そのためでさ」

「どういうことだね、島五郎？」

「さっき、与之助から話をきいたんですが」

太左衛門に促され、島五郎が話し出した。

相手の動きを、少しでも早く察知したい。太左衛門と島五郎に頼まれて、与之助は日の出の一刻前、暁七つから、もうひとり、油問屋の手代とともに、小川町で見張りに立っていた。

「今朝の六つ半くれえに、仁王のふたりが屋敷から出てきやして……仁王ってのは、いつも黒羽の背中に張りついているふたりでさ。襲ってきた中間どもの、先頭にいた男たちで」

　肝心の百蔵の姿はなかったが、与之助はひとまずふたりを追うことにした。男たちは小川町を東へ行き、北神田を素通りして両国広小路に抜けた。さらに大川にかかる両国橋を渡り、回向院の境内に行き着いたという。

「何だって、そんな遠回りを……北神田と本石町《ここ》は、目と鼻の先じゃないか」

　納得いかないようすで、太左衛門が首をひねる。

「おそらくは仕度のためでしょう。御城に近い小川町なぞで徒党を組めば、別の疑いをかけられて、お縄になるかもしれねえ。同様に、喧嘩仕度で得物をもち歩いていちゃ、往来でしょっぴかれる恐れもある」と、島五郎は説いた。

「なるほど、それでわざわざ千代田の御城から遠い、本所に集まったというわけか」

　朝五つまでのあいだに、続々と中間たちが集まってきて、百蔵子飼いのふたりから、そろいの鉢巻きと襷を受けとった。

　染め抜かれた折れ鷹羽を思い出し、お藤は眉をひそめた。内心の懸念は、太左衛門が代わりに口にしてくれた。

「あれは百蔵の主家の紋だろう。あんなに堂々と表に出しちゃ、後々面倒なことになりはしまいかね」

「あっしもどうかと思いやすが……」

やはり合点のいかぬ顔で、島五郎が同意する。ただ少なくとも、中間たちの気勢を上げるのに、ひと役買ったことだけは事実のようだ。

「さすがに黒羽の百蔵だ、逃げも隠れもしない、その心意気を示したものだろうと、連中はますます勢い込む始末で……ただ、肝心の黒羽が、待てど暮らせど現れなかったそうで」

五つを過ぎ、五つ半になっても百蔵は来ない。中間たちはさすがにしびれを切らし、小川町まで使いを走らせた。やがて戻ってきた使いは、仁王のふたりに何事か耳打ちした。境内の物陰から見張っていた与之助と手代には、当然、話の内容は届かなかった。ただ、使いがしきりに首を横にふっているようすを見る限り、百蔵とは会えず、また仔細もつかめなかったことが窺えた。

それから仁王たちはしばし額を突き合わせて相談し、結局、百蔵抜きで襲撃を行うことにしたようだ。増子屋への討ち入りを皆に達した。

「あれほど遅れたのも、そういうわけか」

太左衛門はそれなりに納得がいったようだが、お藤の不安はかえって高まった。

「黒羽の旦那に、何かあったのでしょうか……」

嫌な予感がした。何か、肝心なことを見落としている——。そんな気がしてならなかった。しかし考える間もなく、与之助が外堀から戻ってきた。

「旦那、来やした！」

襲撃の折と同じ文句を叫んだが、その顔は裏と表を返したように先刻とはまるで違う。憑いていた鬼を祓い、仏を引き連れてきたかのごとく、有難さと喜色に満ちていた。

「おう、待たせたな」

「ちょいと荷揚げに、手間取っちまってな」

褐色に焼けた顔はどちらも同じだが、片方は面長で右頰に傷があり、もう一方は顔もからだも丸みを帯びている。笑顔だけはよく似ていて、頭上に広がる空のように、まっさらで曇りがない。

「ありがとうございます、旦那方。万の味方を得るよりも、心強うございます」

お藤にはまさに、ふたりの姿が仏に見えた。

晴菖の主人、幡蔵と、大工の棟梁、芝源であった。


「この度は、無理な注文をお願いしまして」

太左衛門がまず、頭を下げる。

「なあに、こっちにとっても良い商売だ」

「何より、連中にひと泡吹かせてやれるってのが、小気味いいじゃねえか」

材木問屋の主人と大工の棟梁は、そろって日焼けした顔に歯を見せた。

太左衛門夫婦と、幡蔵と芝源。挨拶を交わす四人を、お藤と島五郎は少し離れてながめていた。

「あのふたりも、差配さんの伝手とはな」

「というより、瓢簞《ひょうたん》から駒だね。晴菖にいる宗助が粗相をしでかしてくれたおかげで、おふた方と、膝を交えて語る場をもつことができた」

お藤が策を思いついたのは、このときだ。百蔵が仕掛けるとしたら、おそらくは打ち壊しのたぐいだろう。太左衛門にもそれは読めていた。どう防いだらよいか、いっそこちらも大勢の用心棒を雇って迎え撃ってはどうか。最初はそんな相談もしていたが、お藤は逆の案をもちかけた。

商人にとっての力は、刀でも武でもなく財である。それを存分に振るってみてはどうかと、お藤は進言し、太左衛門はためらうことなく同意した。

「ただ、肝心要となる何よりの無茶を言い出したのは、おかみさんだよ」

「いかにも天女のおつげらしい、浮世離れした奇策だが……」

三人の男たちと談笑するお品を、島五郎がちらりと見遣る。

「だが、本当にできるのか？　それこそ神業でも使わねえと、無理なように思えるが」

「あたしも素人だから、それればかりは……」

つい案じるように、玄人ふたりをふり返った。お藤たちの心配をよそに、幡蔵と芝源はまったく別のことに気をとられている。

「いやあ、それにしても、噂にはきいていたがここまでとはなあ」

「まったく、こんな別嬪《べつぴん》は、吉原でもお目にかかれねえ。天女ってのは、いるもんだねえ」

ふたりがしきりに感心しているのは、お品の美貌である。亭主の太左衛門が横にいるというのに、しげしげとながめまわす。遠い異国からやってきた象や駱駝《らくだ》を、初めて目にする子供のようなまなざしに、嫌らしさは微塵もなく、お品も微笑みながら無邪気な賛辞を受けていたが、あさっての方角から野次がとんだ。

「親父、いつまでおかみさんに見惚れてやがる！　おふくろに言いつけるぞ」

「うるせえ、生言ってんじゃねえよ！　てめえは手を動かしやがれ！　すいやせんねえ、あっしの倅なんですが、あのとおり口ばかり達者で……」

芝源の言い訳が終わらぬうちに、また別の催促がかかった。

「旦那も油売ってねえで、とっとと腰を上げてくだせえよ。なにせ日限《みじけ》が短えんだからよ」

「わかってらい！　おれに指図しようなんざ、三百年早《はえ》えや！」

すかさず幡蔵が怒鳴り返した相手は、晴菖の半纏を着込んだ手代である。ふたりが引き連れてきたのは、ひとりふたりではない。いまは倅や手代の指示のもと、五十人に達する数の男たちが、瓦礫をより分け、折れた柱や割れた瓦など、使えそうにないものは大八車《だいはちぐるま》に積んで、敷地の外に運び出していた。

今日のために、増子屋と晴菖、芝源の三者は、幾度も相談を重ねてきた。手順はくり返し、人足や職人に叩き込まれてきたのだろう。動きは淀みなく、こうしているあいだにも、瓦礫はみるみる嵩を失っていく。代わりに運ばれてきたのは、晴菖の材木である。木場の貯木場から揚げ、適度に乾燥させてある。満足そうにながめて、幡蔵は言った。

「さてと、おれたちもそろそろ、はじめるとするか」

「そうだな。あとはあっしらに任せて、増子屋の皆さんはお引き取りくだせえ」

芝源もうなずいた。太左衛門が、ふたたび腰を折る。

「くれぐれもよろしくお願いします。ご近所や町方への挨拶は、すでにすませてありますから、存分に腕を振るってくだすって構いません」

「私どもはお向かいの仕出し屋におりますから、足らぬものがあれば何なりとお申し付けくださいましな。もちろんお食事も、そちらから運ばせます」

お品の申し出に、芝源が丸い顔をほころばせた。

「そいつはありがてえ。いまは人足と木挽《こび》き、大工に鳶《とび》の者といったところですが、後で左官や屋根職も入れやすから、のべで百は下らねえと思いやす」

「あとは大船に乗ったつもりで、昼寝でもしていなせえ。この晴菖と芝源が請け合ったんだ。必ず約束の日限までに仕上げてみせますぜ」

幡蔵がきっぱりと言い切って、芝源が厚い己の胸を、どんとたたいた。

これほど頼もしい約定は、他にない。

お藤にとっては、どんな神託よりも心強い、江戸っ子の見栄だった。


増子屋が、一世一代の手妻《てづま》をやってのけた——。

その噂が江戸中を駆け廻ったのは、翌日のことだった。

「きいたかい、木端微塵《みじん》に叩き潰された三軒の増子屋が、たった一日で元通りってんだから驚きだ」

「本当の話だぜ、おれなんざこの目で、ちゃあんと見てきたからな。ほんの半刻ほどで店先に足場が組まれてよ。花見か祭りみてえに、紅白の幕が張りめぐらされた。次の日、そいつが剝がされると、もとのまんまに三軒の店が並んでやがる。さすがにたまげたぜ」

「木場の旦那と芝の棟梁が、武家や中間になぞ負けられねえと、心意気を見せたってえ話だ。増子屋も豪儀なもんで、あと三度までなら、同じ手妻を披露できると大言を吐いたそうだぜ」

「まるで太閤の一夜城じゃねえか。まさか徳川のお膝元で見られるとは、おれもひとっ走りして拝んでこねえと」

増子屋は連日、黒山の人だかりで、押すな押すなの大盛況だ。ただの物見も多かったが、客足もまた途絶えることがなく、店の名が江戸中に轟《とどろ》いたのは何よりの収穫だった。

「目算はあったが、ここまでとは……下手な引き札より、よほど霊験あらたかだ」

当の太左衛門が、面食らうほどだ。店がこうむった損害は、今年のうちに御破算になりそうだと、各店の番頭たちは毎日算盤をはじきながら、嬉しい悲鳴を上げた。

「うちの屋号を染め抜いた傘が、殊にとぶように売れています。作る数を、十倍に増やしてもようございますか」

「まあ、傘くらいなら障りはなかろう」

合羽屋を預かる番頭に鷹揚にうなずいて、太左衛門はお藤に顔を向けた。いくら店が繁盛しても、ふたりには何よりの気がかりがある。

「そろそろ十日になるが、あっちのようすはどうだね？」

「ええ……与之助に探らせてはいるのですが、未だに何も……」

案じているのは、百蔵一派の再度の襲撃だった。増子屋はいわば、面子《メンツ》という鼻っ柱を正面からへし折った。百蔵と手下が、己の体面のためにふたたび増子屋を襲撃することは十二分に考えられる。

「そのためにわざわざ、張子のままにしてあるというのに……」

店の裏手をながめ、太左衛門は大きなため息をついた。

かろうじて造作を終えたのは、通りから見える店だけで、母屋の側にはぺろりと何もない。一夜城とは言い得て妙で、ちょうど芝居の大道具のように、急ごしらえの安普請で、ひとたび大風でも吹けば、ぺしゃりと潰れてしまいそうな代物だ。

あの日、紅白の幕の内には、灯りが煌々《こうこう》ととともされて、ひと晩中、槌音がやまなかった。

迷惑をかける本石町のご近所にはもちろん、太左衛門は町奉行所にも届けを出しておいた。むろん相応の詫び料も欠かさない。その上で、蟠蔵と芝源率いる職人衆は、夜通し手を止めず、とにかく三軒の店のがわだけを整えた。

早さ勝負だから、あちこち手抜きになるのは仕方ない。腕のある職人ならまず断るような仕事だが、武家を笠に着た中間たちに、町人がひと泡吹かせられるなら悪くない。蟠蔵と芝源はむしろ面白がって、進んで引き受けてくれた。

母屋の造作に加え、急ごしらえの店も建て替えねばならない。おまけに四軒の増子屋のうち、冬屋だけは未だに更地のままだ。増子屋の敷地は鉤形になっており、冬屋を建ててしまうと、母屋の造作に必要な出入り口を塞いでしまう格好になる。その不便もさることながら、理由はもうひとつあった。

半月指南では、技は伝授できても寄子の気構えが覚束ない――。

お兼や泰治との相談で、その結論に至った。寄子の心構えができあがるのは、遅い者なら二十五日。指南の日数が十日も延びては、いまのままでは儲けにならない。

これを黒字にする唯一の方法が、寄子の数を増やすことだった。

一度に指南する数を、いまの倍、十二、三人ほどにする。幸い、寄子の評判は上々で、奉公先には事欠かない。島五郎たちが手伝いを承知して、指南役も確保できた。ひとつだけ足りぬのは、寄子を寝泊まりさせるための広い座敷だった。

冬屋の奥を建て増しするか、あるいは指南小屋を建ててほしい。太左衛門に頼み込むより前に、八部会とのいざこざがもち上がり、それどころではなくなった。

「相手にやられても、やり返すだけの力は、私どもにはありません。殴られ、倒されても、しぶとく起き上がる。雑草のような粘り強さだけが、私たち下々の身上です」

お藤は太左衛門にそう訴えて、晴菖と芝源を巻き込む策を告げた。

ただお藤は、「三日のうちに」との心積もりでいたのだが、

「どうせなら、ひと晩でやり遂げてはどうかしら。その方がずっと評判を呼ぶわ」

そう言い出したのは、お品である。いくら何でも、ひと晩では無理だろう。太左衛門とお藤は、無茶を承知で切り出してみたのだが、木場の親方と大工の棟梁が、「そいつ

は悪くねえ」と、たちまち食いついてきたのは見当の外だった。

いまの増子屋はいわば仮小屋に過ぎず、一日も早く本普請にとりかかりたいところだが、増子屋がこうまでもてはやされて、八部会や百蔵が面白いはずがない。

「仮小屋なら、何度潰されたって構わないがね。本普請の後にやられては、さすがに厳しい」

二度、三度の襲撃を、太左衛門もお藤も危惧していたが、結局は取りこし苦労に終わった。百蔵一派は、増子屋に構う暇なぞない事態に陥っていたのである。

「差配さん、大変だ！　黒羽の旦那が、とんでもねえことをやらかした！」

さらに数日が過ぎたある日、与之助が慌てふためきながら油問屋にとび込んできた。

「とんでもないって……いったい、何を……」

たずねる声が、どうしようもなく震えた。

何か、肝心なことを見落としている――。その焦りだけが、強く胸に突き上げた。

「黒羽の百蔵が、主家のご家老を斬り殺した！」

傍にいた太左衛門や島五郎、奉公人たちが、蜂の巣をつついたようにたちまち騒ぎ出したが、お藤の耳にはすでに、何も届いてはこなかった。

18

「やはり当の成美家は、ご家老の死を病として届け出たようだ」

寄合から戻った増子屋太左衛門は、お藤と島五郎の前でまずそう告げた。

その日、太左衛門が赴いたのは、日本橋の油問屋の寄合であった。大店ばかりが名をつらね、札差や両替商が本業という商人も少なくない。幕閣や大名とも結びつきが強く、それだけ武家の内情にも通じている。

黒羽の百蔵が、主家の家老を斬り殺した。

与之助がその知らせをもたらしてから、二日が過ぎていた。

黒羽の百蔵が仕えていたのは、下総矢垣藩、十万石の成美家だった。

「いまさらそんな建前なぞ、誰も耳を貸しやせんぜ。すでに旦那の狼藉は、江戸中に広まっていやすから」

島五郎の言い分に、まあな、と太左衛門も太いため息を返した。

「屋敷前に群がる中間の数は、昨日よりもさらに増えてまさ。この分じゃ、明日には千を超えるでしょう」

一方の島五郎は与之助とともに、昨日今日と、小川町にある成美家上屋敷のようすを見にいっていた。

「屋敷は固く門扉を閉ざしていましたが、怒声やら投石やらで、えらい騒ぎになってまさ」

「増子屋を壊したときでさえ、せいぜい三百だ。中間が千人も集まって、無事で済むはずがなかろうな」

太左衛門が同情交じりに相槌を打った。

「御上もそろそろ、黙ってはおれんだろう」

「月番の町奉行所の捕方《とりかた》が、どうにか押さえつけてはおりやすが……そろそろ城の番方《ばんかた》が出張ってもおかしくはねえはずです」

「自らが出仕もままならないようじゃ、とても手がまわらない。なにせ城中が、閑散としたままだというからな」

太左衛門と島五郎のやりとりを、お藤は黙ってきいていた。口を開けば、あらぬことを叫び出してしまいそうだ。ふたりは今後の成り行きを憂えているが、お藤が身をちぎられそうなほど案じているのは、百蔵のいまの身の上だけだ。

百蔵が家老を斬ったのは、増子屋への打ちこわしが行われた、まさにそのときだった。

成美家には、仁王と称されるふたりをはじめ、多くの中間たちが抱えられている。彼らは一切、家老殺しには関わっていない。その証し立てのために、わざわざ同日同刻をえらんだに違いない。お藤にも、そのくらいの察しはついた。

ただ、事はそう簡単には収まらなかった。

あの黒羽の百蔵が、理由もなく無体をはたらくはずがない——。きっと殺されるだけに値するような酷い仕打ちを、当の家老がしてのけたに違いない——。その噂は突風よりも速く、中間たちのあいだを駆け抜けて、彼らの蜂起を促した。

江戸中から中間や陸尺が、小川町の成美家上屋敷へ続々と集まってきた。

上屋敷では門扉を固く閉ざしているが、大名旗本の印半纏をまとった男たちの数は増える一方で、事の深刻さはもはや成美家だけに留まらず、江戸城へと飛び火していた。

「お武家さま方が恐れていたことが、真実《まこと》になったということですね……」

細い息とともに、かろうじて呟いた。

乱暴で素行が悪く、喧嘩だ博奕だと、始終厄介をかけられている。鼻つまみ者たる武家奉公人を放り出すことをしなかったのは、何よりもこのような状況を恐れていたからだ。

小川町にたむろする連中はもちろんのこと、そうでなくとも誰もがこの一件に浮き足立っている。中間たちは己の仕事を放り出し、雇う側の武家は、城や役所への出仕すらままならない。この身分には挟箱持ちと草履とり、ひとつ上がれば槍持ちに若党《わかとう》と、出仕ひとつにも細かなとり決めがなされている。

非常時なのだから、体裁などどうでもいい。己ひとりでも城に向かう――。

そんなあたりまえの英断を下せる武士は驚くほど少なく、ひとまずは病を理由に出仕を留まり、自身の失態をいかに隠しおおすかに汲々としている。そんな横並び主義の侍が、大半を占めていた。まさに己で己の首を絞めるような格好で、幕府の内は大混乱に陥っていた。

「まともに動いているのは、町奉行所くらいだろう。あそこはお奉行の役宅が、奉行所の内にあるからな」

太左衛門がつけ加え、島五郎もそういえば、と思い出したように語った。

「八部会の連中が、今朝、町奉行から呼び出しを食らったそうですぜ。中間たちを説き伏せるよう、命じられたそうですが……」

「不首尾に終わったというわけか」

その顔を見て、すぐに察したようだ。太左衛門が結論をさらう。

「日頃から、てめえらの上前をはねている連中ですからね。中間たちからすりゃ、恨み骨髄だ。永田屋や豊五屋なぞは、結構な傷を負わされたそうで、これっぱかりはおれも胸がすっとしやした」

人宿組合の顔役たる八部会の説得は、かえって相手の怒りに油を注いだ。たちまち殴られたり石を当てられたりし、ほうほうの体《てい》で逃げ帰ったという。八部会には、増子屋もやはり痛い目に遭わされている。島五郎はそのときだけは、ざまあみろと言いたげな顔をした。

「でも、八部会でも止められないとなると……いったい誰が、この騒ぎを落着させるんです？」

「……そりゃあ、黒羽の旦那だけだろうが」

「肝心の百蔵が、まだ屋敷の中にいるからな」

太左衛門と島五郎が、ふうむと顔を見合わせる。

家老を殺《あや》めた百蔵は、その場で直ちに捕らえられた。抵抗することもなく、おとなしく家臣たちの手で縛についたものの、この一件を表に出せない成美家は、その処分に頭を痛めた。武家で起きたことは、町奉行所も手を出せない。表沙汰にせず、内々で片付けるのが常だった。

相手が力のある大名なら、幕閣の者たちも、何らかの見返りと引き換えに口をつぐむ。おそらく成美家では、その手筈を整えていたのだろうが、百蔵を始末するより前に、中間たちが騒ぎ出した。百蔵はいまも、成美家上屋敷の内に籠められたままだという。

「……黒羽の旦那は、どうなるんです？」

たずねる声が、喉に張りつくようだ。世情の騒動も幕府の混乱も、いまのお藤にはどうでもいい。

「成美家は、過去に何人もの老中を出した家柄だ。いまの当主は寺社奉行だが、いずれは老中か、それに近い位にまで上り詰めるだろうな」

成美家は譜代大名にあたり、代々の当主は幕府の要職を務めている。百蔵が、いや須藤兵庫が仕えていた一万石の公平家は、同じ譜代とはいえ、せいぜい若年寄止まりだが、十万石の成美家は、大名であるとともに、幕府を動かす立場でもあった。

「その家老を殺めたとなれば、どうころんでも死罪は免れねえってことか……」

島五郎が残念そうに呟いた。

わかってはいたが、その言葉は大きな棘のように、お藤の胸に刺さった。あまりに太く鋭い棘に、息をすることさえ苦しくなる。

「それでも、ただちに死罪にするわけにもいかぬだろうな」

お藤の心中を察したわけではなかろうが、それでも太左衛門は、ひとつだけお藤に希望を与えてくれた。

「いま百蔵を殺してしまえば、ますます連中はいきり立つ。今度こそ手に負えなくなって、最悪、一揆が起こるかもしれん。それだけは御上は避けたいはずだ」

いったいどうして、百蔵がご家老を手にかけたか。中間たちが求めているのは、そのわけを世間に向かって詳らかにすることだ。うやむやにしたまま百蔵を死罪に処せば、中間たちの怒りは一気にはじけ、前代未聞の騒ぎとなろう。もはや成美家だけに留まらない、将軍家の膝元では決して起きてはならない、不測の事態となる。

「まあ、成美家と中間たちと、双方の落としどころを探っている。いまはそんなところだろう」

すぐに処刑されるようなことはあるまい――。

太左衛門の予見は当たり、それからひと月半ものあいだ、百蔵は成美家上屋敷に留め置かれた。

年が明け、一月も晦日《みそか》を迎えたその日、ひとりの武士が、増子屋を訪ねてきた。

「それがしは三河国公平家にて、公事方《くじかた》吟味役を務める、伊丘文次郎《いおかぶんじろう》と申す」

お藤は、はっと目を見張り、相手を仰いだ。

日陰で育った瓜のように、線の細い男だが、小作りな青白い顔の中で、賢そうな目だけが懸命にまたたいていた。

「公平さまと申しますと、もしや……」

まわりの耳をはばかり、後の言葉は呑み込んだ。察したように、伊丘はゆっくりとうなずいた。公平家は、百蔵の実父が仕えていた大名家だった。

「お藤というのは、そなたか？」

「さようです」

「少し、話をしたいのだが……」

と、伊丘はややとまどいぎみに、周囲をながめた。

増子屋は、本普請にとりかかっており、大工や左官、畳職人などが、ひっきりなしに行き来している。とても落ち着いて話す場所なぞなく、お藤は小僧の鶴松に告げて、伊丘とともに外に出た。

「人には、きかれたくない話でな」

伊丘に言われ、お藤は少し考えて、外堀に面した料理屋をえらんだ。少し前に、内儀のお品に連れられて入った店だ。構えは小さいが、気の利いた料理を出す。幸い仲居は、お藤の顔を覚えていて、静かな座敷を所望すると、奥の小部屋に通してくれた。

「それで、お話といいますのは……」

伊丘が下戸だときいて、かるい昼の膳を注文した。料理が来るより前に、お藤は性急にたずねた。

「須藤兵庫という名を、知っておろう？」

「はい」

「おれと兵庫は、幼いころからの遊び仲間であってな」

須藤兵庫とは、侍だったころの百蔵の名だ。伊丘は百蔵と、ちょうど同じくらいの年格好だ。やはりそうかと、お藤は心の中で得心した。

「お藤殿との経緯は、兵庫からきいておる。あいつもまた、己の来し方を話したそうだな」

はい、とお藤はうなずいた。

百蔵が成美家の家老を斬ったのは、十五年前、公平家の若君が毒殺されたことに因がある。若君の死の責めを実父が負わされ、須藤兵庫の人生は、大きく狂った。

しかし若君の毒殺を企《たくら》んだのは、公平家の本家にあたる成美家の家老であった。江戸にいた幼馴染みから、企みのからくりを知らされ、自身は中間として屋敷に潜り込み、調べ上げた。お藤は百蔵からそうきいていた。

「もしや、その幼馴染みというのは……」

「いかにも、おれだ」

こたえた伊丘の顔には、深い後悔の念が強く刻まれていた。

「当家は父祖の代から、公事吟味に関わっておってな。役目上、ご本家にもよう出入りする。若君の死に、兵庫の親父殿が関わっているはずがないと、おれの父はひそかに調べておったのだ」

一年以上経ってから、公平家の領地にある鉱山を、本家の成美家が狙っていたことを突き止めたものの、すでに若君の後釜には、成美家からの養子が据えられていた。いまさら事を公にしたところで、成美家はもちろん、公平家にも幸いしない。

「決して他言せぬよう、親父からは言い含められたのだが……おれはどうしても、兵庫にだけは告げたかった。あいつの親父殿は紛れもなく潔白だと、言わずにはおれなかった」

「お気持ちは、お察しします」

「だが、そのために兵庫は、あのような真似を……」

薄い唇を、強く噛みしめた。お藤もずっと、同じ後悔を抱えていた。

「私も、やはりいく度も悔やみました……兵庫さまが事を成した、たった二日前に、私は兵庫さまとお会いしたのですから」

「二日前……さようであったか」

きいてはいなかったようだ。伊丘は意外そうに、よく光る小石のような目を広げた。

あのとき、たしかに不安は感じていた。なのに百蔵を、そのまま帰してしまった。

その後悔は、黒い鳥もちのようにべったりと胸の中に張りついて、どうしても剝がれてくれない。

「もしかしたら、ぎりぎりの縁《ふち》に立っていた兵庫さまの背を、私が押してしまったのではないかと……そんな気がしてならなくて」

お藤は思わず、両手で顔を覆った。

このふた月のあいだ、誰にも言えなかった。お品だけは、お藤の中の何がしかの屈託に気づいていたのかもしれない。先日、この料理屋に誘ってくれたのも、そのためかもしれない。けれど事は百蔵の出自に関わる。こればかりは、お品にすらも明かせなかった。会ったばかりとはいえ、百蔵の古い知己であり、また似たような後悔を抱く伊丘を前に、堪えていたものがいちどきに噴き上げた。

目の前の侍は、気安く女子を慰められるような、器用な男ではないようだ。低い嗚咽が収まるまで、手をこまねいてただ黙していたが、いまのお藤には有難かった。

やがてすすり泣きが途絶えると、伊丘はぽつりと言った。

「あいつはな、ずっと倦んでおったのだ」

え、とお藤は顔を上げた。

「若君の夭逝に、成美家が関わっている。そこまではおれの親父がつかんだものの、そこから先は詳らかにできなんだ。誰が企て、どのように事を運んだか。侍を捨て、武家奉公人になってまで、兵庫は若君の一件を調べ上げようとした。しかし真相《まこと》を知っても、仇討はおろか、殿の前で申し開きすらできぬ」

真相を探っていたうちは、まだよかった。けれどいざ明らかになってしまえば、執着も失せる。後に残るのは、ただ現実だけだ。親の無念を晴らすこともできず、一方で名うての中間頭として仲間たちから祭り上げられるのも、かえって煩わしかったのだろう。

「いったい何のために、己が在るのか……兵庫はわからなくなっていたのだろう」

十三年ものあいだ出自を隠し、黒羽の百蔵として生きてきた。自分を偽り続けた挙句、須藤兵庫という男を消してしまった。戻ることはできず、このまま百蔵でいても甲斐はない。両者のあいだに開いた大きな隔たりを、自覚させてしまったのは、やはり自分かもしれない。お藤の胸に、新たな後悔がわいた。だが伊丘は、意外なことを口にした。

「それでもな、お藤殿の話をしてくれたときだけは、昔の顔に戻っておった」

「え？」

「たしか、去年の夏だったか……お藤殿に会ったと、十三年も前なのに、おれのことを覚えていてくれたと、ひどく嬉しそうに話してくれてな」

「そう、でしたか……」

「めずらしく、あやつの方から、飯でもどうかと誘ってきた。実は二年前から、おれも本家勤めに相成ってな」

公平家の公事方には、本家の成美家に詰めて吟味を手伝う掛りがあり、伊丘はこの役目に就いていた。とはいえ、百蔵がもと公平家の家臣であったことは秘している。互いに屋敷で会っても素知らぬふりでいて、ごくたまに外で会うときも、いまの身分ではばかりがあったのか、伊丘の方から誘うのが常だったという。

「それではもしや、事が起きてから、兵庫さまにお会いになられたことも……」

「吟味の助役《すけやく》として、いく度も会《お》うた」

「兵庫さまは、いかがなごようすですか？　このふた月、どのようにお暮らしなのですか？」

「上屋敷の蔵のひとつに牢を築いてな、そこに籠められておるが、飯も与えられておるし、あつかいはそう悪くない」

ひとまずは安堵したが、伊丘の表情は暗かった。

「ただ……」

「ただ？」

「いまのあいつは、まるで抜け殻だ。何も語らず、何も見ようとしない。中間たちの騒ぎすら、我関せずだ」

「そんな……」

所詮は、ごろつきの集まり。時が経てば、中間たちの方が飽きるだろうと、公儀は軽んじていたが、ふた月ものあいだ、中間たちは粘り強く抵抗した。仁王と呼ばれる、ふたりの配下が音頭をとっているためだ。片腕と呼ばれるだけあって、決して能がないわけではなく、また百蔵のやり方を傍らでつぶさに見てきた者たちだ。

自分たちが、百蔵の命を辛うじて永らえさせている。彼らはそれをよく承知していた。一時は千を超す数にふくれ上がった中間陸尺は、放っておけば暴徒と化していたに違いない。どうにかこれを踏み留まらせ、巧妙に交渉の種にした。

公儀が何より恐れるのは、一揆である。承知の上で、もっとも勢いがついた頃を見計らい、ふたりは町奉行との話し合いに応じたのである。

「連中が求めたのは、公明正大なお裁きだ。武家屋敷の内は、浦島太郎《うらしまたろう》の玉手箱に等しいからな。何がとび出すかわからぬ、あけてはならぬ箱なのだ」

「それをこじあけるよう、申し出たと？」

「事を詳らかにしさえすれば、きっと命を助ける術がある……連中はそう考えていたのだろうが」

本当の理由はもちろん、もと公平家の家臣であったことすら、百蔵も、そして伊丘も、語れない。事の発端は本家の側の良からぬ企みだが、言ってみれば二家のあいだに起きたお家騒動である。いくら十万石の譜代といえど、もしも明るみに出れば、二家まとめてお取り潰しと相成ることは十分にあり得ることだ。

些細なことにかっとなって、刃物をふり回した――。

百蔵は、その一点張りだという。

「何も語れぬのは、致し方ない……公平家を守るためだ。だが、いまのあいつは、ただ死だけを望んでおる。おれにはそれが、どうにも辛くてならぬのだ」

伊丘はどうにかして、百蔵の本心を確かめたいと思った。吟味役という立場を使い、飯に文を仕込んだり、一度は見張りを下がらせて、さし向かいで問うてもみた。しかし何をどう説いても、早く死罪にしてくれと、百蔵はそれしか口にせぬという。

「ただ一度だけ、あいつの顔が変わった。ほんの一瞬、わずかだが、おれは気づいた。お藤殿の、話を出したときだ」

「……私の？」

「お藤殿に、何か伝えたいことはないかとたずねた」

「あの方は、何と？」

「おれのことは忘れて、幸せになってほしいと」

熱をもった温かな波が、たちまち胸いっぱいに打ち寄せた。喉を通り過ぎ、嗚咽として漏れることもなく、全てが目からあふれ出す。そのまま百蔵の面影に浸ってしまいそうになったが、しっかりとした声が押しとどめた。

「おれは、あいつの遺言を伝えにきたわけではない」

「……伊丘さま」

「お藤殿なら、あいつを変えられるのではないかと、そう思うてここに来た」

「もしや、兵庫さまのお命が、助かる術があるのですか？」

「いや、それは……」

と、伊丘は残念そうにうつむいた。ふたりの仁王は、しごく上手に立ち回った。町奉行との交渉を終えると、集まった中間衆をいったん解散させ、だがひと月半のあいだ、決して手をゆるめることをしなかった。ひとまずは町奉行の要求を呑み、もとのとおり武家奉公に携わるように説き、成美家の前には、毎日交代で百人ほどの仲間を詰めさせた。これまで成美家が、百蔵に手出しできなかったのもそれ故だ。

しかしこれ以上、放っておくわけにもゆかない。ついに公儀も、重い腰を上げざるを得なくなった。

「あいつは明日、上屋敷から町奉行所へと移される」

ふた月のあいだに、すでに上屋敷の内で吟味は済んでいた。三奉行によって裁許がなされる評定《ひょうじょう》へもかけられた。そのあいだ二度にわたって、仁王のふたりは内々に、百蔵にまみえることを許された。それでも何も変わりはしなかった。まるで百蔵という中身をそっくり抜いて、竹と紙でできた張子でも置いたように、口からはただ力のない詫びだけがくり返された。

「当人があのようすでは、仁王たちも諦めざるを得なかったのであろう」

ふたりの無念を噛みしめるように、伊丘は告げた。

「明日、町奉行所に移されて、それからどうなるのですか？」

「形ばかりの白州が開かれ、死罪が申し渡される。ほどなく小塚原《こづかっぱら》に送られよう」

小塚原には、刑場がある。百蔵が自ら望んだ死は、目前に迫っていた。

「それでもおれは、あのような哀れな姿のまま、あやつを逝かせたくはない！」

「伊丘さま……」

「だから、お藤殿に頼みに来たのだ。明日、あいつを見送ってはくれぬか」

青い瓜のような月代頭《さかやきあたま》が、お藤に向かって下げられた。


暦の上では春だというのに、ひときわ寒い朝だった。

今月の月番は、呉服橋御門《ごふくばしごもん》内にある北町奉行所である。小川町から北町奉行所までは、さほどの道程ではない。その短い沿道の両袖に、まるで祭り見物のように、びっしりと人垣ができていた。

噂をききつけた野次馬も多かったが、人垣の前に陣取っているのは、ほとんどが紺の印半纏である。百万石の大名行列でさえ、これほどの数の中間陸尺は集められまいと、人々が小声でささやき合う。

「お、門が開いたぞ」

明け六つの鐘とともに、小川町にある成美家上屋敷の門が開かれた。むろん御成門に罪人を通すわけにはいかぬから、台所門と呼ばれる勝手門である。

「こいつは何とも、物々しいな」

万が一のための用心に、公儀より遣わされたのであろう。三百に届く数の侍が、鉢巻きに襷がけの姿で長い行列を成し、その中ほどに唐丸籠《とうまるかご》が見えた。罪人の護送に用いる、目の粗い竹籠であり、中の罪人は丸見えになる。

「旦那、何てえいたわしい姿に……」

「黒羽の百蔵が、あんな惨めな姿になり果てるとは」

後ろ手に縄をかけられ、ざんばら髪に、無精髭が長く伸びている。かつて折れ鷹羽を背負っていた面影は微塵もない。籠の中で力なく頭《こうべ》を垂れているのは、紛《まご》うことなく、これから死に行く罪人の姿だった。

罪人の送りには、見物人から野次や石がとぶものだが、さすがに中間たちをはばかって、誰もそんな真似をする者はいない。ただ、ひそひそと小声でささやき合っていたが、唐丸籠が通り過ぎると、実を鈴なりにした青い南天のごとく、印半纏のかたまりが大きく揺れた。

「もうすぐだ、お藤殿」

人込みから守るように、傍らに立つ伊丘文次郎が、お藤をふり返った。

ふたりは本石町からほど近い、常盤橋《ときわばし》御門の手前にいた。外堀をぐるりとまわる格好で、籠はやがて常盤橋御門を過ぎて、その南に位置する呉服橋御門から曲輪《くるわ》の内に入り、北町奉行所へ到着する。その手筈になっていた。

やがて大勢の侍のあいだから、唐丸籠がお藤の目にとび込んできた。思わず草履からかかとを浮かせたが、ふいにそれをさえぎる者があった。

「頭《かしら》！　本当におれたちを置いて行くつもりなのか！」

「おれたちの命は、とうに頭に預けたってのに！　どうして先に逝っちまうんだ！」

竹籠にとりすがっているのは、仁王と称されたふたりだった。ともにひときわ大きなからだの男たちだ。それがいまは恥も外聞もなく、まるで子供のように大粒の涙をこぼす。

「こら、おまえたち、下がらぬか！」

騎乗した町与力らしき者が、馬上から命じたが、ふたりは張りついたように籠から離れない。与力の指示で、侍たちが引き剝がしにかかったが、それまで辛うじて枝に留まっていた紺色の南天が、堪えかねたようにばらばらと道にこぼれ落ちた。

「侍なんぞに負けるな！　籠を奪え！」

「おれたちで、黒羽の旦那を逃がすんだ！」

たちまち護衛の侍と、紺の半纏が交じり合う。公儀が恐れていた一揆が、いまにも起きそうな事態だった。お藤もまた、どこかでそれを願っていたが、

「てめえら、たいがいにしねえか！」

腹の底から響くような大声が、一喝した。はじけた南天の実が、ぴたりと動きを止めた。

「頭……」

「おめえらの気持ちは有難《ありがて》えが、このまま静かに見送ってくれ」

「だけど、頭……」

「後のことは、任せたぞ。おめえたちふたりなら、おれの跡を立派に継げる」

ふたりの仁王から、すすり泣きが漏れ、力なく地面に座り込む。役人が中間たちを道からどかせ、行列はまた、何事もなかったように動き出した。

籠が、常盤橋御門の正面に来たときだった。「兵庫」と、決して声高ではないが、確かな声がその名を呼んだ。うつむいたままの髭面が、声を発した伊丘文次郎をそっとふり向いた。伊丘のとなりから、お藤は一歩前に出た。

気づいた百蔵の目が、かすかに広がった。

その目がゆっくりと細められ、淡い笑みが浮かんだ。

言葉も交わせず、声すらかけられない。それでもお藤には、どうしても伝えたいことがある。

お藤は右手で、それを示した。

百蔵の顎が上がり、さっきより何倍も大きく、両眼が開かれた。

まるで抜け殻だと、伊丘は評した。仁王たちの最後の嘆願さえ、効き目がないように思われた。

しかしお藤を見詰める眼差しには、それまでとは明らかに違う、強い光がまたたいていた。

その目をお藤もまた、万感の思いを籠めて見詰め返した。

やがて籠が通り過ぎ、百蔵の姿が視界から消えると、伊丘が言った。

「お藤殿の思いは、通じたようだな」

「はい。私も、そう思います」

「兵庫でも百蔵でも構わない。あやつらしい最期を遂げさせてやれるなら、おれも少しは救われる……かたじけない、お藤殿」

伊丘はふたたび、お藤に向かって律儀に頭を下げた。

その日のうちに、北町奉行所にて裁きが下され、七日の後に小塚原刑場で、黒羽の百蔵は死罪となった。

19

「何をちんたらやってんだい！　そんな有様じゃ、朝飯が炊き上がるころには日が暮れちまうよ！」

どんな雄鶏《おんどり》よりも、お兼の声はけたたましい。それでも六年のあいだ、この声とともに寝起きしてきた。

おさんにとっては子守唄に等しく、いまでは声の調子から、お兼の機嫌すら窺える。

「お兼おばちゃん、ご機嫌だ。きっといまの組は、出来がいいんだ」

顔を洗って、呟いた。母は誰よりも早く起き出して、店に出る。おさんが目覚めるころには、すでにとなりにおらず、晩も母の戻りを待たず、眠りにつく。それでも寂しいと思ったことは、一度もない。口入屋はもちろん、三軒の増子屋にも人が大勢働いていて、おさんを目にするたびに、声をかけてくれるからだ。

「おはよう、おさん坊。これから朝飯かい？」

増子屋の台所へ行く途中で、さっそく声をかけられた。油問屋の三の番頭、七郎兵衛だ。

「あたしはいま、済ませてきたところでね。今朝は納豆と、もろこの佃煮だよ」

「もろこって、何ですか？」

たとえ入りたての小僧が相手でも、目上の人にはていねいに接するよう、日頃から母に含められている。番頭は、自分の人差し指を示して言った。

「もろこというのはね、このくらいの小魚で、琵琶湖《びわこ》でしか獲れないそうだ。昨日、訪ねてらした、おかみさんのご親類の手土産だそうだが、これが思いのほかやわらかくて……」

話が長くなるのは七郎兵衛の常だが、あいにくと店の方から呼ぶ声がかかった。

「やれやれ、駒屋に移ってからこの方、忙《せわ》しないったらありゃしない。あんたのおっかさんと働いていたころが、懐かしいよ」

七郎兵衛は、もとは口入屋にいたのだが、おさんが生まれる少し前に、駒屋と称される油問屋に移ったときいている。増子屋が新築されて、そのころからお客が倍にも増えた。人手が足らず、番頭を増やすことになったのだそうだ。

「ああ、そうだ。後でそっちにも顔を出すから、おっかさんにそう伝えておくれ。駒屋のお得意さまから、奉公人の仕込みを頼まれていてね」

「はい、伝えます」

「『小津屋』という銘柄は、この江戸ではどこよりも信が置けると、先さまがたいそう褒めていたよ」

まるで自分のことのように得意げなようすで、番頭は駒屋へと戻っていったが、おさんの胸も、誇らしさにまあるくふくらんだ。

おさんはまだ数え七つだが、二年前から小津屋への出入りを許されている。ただし店では、帳場の脇に正座して、黙って母や皆の仕事を見ていなければならない。

母のお藤は、最初に娘に告げた。

「おさん、ここで店のすべてを見聞きして、そして考えなさい」

「考える？」

「わからないこと、ききたいことがあっても、店では決して口にしてはいけないよ。何日かかってもいいから、あたしや皆にたずねるより前に、おさん自身で考えてごらん」

母の言葉を、おさんはよく覚えている。当時はその意味がわからなかったが、最近ようやく、うっすらとながら理解しはじめていた。

小津屋の寄子になりたいと、毎日、数えきれない者たちが店を訪ねてくる。もとは男だけに限っていたそうだが、いまは女中志願も多い。一方で、お兼を筆頭に指南役の数は限られていて、その仕込みを受けられる者は、半分ほどしかいない。母や手代たちが、どうやって顔ぶれを選《よ》り分けているのか、おさんにはまずそれが不思議だった。

「さっき落とされた人は、非の打ちどころがないように見えたのに」

ある日、昼餉を食べながら、つい呟いたことがあった。となりで飯をかっこんでいた手代は、快活に笑った。

「あたしも昔、まったく同じに思ったものさ。まだ鶴松と呼ばれていた、小僧のころにね」

「そう、なんですか」

と、おさんはびっくりした。手代の鶴之助《かくのすけ》は、若いながらも人を見る目にかけては右に出る者がいないと、母が太鼓判をおしていたからだ。

「目立たない才ってものが、下働きには大事でね」

「……目立たない才？」

よくわからなくて、首をかしげるおさんを、笑顔で見返す。小津屋の者は、誰しもおさんを可愛がってくれるが、気さくでとっつきやすい鶴之助は、いちばん話しやすい相手だ。店内ではきけないさまざまな不思議を解くための、糸口を与えてくれた。

今日、首をかしげたことが、明日わかることもある。あるいは三月や半年もかかるものもあり、何の脈絡もなく、ふいに解《ほぐ》れるときもある。

ぱっ、といきなり世界が開けたような、きらきらしたその瞬間は、何物にも代えがたい驚きと喜びに満ちている。逆に、一度大きく開いたと見えた扉が、見間違いだったと知れて、がっかりすることもある。

それでもひとつひとつが、おさんには発見であり、大事な楽しみとなりつつあった。

「これもいわば、おかみさんの受け売りでね。おさんちゃんにも、そのうちわかるよ」

「おっかさんの……」

「あのころはまだ、おかみさんじゃあなく差配さんだったがね。口入稼業についちゃ、いっぱしの玄人で、あたしも色々と教わったもんさ」

おさんにとっては大昔のことを語り、懐かしいなあ、と目を細めた。

もとは増子屋の一軒に過ぎなかった口入屋を、いっそ買わないかと勧めたのは主人の太左衛門である。金は後払いで構わぬから、自分の店として仕切ってみてはどうかともちかけたのだ。

　おさんが赤ん坊のころの話だから、詳しくは知らないが、おさんが生まれた翌年に、名を小津屋に改めて、母は主人となった。借金の返済にはまる五年かかり、「これでようやく、肩の荷が下りたよ」と、母に告げられたのは、先月のことだった。

　この間、小津屋を真似て、寄子指南をはじめた口入屋はいくつもあったが、信用だけは一朝一夕で築くことはできない。七郎兵衛が語ったとおり、小津屋という銘柄は、この江戸で揺るぎのないものとなっていた。

　小津屋の寄子は、とにもかくにもしつけが行き届いている――。その信用が、新たな商売への間口を広げつつあった。

　それが出先指南である。

　うちの店の使用人を、みっちりと鍛え直してほしい――。

　一年ほど前より、客の方から頼まれるようになり、お兼を助ける指南役の数を増やすことにした。まだ十分な数に達してはいないが、すでに出先指南ははじまっていた。

「なにせ店のやり方ってもんに、頭の先まで浸かっている連中が相手だからね。新参を鍛えるより、よほど手間がかかる。厄介なのは下じゃあなく、むしろ上だよ。頭とつく連中にとっちゃ、てめえの城に土足で踏み込まれるようなものだからね」

　お兼の助言を受けて、母はあれこれとやり方を工夫した。ひとまず形になってきたのは、今年に入ってからだ。

指南は三月。とはいえ、三月のあいだ、ずっと張りついているわけではない。最初に三日指南して、十日おく。次に二日行き、半月あける。そんなふうにして、三月のあいだに正味十日ほど指南役が店に通う。

「向こうさんが忘れたころに、くり返し尻を叩くのが何よりさね。あたしらがいないうちに、不平や不満もたっぷりと吐けるしね」

いまはまだ、ようすを見ながら進めているが、ひとまずはお兼も墨付きを与えた。

そしてもうひとつ小津屋には、有難いながら困ったことがもち上がった。日本橋界隈ばかりでなく、江戸の方々から客が集まるようになったのだ。特に多いのが、上野・下谷の界隈と、本所・深川である。この本石町からでは、なかなか手が回りきらず、ついに今年の春、下谷と深川に出店を出すことにした。

出店といっても、裏長屋をひと間借りただけで、それぞれに小僧をつけて、一の番頭と二の番頭を置いた。客先をまわる大事な役目であり、母の代わりを務められる者は、ふたりの番頭しかいなかったからだ。

おかげで小津屋は、ちょっと寂しくなったが、母は新たに立てた三の番頭とともに、いまや十五人にも増えた奉公人を指図していた。

店にいるときの母は、いつも凛として、迷いなく采配しているように見える。けれどその肩にかかるものは、思いのほか重いのだろう。娘の前で、ほっと気を抜いた折に覗かせる、表情やため息で、おさんは察していた。

「早く大きくなって、おっかさんを助けてあげないと」

いつもよりたくさん朝飼を詰め込んで、増子屋の台所を出た。三度の飯は、親店にある増子屋の台所でとっていた。

裏庭で少し待つと、風呂敷包みを手にした、男の子が顔を出した。この子は奉公人とは違い、両親とともに母屋の座敷で食事する。

「おはよう、芳《よし》ちゃん。今日はずいぶんと、眠そうだね」

「うん、ものすごく眠い」

と、遠慮なく大きく口をあけて、あくびする。

増子屋の跡取り息子、同い歳の芳太郎《よしたろう》だった。

「昨日、青山《あおやま》の親が来て、あちこち連れ回されたんだ。まったく、親が四人もいると大変だよ」

この春から、ふたりは同じ手習所に通っている。日本橋とならぶ一石橋《いちこくばし》を渡った先にある手習所への道を辿りながら、芳太郎は何度も大あくびした。

「うちはおっかさんひとりだから、うらやましいけどな」

「多けりゃいいってものでもないよ。祭りや催しにかこつけて、しょっちゅう遊びに来るんだ。養子に来たことさえ忘れちまいそうだ」と、口を尖らせる。

芳太郎は、太左衛門とお品の実の子ではない。実の母は、お品の従姉にあたり、青山で地本《じほん》問屋をやっていた。

増子屋夫婦が養子をとったのには、実はおさんも少なからず関わっている。母がおさんを産み、赤子の可愛らしさに、お品は夢中になった。

『養子の心積もりはあったのだけれど、こんな小さなうちから育てる気はなかったのよ。でもこうまで愛らしいと、あたしも欲しくなってしまうわ』

ちょうど青山に住む従姉に、三男が生まれ、増子屋ほどの大店となれば、養子先としては願ったりかなったりだ。生まれて三月でもらい受け、おさんの母が乳をあげた。おさんと芳太郎は、ふた月しか違わない。いわば乳姉弟《ちきようだい》であり、大人に言えぬあれこれを、何でも話す仲だった。

「小津屋《うち》は、番頭さんたちがいなくなって、急に寂しくなっちゃった」

一の番頭の島五郎は、誰よりも頼みになる男で、二の番頭の与之助はおしゃべりでにぎやかだった。ふたりが下谷と深川に移って半年近くが過ぎたが、店の中にあった華やかな飾りが、ふいにとり払われたようで、おさんは未だに慣れることができない。

ふう、とおとなびたため息をつき、母たちには決して言えないことを、思わず口にしていた。

「あたしね、本当は一の番頭さんが、おとっつぁんになってくれたらいいのにって……そう思ってたんだ」

芳太郎は、ちょっとびっくりした顔でおさんをふり向いたが、すぐにうなずいた。

「前には、うちのおとっつぁんも、そんな話をしていたことがあるよ」

「ほんとに？」

「ほら、おさんのおっかさんは、店が何より大事だろ？　とても嫁には行きそうにないから、いっそ番頭とくっつけちまったらどうかって。島五郎なら、案外似合いの夫婦になるかもしれないって」

おさんにとっては初耳だ。驚いて、へえ、と声に出していた。

「でも、おっかさんは、よした方がいいって止めていたんだ」

「お品おばさんが？」

「うん。お藤おばさんは、誰よりもおさんのおとっつぁんを大事に思っているから、よけいな茶々は入れるなって」

「そっか……」

残念な気持ちと、ほっとする気持ちが、ないまぜになって胸の中に広がった。

「あたしのおとっつぁんて、どんな人なんだろ……」

どこの誰だとは、母は決して教えてはくれなかった。おさんが子供だからではなく、父親については、まるで頑固な貝のごとく、母は固く口を閉ざし語ろうとしなかった。これぱかりはお兼や島五郎も、増子屋夫婦ですらも、やはり告げられてはいないという。

しかし芳太郎は、意外なことを語り出した。

「もしかしたら、うちのおっかさんだけは、知っていたのかもしれない」

「どういうこと？」

「この前な、おとっつぁんが常のとおり寄合に出掛けて、おっかさんがお藤おばさんを呼んで、遅くまで話していたんだが」

芳太郎が来てからは、ぐっと数が減ったそうだが、太左衛門はいまでも大人の寄合にしばしば出掛けていく。そんな折に、月に一度ほど、母が増子屋に招かれるのはいつものことだった。その晩も猪口を片手に、女同士でおしゃべりに興じ、芳太郎は奥の間で先に寝てしまったが、夜半になって目を覚ました。

めずらしく太左衛門が早めに戻り、たぶんその足音のためだろう。ついでに厠に行くことにして、寝間を出て、大人三人が集う居間の前を通りかかった。

「ちょうどそのときに、おとっつぁんがでっかい声で叫んだんだ。ええっ、まさか！って」

「おじさんが？」

　堂々とした物腰の太左衛門は、まるで自信という着物を、常にまとっているような男だ。そんな太左衛門が仰天するさまなぞ、おさんにはうまく思い描けなかったが、薄くあいた障子の隙間から覗いてみると、たしかにのけぞっている姿が見えたと、芳太郎は請け合った。

「おまえは知っていたのかって、おっかさんにたずねる声がして、直にきいたわけじゃないって、おっかさんがこたえてた」

「それって、もしかして……」

「うん。そのとき、おとっつぁんが言いかけたんだ。『じゃあ、おさんの父親は……』って」

「……誰、なの？」

　一瞬で喉が干上がって、うまく声が出せなかった。胸の鼓動が、何故か耳許で大きく響く。

「いや、そこで、おっかさんに気づかれちまって」

　肝心のところはきけなかったと、面目なげに眉を下げた。身の内いっぱいに張り詰めていたものがひと息にゆるみ、からだがひと回りしぼんでしまったような気がする。

　おさんのがっかり具合を、気に病んだのだろう。

「まかせろ、おさん坊。もういっぺん盗み聞きして、今度こそ確かめてやるからな」

芳太郎は頼もしく、小さな拳で小さな胸を打った。

昼にいったん増子屋に戻り、昼餉を食べてから、また手習所へ行く。ごちそうさまあ、と箸を置き、芳太郎とともに出ようとすると、ひときわ大きなからだが前を塞いだ。

「実蔵、あれやって！」

芳太郎がすかさず叫び、相手が力こぶを作るように、太い右腕を構えた。芳太郎が飛びつき、両手でぶらりとぶら下がったが、たくましい二の腕はびくともしない。

顔は無愛想ながら、幼いころから誰よりもふたりを可愛がってくれた。

この春から、小津屋の三の番頭となった、実蔵だった。

「ふたりとも、これからまた手習いかい？」

芳太郎を下ろし、大きな手を、おさんの頭に載せた。

はい、とおさんがこたえると、目だけでにっこりする。

芳太郎は皆から坊ちゃんと呼ばれているが、おさんをお嬢さんと呼ばせないのは、母の方針だった。

昔は母自身がそのようにあつかわれ、けれどあっという間に、お嬢さんから転落した。母ひとり子ひとりならなおさら、いつ立場が崩れるかわからない。よけいな驕《おご》りはもたぬよう、娘にはかねがね言いきかせていた。

それでも実蔵は、分けへだてなく芳太郎とおさんの相手をしてくれた。もっと小さい時分には、両肩にふたりを乗せて、祭りや縁日や大川の川開きに連れていってくれたものだ。一方で、子供たちの身を人一倍案じているのも、やはりこの番頭だった。

「そういえば、外を歩くときは、よくよく気をつけてくだせえ。今朝から、怪しい奴がうろついていやすから」

「怪しい奴って、どんな奴だ？」と、芳太郎が勇んでたずねる。

「笠をかぶった行商人ですがね、昼前に、小津屋の店先で見かけたんでさ。右目から頬にかけて、大きな刀傷がありやしてね、まるでやくざ者みてえな、何とも胡散臭え《うさんくせ》男で」

人さらいかもしれぬから、辺りに気を配るようにと念を押す。手習所まで送り迎えしたいところだが、これから客先へ出向くから、そうもいかないと残念そうに告げた。

「実蔵は、心配し過ぎるのが玉にきずだよ。こんな真っ昼間、日本橋の真ん中で、おめおめとさらわれたりするものか」

芳太郎はまったく本気にしていなかったが、手習いを終えて家路を辿っていたときだった。一石橋を渡り、外堀沿いから脇道に入った。この道を行くと口入屋の小津屋があり、次の角を曲がって表通りを行くと、三軒の増子屋がある。

だが、小津屋の看板が見えたところで、おさんは思わず足を止めた。

「芳ちゃん、あれ……番頭さんが言ってた怪しい人って、あの人じゃない？」

うつむき加減の顔は、笠でさえぎられているが、小さいふたりは下から覗くことができる。顎まで達した大きな刀傷が、右目を塞ぎ、右頬を引きつらせている。

実蔵が言ったそのままの、恐ろしい姿が、往来から口入屋の内を窺っていた。

「おさん、逃げろ！　人さらいだ！」

芳太郎が叫びざま、おさんの腕を握って、男の前を走り抜ける。そのまま小津屋にとび込もうとしたところで、おさんは悲鳴をあげた。男の手が、おさんの肩を押さえていた。

ふり向くと、傷跡の生々しい男の顔が迫り、背中で芳太郎の小さな叫び声がした。

「おさん、なのか？」

かけられた声は、意外なほどに優しかったが、怖くてたまらなくて、うなずくことすらできない。男が、重ねてたずねた。

「お藤の娘の、おさんじゃあないのか？」

「……そう、です」

辛うじて、こたえた。ひとつだけ残った男の目に、いっぱいの何かがあふれた。それが何なのか、おさんはよく知っていた。日頃は厳しい母が、親子ふたりきりのときにだけ時折見せる。娘をただ愛おしむ気持ちが、何故だか男の瞳からもあふれていた。

「そうか……六年のあいだに、こんなに大きくなっていたのか」

男の両手が、おさんの頰をはさんだ。怖いはずの顔が、別のものに見えてくる。そこにはただ、喜びと懐かしさだけが満ちていた。

「おさん！」

背中で、母の声がした。ふり返ると、母の向こうに、青ざめた芳太郎の顔が見える。小津屋にとび込んで、母に助けを求めたようだ。

おさんの頰から手を離し、男がゆっくりと顔を上げた。

母の目が、ひとたび大きく広がって、そして、信じられないことが起きた。

「……よく、ご無事で……」

「すまない……ここへ戻るのに、六年かかった」

「いいえ……生きていてくれただけで、それだけで、十分……」

母の目から涙がこぼれ、いく筋も頰を伝う。気丈な母が泣く姿など、おさんには想像すらできなかった。その母が、泣いている。

「おっかさん……」

娘に向かって、泣き笑いの表情で、母は告げた。

「おさん、おまえのお父さまですよ」

びっくりして固まったおさんのからだを、父親が高く抱き上げた。

「死罪を免れたことは、伊丘さまから伺いました」

となり座敷から、娘の寝息がきこえると、お藤はそう切り出した。

「おまえには告げぬよう、文次郎には口止めしてあったんだがな……このとおり面相も変わり果て、とうにこの世にはいないはずの男だ」

いまは須藤兵庫でも、黒羽の百蔵でもなく、すでに別の名を名乗っている。人目をはばかる身でもあり、奉公人たちの目を避けて、お藤は近くの料理屋に部屋をとった。お品とたまに訪れる店で、六年前には伊丘文次郎を連れてきたこともある。女中の口も堅く、おかげで親子三人、初めて水入らずのひと時を過ごした。

「何の約束もできぬのに、無為に待たせるわけにもいかない。他の男に縁づいて、幸せに暮らす方が、よかっただろうに」

「子まで生《な》したというのに、そんな薄情な女だと思っていたんですか？」

「そういや、お藤の頑固は、婆さまゆずりだったな」

まあ、と怒って見せると、笑いながらお藤を抱き寄せた。

その温《ぬく》もりが、生きている証しのようで、止まったはずの涙が、またこぼれた。

「生きていてくださって、本当によかった……」

「あのときまでは、死ぬつもりでいた……おれが命を永らえたのは、お藤と、おさんのおかげだ」

最初に取引をもちかけたのは、幕府の方だ。伊丘文次郎から、お藤はそうきいていた。百蔵が、成美家上屋敷の牢に、籠められていた折だ。

成美家には中間陸尺が集まり、いつ一揆が起きてもおかしくない状況だった。加えて幕府の側には、喉から手が出るほど欲しいものがあった。

黒羽の百蔵がもっていた、大名旗本家の情報である。

成美家上屋敷に出張り、吟味した町奉行の口から、その申し出は伝えられた。しかし当の百蔵は、この取引に応じようとしなかった。事の次第を知った伊丘は、だからこそ藁にもすがる思いで、お藤に助けを求めたのである。お藤なら、頑な百蔵の意志を、曲げられるかもしれないと、そう考えた。そしてお藤もまた、あの一瞬に賭けたのだ。

百蔵が唐丸籠に籠められて、町奉行所へ運ばれる道中、たったひと目だけの逢瀬だった。

あのときお藤は、自分の腹に手を当てた。

おさんを身籠もったことを、どうしても伝えたかった。

「あれはまるで、天啓だった。それまで死ぬことしか考えられなかったのに……おれたちの子に、ひと目だけでも会いたいと、その思いで頭がいっぱいになった」

町奉行所の白州の席で、いきなり言をひるがえし、取引に応じたいと申し出た。

月番の北町奉行は、さすがに仰天したが、もともとこの申し出は幕府の意志だ。ひとまず白州を切り上げて、急いで評定所に裁定を仰いだ。

こうまで世間を騒がせた以上、いまさら罪を減じるわけにもいかず、さりとて百蔵のもつ情報は万両にも代え難い。小塚原で刑を執行したと触れたのは、苦肉の策だった。

ただし、この事実が世間に知れれば、とんでもないことになる。また、まさに土壇場になって御上を煩わせた、罰のつもりもあったのだろう。右目と頬の傷は、その代償であり、黒羽の百蔵という男を、未来永劫葬り去るための手段でもあった。

「御上には、借りができたからな……未だにそのつけを払わされている」

自嘲気味に、そう告げた。

「まさか六年のあいだ、遠い北の地にいたなんて……」

「このところ蝦夷《えぞ》や陸奥《むつ》には、異国船がたびたび現れるからな。公儀も気が気ではないらしい。この世にいない男なら、密偵にはもってこいだしな」

幕府からの密命を受け、蝦夷地の探索や、陸奥や越後を騒がせた異国船について調べる役目を、この男は負わされていた。

「まつ毛まで凍るほどに寒い土地もあるが、だいぶ慣れた。公儀の犬にされたのは癪だが、案外おれには向いているようだ」

「からだささえ厭うてくれれば、何も言うことはありません」

「だがな、お藤……一家三人で暮らせることは、この先もおそらくない」

何年かに一度、詳しい報告や新たな探索のために、江戸に戻ることはある。会えるのは、その折だけだと、苦しそうに告げた。

「おさんにも、寂しい思いをさせる。おまえは本当に、それでいいのか？」

顔を上げると、迷いとためらいの交じった切ない瞳が向けられていた。微笑んで、そっと身を離す。

「あなたと初めて会ったときのあたしを、覚えてますか？　九十九藤に絡まって、動けなくなっていた」

「ああ、覚えている」

「あたしはもう、あのころのままじゃありません。藤にからめとられても、あなたの助けなしに、自力で這い出すことができる。おさんもそのうち、同じ力がつくはずです」

「頼もしいな」

「だからきっと、また会いにきてください。五年に一度でも、十年に一度でも構わない。きっときっと、会いにきてくださいましね。約束ですよ」

眩しそうにお藤を見詰め、約束するとうなずいた。

もう一度、胸に顔を埋め、目を閉じる。

見えたのは、くねくねと曲がりくねった藤の蔓だった。

いつだったか、己の人生を、あの蔓になぞらえたことがある。

折れ曲がった果てにある、見通しのきかない先行きが、あのころは心許なく思えた。

けれど誰の人生も、やはり九十九藤ではないか。いまのお藤には、そう思えた。

安寧を手に入れたつもりでも、難所は必ずある。山は越えねばならず、谷に落ちれば這い上がるより他にない。ひとつひとつ凌ぎながら、少しずつ身の内に力を溜めていけば、いつかはもっと高い山や、より深い谷すら越えられるようになる。

ひとりでは無理でも、いまのお藤には、信用という何より得難い人との結びつきがある。

「先が見えないからこそ、生きるに値する。あたしは、そう思います」

「うん……おっかさん」

健やかな寝息に交じり、となり座敷から小さな寝言が返った。夫婦が思わず微笑み合う。

中秋の名月を、二日後に控えた秋の宵だった。

解　説

中江有里

生きるとは、選択の繰り返しだ。

中でもどんな仕事を選ぶのかによって、人生は大きく変わる。わたしは十五歳の時、芸能界への誘いを受けた。家庭の事情もあって早く自立したかったからということもあるが、若い勢いもあって入ることにした。

無謀な決断の行く先には、いくつかの選択があった。高校は思うように通えず、中退も考えたが五年かけて卒業した。二十代半ば、思うところがあって所属事務所を辞めた。高校を辞めなかったこと、事務所を辞めたこと、すべて自分で選択した。そうしてフリーになって約半年間、今後について逡巡した末に答えを出した。

やっぱり仕事を続けたい。わたしは復帰を選んだ。

後先考えず入った芸能界という場所にこのまま居ていいのか、と悩んでいたのだ。でも離れて初めて、この世界への愛着を自覚した。

翻って本書は、ある世界に自ら選んで足を踏み入れた女の物語である。

日本橋本石町《にほんばしほんごくちょう》にある増子屋《ましこや》が経営する油問屋、蠟燭《ろうそく》問屋、合羽《かっぱ》問屋の三軒はそれぞれ繁盛している。しかし四軒目の口入屋《くちいれ》は二年経っても波に乗れず沈んだままだった。

縁あって口入屋の「冬屋《かずらや》」を任されたのがお藤《ふじ》——天涯孤独の逞《たくま》しき主人公だ。

口入屋とは現代風にいうと「人材派遣業」。

どんどん大きく発展する江戸では絶えず人が求められている。そこで中間《ちゅうげん》と呼ばれる武家奉公人の出番になるのだが、力自慢の狼藉者《ろうぜきもの》が多く、奉公先とトラブルになることも日常茶飯事だ。その中間の差配をする口入屋は何かと気苦労が多い。

お藤が「冬屋」に来て初っぱなから、手代頭の島五郎《しまごろう》と手下分たちは、女差配への反発を隠さない。雇い主への横暴ぶりは、まるで学級崩壊を起こした教室のようだ。

しかし最初から崩壊している教室はない。生徒の甘えや未熟さから集団行動が乱れ、勝手気ままに行動したため、徐々に崩壊していったのだ。

「冬屋」の島五郎たちは大人だ。甘えや未熟という言い訳は通らない。彼らも元はやる気ある若者だった。しかし因習に搦《から》め捕られて鬱屈してしまった。いくら気が短いとは言え島五郎が主人にまで食ってかかるのは、自暴自棄になって自分自身をコントロールできていない証拠だろう。

こうした八方ふさがりの状況をいかにして立て直すのか。お藤はこう言う。

「商いは人で決まる」

口入屋の財産は人だ。要は請け負った奉公人を適材適所に派遣すればいい。でもそれだけでは同業者に勝てない。

そこでお藤は二つのサプライズを決行する。ひとつは誰もやったことのない方法――自前で奉公人を仕込むことから始めようとする。

今なら珍しくもないが、江戸の世で挑戦するにはリスクがある。奉公人の修業期間中は、一銭も入らないばかりか、食べさせるために出費は増えるばかりだ。

これまで奉公人は一度奉公に出れば、朝から晩まで働いて仕事を覚えていくものだった。その前例をひっくり返すのは、何より信用のため。「信用なしに、商売ははじまらない」という信条に従い、自分のやり方を貫く。

もうひとつ、奉公先を武家から商家へと転換することを提案する。このことが後にお藤を追い詰めてしまうのだが、商売は需要と供給に敏感でなければ続かない。その意味ではうまいところに目をつけた、となった。

こうしたお藤のやり方は、道のないところに道を作ろうとするのと同じだ。しかし道はひとりでは開けない。同じ志を持つ人を集めなくてはならない。ここでもまた「商いは人で決まる」。

奇しくも自らも増子屋の主人に「ヘッドハンティング」されたお藤がお兼《かね》をスカウト

し、奉公人候補生たちの教育係を任せた。集められた候補生は一見落第生ばかりだが、お兼の指導でみるみる変わっていく。

本書の面白さは、こうした人材育成法にもある。

人を見る目とは何か、指導するとはどういうことか、どのマニュアルにもないことばかりだ。お藤は同じ口入稼業を営んでいた祖母を見て独自の人材選択法を獲得してきた。

たとえば丁稚《でっち》となる子供を探すときは算盤《そろばん》や読み書きが出来た方がいい、と最初お藤は思ったが、祖母の考えは違う。病気の母に食べさせたくて盗んだ葡萄《ぶどう》をつぶさなかった子を選ぶ。

「なまじっかな才があったり、器用な子供は、むしろお店者には向かんのや」

そう言った祖母はすでに、幼いお藤を自分の跡取りにするべく仕込んでいたのだろう。

茶問屋「駿河屋《するがや》」の女中だったお藤が「冬屋」へ行くきっかけとなったエピソードも興味深い。

ある日、試食した欠け煎餅の味を気に入ったお藤は、売り物にならない欠け煎餅を仕入れる。それをお店の客に出し、煎餅を食べた客が茶を所望し、結果的に小売りが二割も伸びた。さらに味を気に入った客が煎餅を買うことで煎餅屋は売り上げがあがった。

噂を聞いた名の売れた菓子屋からも新作の宣伝に菓子を置いて欲しいと言われ、ついには店先に茶店を出すまでになった。関わった誰もが喜べる理想的な商いの循環だ。

さらにお藤は、今ある人材を生かすことも忘れない。何かにつけて反抗する島五郎たちの本音を引き出し、自分の味方にすることで、再びやる気を出させる。人のやる気は一旦循環し始めれば、勢いづいていく。

一方で、因習に立ち向かうのは容易ではない。相手が大きければ、その分のしっぺ返しも大きなものになる。

物語のキーポイントとなるのが、お藤の恩人である侍だ。

父の後添いに売り飛ばされ、女衒《ぜげん》から逃げたお藤を救った人。お藤は一目で、誰もが恐れる中間頭「黒羽《くろば》の百蔵《ひゃくぞう》」があの時の侍だと感じていた。そして自覚がないまま、ずっと侍への思いを秘めている。女衒から逃げる際に体に絡みついた葛藤《つづらふじ》のように、侍への思いは蔓《つる》を伸ばして心を捉え続けていた。この魅力的なダークヒーローの登場によって、物語は大きく膨らむ。

また、江戸の人宿を束ねる「八部会《はちぶかい》」とその長《おさ》と目される永田屋《ながたや》という因習に生きる者たちにとって、お藤のやり方は我慢ならない。そして皮肉にもお藤は「八部会」につく百蔵と相対することになってしまう。

お藤が敵である百蔵への思いを募らせていくのが何とも切ない。

お藤の恋の行方、そして百蔵の正体……波乱の江戸のビジネストーリーにハラハラしながらも、お藤の恋が迎えた結末にホッとした。

たとえば直接会うか手紙しか伝達手段がなかった頃、電話が誕生した。こうした循環がさらなる発展に繋がった結果、世の中は便利になり、生活は向上している。ではその循環はどこから始まったのかといえば、人間のある種の使命感からではないか、と思う。

どんな仕事にも、生まれるまでの物語がある。

自分が何者で、何が出来るか、最初は誰もわからない。成長し社会に出て、自ら選択した仕事に就く。そしてその仕事を選んだ意味を自分なりに考えながら務める。

小説もまた、書き始めたときには読者の顔はわからない。おそらく自分なりに書く理由を見つけるから、書き続けられるのだろう。

小説は映画のように大勢で楽しむものではない。ひとりでひっそりと読むものだ。たったひとりの心を励まし、慰めた物語は、読み手のエネルギーになる。そのエネルギーは読み手を通して様々に形を変えて、世の中を循環していく。

たとえ今がうまくいっていない人も、小説を読んでいる間だけは現実から離れられる。物語の中にいるときは心を休めて、次の一歩を踏み出す力を蓄えることも出来る。

小説から始まる循環は人の心を鼓舞し、幸せを発見させてくれる。
本書は、働く人を応援してくれる小説だ。

（なかえ・ゆり　女優／作家）

本書は、二〇一六年二月、集英社より刊行されました。

初出
「小説すばる」二〇一三年七月号〜二〇一四年九月号

集英社文庫　目録（日本文学）

集英社文庫　目録（日本文学）

斎藤茂太　先のばしぐせを直すにはコツがある
斎藤茂太　落ち込まない 悩まない 気持ちの切りかえ術
斎藤茂太　そんなに自分を叱りなさんな 心のモヤモヤ退治法99
齋藤孝　数学力は国語力
齋藤孝　親子で伸ばす「言葉の力」
齋藤孝　文系のための理系読書術
齋藤孝　人生は「動詞」で変わる
齋藤孝　10歳若返る会話術
斉藤光政　戦後最大の偽書事件「東日流《つがる》外三郡誌」
早乙女貢　会津士魂一 会津藩京へ
早乙女貢　会津士魂二 京都騒乱
早乙女貢　会津士魂三 鳥羽伏見の戦い
早乙女貢　会津士魂四 慶喜脱出
早乙女貢　会津士魂五 江戸開城
早乙女貢　会津士魂六 炎の彰義隊
早乙女貢　会津士魂七 会津を救え
早乙女貢　会津士魂八 風雲北へ
早乙女貢　会津士魂九 二本松少年隊
早乙女貢　会津士魂十 越後の戦火
早乙女貢　会津士魂十一 北越戦争
早乙女貢　会津士魂十二 白虎隊の悲歌
早乙女貢　会津士魂十三 鶴ヶ城落つ
早乙女貢　続会津士魂一 艦隊蝦夷へ
早乙女貢　続会津士魂二 幻の共和国
早乙女貢　続会津士魂三 斗南への道
早乙女貢　続会津士魂四 不毛の大地
早乙女貢　続会津士魂五 開牧に賭ける
早乙女貢　続会津士魂六 反逆への序曲
早乙女貢　続会津士魂七 会津抜刀隊
早乙女貢　続会津士魂八 甦る山河
早乙女貢　わが師山本周五郎
早乙女貢　竜馬を斬った男
早乙女貢　奇兵隊の叛乱
酒井順子　トイレは小説より奇なり
酒井順子　モノ欲しい女
酒井順子　世渡り作法術
酒井順子　自意識過剰！
酒井順子　おばさん未満
酒井順子　紫式部の欲望
酒井順子　この年齢《とし》だった！
酒井順子　泡沫日記
酒井順子　中年だって生きている
酒井順子　男尊女子
坂口安吾　堕落論
坂口恭平　TOKYO一坪遺産
坂村健　痛快！コンピュータ学
坂本敏夫　四人服のメロスたち 関東大震災と二十四時間の解放
佐川光晴　おれのおばさん

集英社文庫　目録（日本文学）

佐川光晴　おれたちの青空
佐川光晴　あたらしい家族
佐川光晴　おれたちの約束
佐川光晴　大きくなる日
佐川光晴　おれたちの故郷
さくらももこ　ももこのいきもの図鑑
さくらももこ　もものかんづめ
さくらももこ　さるのこしかけ
さくらももこ　たいのおかしら
さくらももこ　まるむし帳
さくらももこ　あのころ
さくらももこ　のほほん絵日記
さくらももこ　まる子だった
さくらももこ　ももこの話
さくらももこ　さくら日和
さくらももこ　ももこのよりぬき絵日記①〜④
さくらももこ　ひとりずもう
さくらももこ　おんぶにだっこ
さくらももこ　焼きそばうえだ
さくらももこ　ももこの世界あっちこっちめぐり
桜井進　夢中になる！江戸の数学
櫻井よしこ　世の中意外に科学的
桜木紫乃　ホテルローヤル
桜木紫乃　裸の華
桜沢エリカ　女を磨く大人の恋愛ゼミナール
桜庭一樹　ばらばら死体の夜
桜庭一樹　ファミリーポートレイト
桜庭一樹　じごくゆきっ
佐々涼子　エンジェルフライト　国際霊柩送還士
佐々木譲　犬どもの栄光
佐々木譲　五稜郭残党伝
佐々木譲　雪よ荒野よ
佐々木譲　総督と呼ばれた男(上)(下)
佐々木譲　冒険者カストロ
佐々木譲　帰らざる荒野
佐々木譲　仮借なき明日
佐々木譲　夜を急ぐ者よ
佐々木譲　回廊封鎖
佐藤愛子　淑女失格　私の履歴書
佐藤愛子　憤怒のぬかるみ
佐藤愛子　死ぬための生き方
佐藤愛子　結構なファミリー
佐藤愛子　風の行方(上)(下)
佐藤愛子　こたつの人　自讃ユーモア短篇集一
佐藤愛子　大黒柱の孤独　自讃ユーモア短篇集二
佐藤愛子　不運は面白い 幸福は退屈だ　人間についての断章326
佐藤愛子　老残のたしなみ　日々是上機嫌
佐藤愛子　不敵雑記　たしなみなし

集英社文庫　目録（日本文学）

佐藤愛子　自讃ユーモアエッセイ集 これが佐藤愛子だ 1〜8
佐藤愛子　日本人の一大事
佐藤愛子　花は六十
佐藤愛子　幸福の絵
佐藤賢一　ジャガーになった男
佐藤賢一　傭兵ピエール(上)(下)
佐藤賢一　赤目のジャック
佐藤賢一　王妃の離婚
佐藤賢一　カルチェ・ラタン
佐藤賢一　オクシタニア(上)(下)
佐藤賢一　革命のライオン 小説フランス革命1
佐藤賢一　パリの蜂起 小説フランス革命2
佐藤賢一　バスティーユの陥落 小説フランス革命3
佐藤賢一　聖者の戦い 小説フランス革命4
佐藤賢一　議会の迷走 小説フランス革命5
佐藤賢一　シスマの危機 小説フランス革命6

佐藤賢一　王の逃亡 小説フランス革命7
佐藤賢一　フイヤン派の野望 小説フランス革命8
佐藤賢一　戦争の足音 小説フランス革命9
佐藤賢一　ジロンド派の興亡 小説フランス革命10
佐藤賢一　八月の蜂起 小説フランス革命11
佐藤賢一　共和政の樹立 小説フランス革命12
佐藤賢一　サン・キュロットの暴走 小説フランス革命13
佐藤賢一　ジャコバン派の独裁 小説フランス革命14
佐藤賢一　粛清の嵐 小説フランス革命15
佐藤賢一　徳の政治 小説フランス革命16
佐藤賢一　ダントン派の処刑 小説フランス革命17
佐藤賢一　革命の終焉 小説フランス革命18
佐藤賢一　黒王妃
佐藤正午　永遠の½
佐藤多佳子　夏から夏へ
佐藤初女　おむすびの祈り 「森のイスキア」こころの歳時記

佐藤初女　いのちの森の台所
佐藤真海　ラッキーガール
佐藤真由美　恋する短歌 22 short love stories
佐藤真由美　恋する歌音《カノン》 こころに効く恋愛短歌50
佐藤真由美　恋する四字熟語
佐藤真由美　恋する世界文学
佐藤真由美　恋する言《コト》ノ葉《ハ》 元気な明日に、恋愛短歌。
佐藤満春　トイレの輪 〜トイレの話、聞かせてください〜
佐野眞一　沖縄 だれにも書かれたくなかった戦後史(上)(下)
佐野眞一　沖縄戦いまだ終わらず
佐野藤右衛門／小田豊二　櫻よ 「花見の作法」から「木のこころ」まで
沢木耕太郎　天涯1 鳥は舞い 光は流れ
沢木耕太郎　天涯2 水は囁き 月は眠る
沢木耕太郎　天涯3 花は揺れ 闇は輝き
沢木耕太郎　天涯4 砂は誘い 塔は叫ぶ
沢木耕太郎　天涯5 風は踊り 星は燃え

集英社文庫 目録（日本文学）

集英社文庫

九十九藤《つづらふじ》

2018年9月25日　第1刷
2021年6月6日　第9刷

定価はカバーに表示してあります。

著　者　西條奈加《さいじょうなか》
発行者　徳永　真
発行所　株式会社　集英社
東京都千代田区一ツ橋2-5-10　〒101-8050
電話　【編集部】03-3230-6095
【読者係】03-3230-6080
【販売部】03-3230-6393(書店専用)
印　刷　凸版印刷株式会社
製　本　凸版印刷株式会社

フォーマットデザイン　アリヤマデザインストア
マークデザイン　居山浩二

ISBN978-4-08-745786-5 C0193